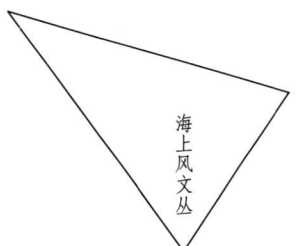

海上风文丛

镜头的色彩

鞠斐 著

海南出版社
·海口·

图书在版编目（CIP）数据

镜头的色彩 / 鞠斐著. -- 海口：海南出版社，2022.9
（海上风文丛 / 刘复生主编）
ISBN 978-7-5443-9755-1

Ⅰ. ①镜… Ⅱ. ①鞠… Ⅲ. ①随笔—作品集—中国—当代 Ⅳ. ①I267.1

中国版本图书馆CIP数据核字(2020)第254378号

本书系海南大学人文社科类科研创新团队
资助项目（HDSKTD202020、HDSKTD202021）系列成果之一

镜头的色彩
JINGTOU DE SECAI

| 作　　者：鞠　斐
| 责任编辑：朱　奕　周梦旎
| 特邀编辑：刘金玲
| 封面设计：蒋　浩
| 印刷装订：海口永发印刷股份有限公司

海南出版社　出版发行

| 地　　址：海口市金盘开发区建设三横路2号
| 邮　　编：570216
| 电　　话：0898-66816923
| 开　　本：889 mm×1 194 mm　1/32
| 字　　数：186千字
| 印　　张：7.5
| 版　　次：2022年9月第1版
| 印　　次：2022年9月第1次印刷
| 书　　号：ISBN 978-7-5443-9755-1
| 定　　价：47.00元

如发现印装质量问题，影响阅读，请与印刷厂联系调换。
购书、调换电话：0898-66814101（发行部）

序

韩少功

人们常说眼见为实,其实"实"总是因人而异。哪怕同看一片风景,与成人大不一样的,是婴孩只能看到一堆杂乱色块,无从辨识和表述草、木、山、水、云、天等事物;与专家也大不一样的,是一般成人大概很难辨识和表述生物学、物理学、地质学、气象学、社会学、营养学等内容。说他们看过一片共同的风景,差不多是笑话。

由此可见,任何看,任何解读,都无不受制于认知主体既有的知识积累,不过是有关智能训练分别塑造甚至创造出来的对文学的解读也大体如此。

海南地处中国文化现场的后排座和末梢端。但最近数年来,这里逐渐聚集了一批中青年文学批评家,视野开阔,思想活跃,勤奋积学,忠直立言,收获了一批可观的解读成果,在这里形成一套丛书,值得高兴和祝贺!

批评是创作的再生产,是实现文学价值链的下半场,不仅构成了对创作的诱导和监控,而且在很大程度上,训练了主流受众的阅读眼光,在读什么、怎么读这些关键环节,制约着文学效益的得失增减。从某种意义上说,好读者是好作家滋养出来的,好作家也是好读者倒逼出来的,而批评家最应该成为引路的好读者。至少在 19 世纪后期至 20 世纪前期,我们见证过俄国文学批评与文学创作双峰并立，互相激发，互相推动，互相放大，作为社会风气和历史形态的变革最前沿，最终成就了一个文学的高光时刻——依该国某些人士后来的说法，他们那时的哲学、法学、史学、政治学、经济学、人类学等，相形之下都不免稍逊风骚，差不多只是人文启蒙的配角与助攻。

那是一个奇迹，却也是可能。那时俄国的优秀批评家们，包括不少专职的和偶尔串场的，虽也有历史的局限，但他们其上接天——充分汲收人类文明的全部知识成果，其下着地——深切体察人民大众的各种生活实感和心灵脉跳，因此能给自己的书写注入活血，注入中坚担当和创造性，爆发出改变世道人心的磅礴力量。

那时的光荣与梦想，或许能再现于来日，再现于文学千变万化但仍然生生不息的 21 世纪。愿作家与批评家都为此砥砺前行。

2020 年 4 月

目录

类型的意义

中国电视剧类型研究的意义与方法 / 3
反腐剧应该怎样走? / 12
帝王剧的起源、叙事及其背后 / 19
中国家庭伦理剧中新时代女性形象研究
——以电视剧《都挺好》为例 / 30
改革潮起未曾落
——电视剧《大江大河》如何能在年轻观众中获得成功 / 44
《琅琊榜》中的家国梦
——兼谈电视剧对青年观众的引领 / 49
平凡之后的世界
——路遥走后会怎样? / 55
"新人"们成长起来了吗?
——《人民的名义》中的"新人"形象分析 / 64
市井的沧桑
——从《渴望》到《房前屋后》看当代市民意识的变迁 / 70

影像的魅力

从眼睛到大脑
——蒙太奇和长镜头两种手法在图像传播中的比较 / 81
影像语言与自然语言的互译性与叙事特征 / 90
影视纪录片本质及创作初探
——三种纪录片及其视角 / 100
电视直播节目的传播学意义 / 119
DV·文化·媒介（四谈）/ 134

文化的结构

论英雄传奇中智者与勇者形象的形成
——兼谈中国古代英雄传奇小说的表层结构与底层结构 / 145
"英雄无父"母题在中国叙事中的运用 / 166
弃剑悲歌
——从《英雄》看第五代导演弑父情结的变迁 / 177
关于小人物寓言
——《鬼子来了》及《卡拉是条狗》的背后 / 187
失语的狂欢
——新世纪央视春节联欢晚会解读 / 200
刀郎的歌儿唱给谁听？/ 213

类型的意义

中国电视剧类型研究的意义与方法

　　成熟的电影、电视剧市场都以类型化为主要标志。从美国好莱坞的电影模式开始，类型化的概念就进入了影视行业之中。在这样的实践的带动下，影视的类型研究就成为一种研究的起点，人们经常需要首先对影视作品进行类型划分，再归纳其要素，继而指导创作。而中国电视剧的实践与研究都是从戏剧与文学开始的，从一开始就延续了文学的一些概念与形态划分方式，但从二十世纪九十年代开始，中国的电视剧创作越来越表现出以类型创作为主导原则的趋势，电视剧的研究也随之出现了以类型为出发点的方式。但类型研究与传统的分类研究有什么样的共同点与差异，如何通过类型研究来对电视剧进行更深入的研究，这些是值得思考的问题。

一、电视剧分类与电视剧类型：
从语形学到语义学视角的转换

当今中国电视剧的划分大体上有以下几种方法。一种是参照文学领域（主要是小说）的分类方法，如一九九四年出版的由钟艺兵担任主编、黄望南担任副主编的《中国电视艺术发展史》一书中将电视剧划分为短篇电视剧、电视连续剧、戏曲电视剧、儿童电视剧、少数民族题材电视剧五个类别。该书成书较早，这种分类方法基本上是建立在二十世纪八十年代的电视剧实践的基础上的，与文学作品分类相近。在二十世纪九十年代之后，后几种类别的电视剧在电视屏幕上的影响越来越小，所占份额也节节下降，无法表达出电视剧的面貌。因此，金元浦等人主编的《影视艺术鉴赏》一书中只是简单地根据篇幅将电视剧分为电视短剧、电视单本剧、电视连续剧和电视系列剧。① 但这种分类方法无法说明当今电视剧的内容构成，而且二十世纪九十年代后期开始，单本剧几乎消失，传统的短剧经常是以栏目的形式出现，电视连续剧与电视系列剧已经成为电视剧领域内的绝对主流。它们也成为电视剧研究中的主体。因此，刘萍、李灵编著的《中国电视剧》一书在具体介绍中国电视剧时，将一九九三年以来的中国生产的中长篇电视剧分为了"杰出人物""名著改编""历史演绎""都市言情"等九类，另外单独分列了少儿题材电视剧、少数民族电视剧和戏曲电视剧三个类别。② 应该说，这样的分类方式更符合电视剧题材的自然分工，但其中一些类别界定不清的交叉现象较为严重。而实际上，在创作中，尽管不同类别电视剧之间总在不断地相互借鉴，但类型归属却呈现出越来越严格的趋势。因此，电视剧的定型化提出了一

---

① 金元浦、尹鸿、勇赴：《影视艺术鉴赏》，首都师范大学出版社，1999，第41页。

个问题，即类型研究应该成为分类的主导方式，"从编导和制片人角度来说，不同类型的电视剧，具有不同的艺术价值和市场价值，也会有不同的运作方式"①。那么类型也应该是研究者的主要视角。

陈晓春将当今的电视剧主要分为九个大的类别：政治剧、商业剧、古装戏、公安戏、喜剧类型的电视剧、社会伦理剧、言情剧、青春偶像剧和武侠剧。②应该说这样的类型划分方法基本反映出了当今中国电视剧屏幕上的面貌。徐舫州、徐帆在《电视节目类型学》中则将中国电视剧分为两大题材十个类型，并描述了九种热点类型，但对一些类型的定位仍有不准确与不明确之处。如言情剧与青春偶像剧的关系，青春偶像剧是言情剧的一个新的变种还是一种新出现的类型就值得商榷。古装剧的时代划分以什么为标准？这样的一些问题既是实践上的，同时又是理论上的。要解决这些问题，我们必须为电视剧的类型划分找到一些标准，进而为电视剧的类型研究打开局面。

其实，电视剧的分类为何总是划分不清楚，有科学化的分类的影响，即按照严格的形式逻辑分类，它不能在逻辑上有冲突之处。但这样的以共时性空间的逻辑准则进行分类的标准忽视了人类生活的时间性特征和人类的创造性特征。它注重的是事物静态的外在划分标准，忽视了事物内在的在时间维度上的传承关系。电视剧更多的是一种文化产物。文化是人类自身创作而且不断传承的东西，后面的人总是要在前面的人创造的成果的基础之上再创造。如果完全按照客观的逻辑标准进行划分的话，就难以把握时间这个维度在文化上的意义。电影的类型划分其实也一样，一方面要照顾到逻辑层面的分类，另一方面更须注意到文化层面的"社会共识"。虽然二者经常出现冲突，但又有其暂时的共同点。电视剧的一般分

---

① 刘萍、李灵：《中国电视剧》，湖北美术出版社，2005。
② 陈晓春：《电视剧理论与创作技巧》，北京大学出版社，2003，第37页。

类可以看作是语形学的，它是按照客观的标准和逻辑原则对电视剧进行分类，如长篇、中篇、短篇，连续剧与系列剧，古装剧与时装剧，喜剧、悲剧与正剧等。它是针对电视剧外部形态和客观属性的研究，也可以说是不涉及语义的研究。而类型研究显然不同，它实际上关注的是电视剧在使用中所产生的意义，即研究一个类型的电视剧内在的共同点和基本特征以及它与使用者之间的关系，因而它是语义学和语用学的研究，它的目标是如同辞典一样为每一类型的电视剧做出解释与限定，并以此来指导电视剧的生产和对电视剧的解读。因此，前者的核心是逻辑，而后者的核心是意义。语形与语义之间固然有着某种联系，但由于研究方法与研究角度不同，语形研究无法替代语义研究。

类型研究与分类研究的差别在于以下两个方面。

第一，科学的、绝对符合逻辑原则的电视剧类型划分是不可能的。参照结构主义思想，我们对电视剧的类型划分依据的是一个话语表达的过程，而不是语言自身。它是基于实践而产生的暂时性的文化结构，而非逻辑严谨的概念范畴。因此，电视剧的类型划分中必然存在着重叠之处，就如同一个词语具有使用中的多义性与不同层次的含义一样。电视剧的类型划分也须在实践中寻找意义，而实践不是不变的，尤其是文化结构总是在不断发展变化，这样电视剧的类型应该被视为一种临时性的基于实践的描述。这样的标准经常是暂时的，它的存在经常会与宏观逻辑系统相冲突，但它却具有更大的现实意义。

第二，类型的划分还要考虑其内部的"惯例和反复出现的元素"[1]，即缺乏内部一致性而只是具有某些外部共性的种类不能称之为类型。如情景喜剧通常与家庭伦理类的电视剧具有题材上的近似性，但二者很难被视为同一种类型。没有内部的共同叙事元

---

[1] 郝建：《中国电视剧：文化研究与类型研究》，中国电影出版社，2008。

素的支撑，就不能形成同一类型的电视剧。同一类型的电视剧的确定标准应该是看其间是否拥有在叙事概念上的共同的"语义"，而不是"语形"。

二、电视剧的类型化趋势与划分原则

郝建教授对电影类型的出现做出了两个方面的分析。一个方面是对电影观赏的历史角度进行了分析，他认为电影类型是文本与自己类似的历史文本的对话过程，源于"一种整体上的创作和接受、反应心理模式"[①]。另一方面，他从叙事的角度来判断电影类型化的原因，他认为类型化是靠"大众领域的结构来实现多元呈现、大众选择"[②]的一种要求。他更多的是从艺术发生的角度对电影类型的出现做出判断。

但在影视实践中，他未涉及的具体的影视产业环节可能更直接影响电影类型的出现。电影和电视剧是一种工业化生产的产物。工业化生产要求产品标准化，产品形式越是统一，对生产者来说越能够对市场做出合理的预测，而同时就意味着越能够依靠集约化原理来降低成本，减少不确定的支出。同时，在供求关系平衡的市场中，越是能够被明确归类的产品，产品与购买者之间的交易成本越低，越容易被购买者所选择，因为它具有最少的不确定性。这是类型片得以产生的经济学原理。尤其是观众对不同类型的电视剧有不同的需求。

影视的类型化特征其实就是一种文化结构，它既如郝建所说的具有格式塔的原型特征，这来自人类判断外部信息过程中的一种心理本能，但又具备许多的非先天存在的后天积累下来的固定

---

① 郝建：《影视类型学》，北京大学出版社，2002，第32页。
② 同上书，第36页。

结构——文化结构。因此,影视的类型必须从这两个方面入手来进行划分。因为正是这两个方面决定了观众的"期待视界","不难发现,正是由于娱乐片具有类型化影片结构和常规化形式编码,符合大众化的'期待视界',因而才能产生普遍接受的效应"[1]。人类共同的观赏习惯决定了当今世界上影视的类型划分有着总体上的相似性,如将影视作品划分为战争片、伦理片、喜剧片、歌舞片、悬疑片等。但由于各民族的历史传统不同、文化特点各异,因此,每个民族的影视文本的具体样式与类型的侧重点有着明显的差异。如西部片几乎只能产生在美国,其他国家鲜有能够与之相比较的类型;而武侠片主要产生在中国。

因此,电视剧类型划分与研究应该注意以下几个方面。

第一,电视剧的客观属性与文化属性的结合。电视剧有其客观的发展规律,有着它在艺术上和审美上的规律,但同时,它受到文化因素的重要制约。不同社会背景之下,会产生不同类型的电视剧;同样的社会在不同时期之下,也会由于社会思潮的改变和社会潮流的改变而出现新的电视剧类型,而一些传统类型的电视剧也会退出时代的视野。

第二,电视剧理论分析与创作实践的结合。电视剧类型的划分不是纯理论范畴的,它必须与电视剧的创作实践相结合。二者之间有着明确的视角上的差异。如理论上,中国的古装剧主要是指辛亥革命以前的历史剧;但在实践中,从服装部门来说,真正具有意义的分界点却是中华人民共和国的成立,甚至于晚至20世纪90年代,因为要展现在此之前的时代,就意味着需要重新制作拍摄所用的服装。理论需要实践来检验,不适应时代发展的理论是没有价值的,因此,我们在能够满足理论的自足性的基础上,必须考虑到实践层面的制约性因素。

第三,电视剧外部形态与文本内容的结合。电视剧的外部形

---

[1] 彭吉象:《影视美学》,北京大学出版社,2002,第362页。

态主要表现为剧长、作品涉及时代、作品风格、作品体例等，而文本内容涉及主题、题材、故事结构、文化背景等，这两个方面都是作品类型界定所无法回避的要素。作品类型实际上是这两方面因素共同决定的结果。现在的电视剧的类型界定实际上是以后者为主，但也不能忽视前者的存在。如情景喜剧就主要是依照外部形式对电视剧类型所做出的划分，因此，它与其他依主题划分的电视剧类型之间必然有交集。但作为一种约定俗成的样式，它已经形成一种固定的样式，而且这种样式已经存在于观赏者的头脑当中，我们不能不视之为一种已经成熟的电视剧类型。

第四，电视剧类型的划分必须参照世界电视剧类型的划分的通例与境内电视剧生产的实际状态。中国电视剧类型划分不会不受世界电视剧类型的影响。在实践领域，中国电视剧是后发型的。从实践上来说，它一直受到世界已经成熟了的电视剧类型的影响。在20世纪80年代，港台剧、日本剧、拉美剧都在不同程度上给中国电视剧提供了一种范式作为参照，如《渴望》的诞生本身就是受到拉美肥皂剧的启示。但在引入中国后，它们又受到本土文化的影响，因而产生了当时流行一时的"室内剧"。在今天，这种"室内剧"虽然在美洲的屏幕上依然如故，但在中国已经难以被视为一种电视剧的重要类型了。中国的文化背景、电视剧的播出方式以及审批制度，使得"室内"与"室外"难以作为一个衡量电视剧类型的标准。

再如青春偶像剧，本来应该是言情剧的一个种类，但由于其面对特定的市场人群，有着类似的情节设置，因而就作为一个类型被单独列出。绝对严格的电视剧的类型划分是不可能的，每种划分方式都有其相对的合理性，但评价类型划分方式的标准主要是以下四个方面：一是其能否大体描绘出一类电视剧的全貌；二是针对内部的各个范畴，其是否具有相对的严谨性；三是它是否符合当今电视剧发展的实践，能够对电视剧的创作和生产以及评价给予指导或启示；四是类型中应分主要类型与亚类型两个层次，这样可以更清楚地看到电视剧的内在的联系。

三、中国电视剧类型研究的方法

对于电视剧来说，我们一方面可以参照文学的研究方式对其进行审美、创作技巧、作者、接受方式等方面的研究。但与文学相比，电视剧的工业化生产性质更明显，它不是个人的创作，而是一种类似于流水线装配的生产模式，其审美属性服从于市场属性，因而文学的研究方式难以真正解读电视剧的文本。另一方面人们经常参照电影的研究方法来对电视剧进行考察。但电影可以分为艺术电影与商业电影，人们通常更加关注艺术电影的创作与技巧创新水平。而电视剧却鲜有艺术电视剧与商业电视剧的划分，原因很简单，电视剧涉及的投资较普通电影要大得多，而其免费的收看形式也使之不可能依靠大众市场来谋生。"纯艺术电视剧"无论是在生产环节还是在播出环节都难以出现。因此，对电视剧的研究应该是文化的研究与社会的研究，以及技术创新层面上的研究。

首先，一部电视剧以及一种电视剧类型的意义产生于它与外部的关系，即文化背景与制度框架的关系，这是语义产生的大语境。影响中国当代电视剧类型面貌框架形成的因素主要有三。一是观众的收视习惯，包括中国传统叙事与传统思维定势的影响——我们可以看到，当今中国热播的流行电视剧类型几乎都可以从传统的通俗文学中找到初始点。二是当今社会的制度性规约，它通过禁止和引导对当今的电视剧做出了限定，一些电视剧的类型就在被限定之列，也催生了一些当今中国电视剧的特定类型，如主旋律电视剧和革命历史题材电视剧。三是当今境外电视剧的类型框架，在日益国际化的今天，一种译制电视剧类型的走热会直接带动境内电视剧的投资冲动，使得美剧、日剧、韩剧甚至泰剧等特定的类型被迅速引入中国。

其次，电视剧的意义产生于文本之间的共时性与历时性的双重比较。一类电视剧中文本的出现都有前后关系，而前后之间必然相互影响，即一部成功的电视剧总是成为后来此类电视剧生产中不能不参照的"原型"。无论是在人物设计上、情节设计上还是在外部风格的把握上都是如此。每一部电视剧与此前的"原型"之间往往是既有继承关系，又有突破关系，这两种关系背后是隐含在电视剧文本之下的类型发展的系统力量。它们之间相互交叉、相互作用，也不断地竞争、分裂、重组，不断地更新。这种表面杂乱无章的现象却是电视剧整体发展的语境与自身规律共同作用的结果。只有把握好它们之间的关系，才能真正地解释和说明电视剧的当今面貌。

最后，每种电视剧的内部结构都会有其特征与相对固定的情节和人物设计，这是电视剧内在的构成部分。对一个类型的电视剧进行内部结构的挖掘与整理是电视剧类型研究中的一个重要课题。我们可以看到，在叙事、结构、人物性格与情节设置等方面，同一个类型的电视剧的内部共同点都大于其差异性。这种"程式化"的背后都有什么样的构成要素，而这些要素的组合关系与聚合关系是如何构成一类电视剧的总体特征的，这些才是研究的关键之处。

（发表于《内蒙古民族大学学报（社会科学版）》2011年第3期，有改动）

反腐剧应该怎样走？

据报道，十八大以来，反腐力度空前，中央纪委也向相关部门提出了要求，希望能以文艺作品来凝聚人心、汇集力量，推动反腐败斗争的深入进行。为此，中央纪委宣传部特地派员到国家新闻出版广电总局沟通、部署相关工作。时任国家新闻出版广电总局电视剧管理司司长李京盛在会上透露："我们领到的（反腐剧）任务，每年电影最少一两部，电视剧最少两三部，而且必须是精品。不能一写反腐就写成案件剧，一写公检法就写成劳模剧，要有今天的时代特征，当下、眼前、现实的人物事件。"随着近年来的党和群众对反腐败工作的关注，反腐剧又一次被列入日程。反腐剧应该如何走，是人们都关注的话题。

一、过去反腐剧的问题与深层次的原因

表面上看，反腐剧的衰落是外部原因造成的，即广电部门与宣传部门对"涉案剧"相关规定的出台。2004年，国家新闻出版广电总局出台了对于涉案剧播出的相关规定[1]，而反腐题材的电视剧几乎都涉及刑事案件，因此，成为电视剧拍摄中的"高危类型"，使得各个影视公司及电视台无人敢碰，从而导致了这一类型电视剧在电视屏幕上的式微。但真正从类型发展的角度上来看，它真正的问题并非在于外部的限制，而是在于这类题材自身内部的核心矛盾无法解决，从而导致了它的衰落。

反腐剧作为一个相对固定的电视剧类型的兴盛时期是在世纪之交的十年左右的时间。它实际上是从20世纪80年代与90年代初期的"改革剧"一路演变过来的。"改革剧"一直是重要的主旋律范畴的作品，为宣传改革开放起到了重要作用。早期的《乔厂长上任记》可看作这类作品的雏形。《乔厂长上任记》中一个改革型的人物——乔光朴，看到了传统体制的弊端，与保守势力做出了不妥协的斗争，最后取得了胜利，推动了事业的发展，获得了群众的拥护。而到了20世纪80年代的《新星》里，这种改革题材开始涉及时政层面。李向南作为改革派的代表，与顾荣等保守势力围绕着农村改革等一系列问题，展开了不屈不挠的斗争，终于获得了省委的支持，而留在了古陵县继续改革。

某种意义上来说，《新星》已经开启了后来的反腐剧的基本模式：一面是站在百姓和正义一边的干部，其对立面则是只注重个人利益的干部，后者通过一个利益链条以及关系网对抗或者阳奉阴违地反对党的政策，最后，改革者获得了上级的支持，改革

---

[1] 2004年发出的《关于加强涉案剧审查和播出管理的通知》主要规定：所有电视台的所有频道（包括上星频道和非上星频道）正在播出和准备播出的涉案题材的电视剧、电视片、电视电影，以及用真实再现手法表现案件的纪实电视专题节目，均安排在每天晚23:00以后播放。

得以继续。虽然《新星》还未涉及刑事案件，但其二元对立式的政治叙事方式和以改革中的事件为矛盾冲突的核心事件的形式实际上都为后来的《省委书记》《苍天在上》等剧继承下来。

在20世纪90年代初，随着中国改革开放的主战场转移到城市，尤其是进入了工业企业改革领域，这种叙事方式被延续下来。如于1993年播出的电视剧《大潮汐》以上海远东电器厂的厂长秦世坤为主人公，他通过上线新产品、集体集资等方式挽救这个国营老厂，成功粉碎了深圳天霸集团总经理杨天雄租赁工厂的企图。此外还有当时的《苍茫》《车间主任》等剧，虽主人公不同，但模式相近，在工厂发展道路的选择中，已经出现了后来产权争夺的雏形，虽然还未形成刑事案件，但已经距离不远，只是限于20世纪90年代初的社会现实，无法在剧中得以具体反映。

然而，到了20世纪90年代后期，这类题材的电视剧则开始向涉案剧靠拢了。一是随着社会现实的发展和市场经济的逐步深入，在改革中，尤其是国企改革以及相关的产权处置、土地处理、股权配置等问题背后都有着巨大的利益，决策人不同意见的形成也不是简单的个人矛盾或者工作作风以及意见分歧所能解释得了的，而背后的利益输送本身就已经涉及行贿受贿等犯罪问题。二是原有改革题材中的改革已经成为社会共识，现实中也很难再找到原来的坚持教条的意识形态而反对改革开放的反面形象，那么推动剧情发展的核心矛盾自然转向了围绕着"为公"的改革与"为私"的改革的道路之争。同时，原来"改革派"与"保守派"的二元对立，也就转化为"好人"与"坏人"的对立。尤其是到了20世纪90年代后期，改革的方向不再像20世纪80年代及90年代初期那样明确，而是在复杂的利益面前出现了各种各样的冲突，这就使得很难再用"改革派"与"保守派"轻易地为人物贴上标签。实际上，出现了另一种现象：原来的改革派中的很多人借着改革的名义为自己捞钱大开绿灯，反倒是一些稳健者成为反腐的幕后主力。如《新星》中的改革派的县委书记李向南是一个标准的正面人物，而县长顾荣作为保守派的代表则是一个典型的反面人物。而到了《国家公诉》里，这种搭配出现了逆转：现任常务副省长——"改革者"王长恭是个地道的腐败分子，而坚持支持叶子菁进行案件调查的则是相对稳健的地方干部——现任市人大常委会主任陈汉杰。这种转换过程其实也是社会矛盾热点转移的过程，正是改革剧转为反腐剧的重要原因。三是"坏人"一方的手段已经不再是请客送礼拉关系，而是涉及了行贿受贿的刑事犯罪，而为了掩饰犯罪证据，他们必然会利用更多的卑劣手段来进行非法活动，这就使得这类剧必然与涉案题材相关联，即在原有的权力人事斗争的框架下，加上了案件侦破等环节。

这样，我们可以看到20世纪90年代后期到21世纪初的几年里，这类反腐剧的模式已经从改革剧演变成一个类型的标准模式：围绕着一个焦点案件（如《大雪无痕》中的张秘书被枪杀案，《国家公诉》中的大富豪娱乐城的大火案等），正义的一方要还原犯罪真相，反方则利用各种办法去掩盖事实，随着事件的发展，简单的案件背后的更大的利益纠纷（在《大雪无痕》中，是周密与九天集团侵吞国有资产；在《国家公诉》中，则是王长恭因受贿而私自处理土地纠纷）被揭示出来，最后在一批主持正义的干部的坚持之下，案件真相大白，反方领导干部的腐败问题被披露出来。这个模式中，一般涉及的矛盾核心或为土地交易，或为国企资产流失；涉及的腐败官员一般是副厅级及副省级的高级党政干部。

其实对这个模式细加分析，我们会发现，当时的反腐剧已经出现了作品面貌雷同、因无法创新而丧失了活力的问题，即使没有对涉案题材剧的限制，它自身也已经难以为继了。首先，这种模式涉及的腐败官员的级别已经无法再拔高，副省级已经是文艺创作的上限；其次，涉及的案件的性质与恶劣程度也已经无法再拓展；最后，所涉猎的腐败性质也只能局限于经济领域，其他如人事等领域的腐败因为过于敏感也无法涉及。同时，原有的反腐剧中几乎都以国企改革为背景，以下岗职工代表人民的利益，但随着改革的深入以及时间的流逝，国有工业企业改革以及下岗职工的问题已经退为社会次要问题，人们对此的关注程度也明显降低了，这种类型不再像20世纪90年代后期那样容易引起强烈的社会共鸣了。

尤其重要的是，作为主旋律作品，它只能按照现实主义的原则与手法对人物与事件进行处理，这就使其作为正面人物的主人公必然被处理成高大全的英雄人物形象。他们不被允许有道德污点，不被允许有私心杂念，这也很容易因脱离了实际而无法吸引观众。而如果试图摆脱这种现实主义的手法，将其中的主要人物"降低身段"，则又必然流入到后来的"官场文学"中的人物形象之中。因此，这种类型的反腐剧其实已经无路可走，它的衰落实属必然。

二、反腐剧如何突破与获得新生

兴盛一时的反腐剧的模式已经过时了，但反腐仍然是社会上的大问题。那么，新的反腐电视剧如何既能够继承原来的优点又在创新中与时俱进，既能让观众喜闻乐见又能够切中时弊，推动反腐败工作的深入？这是一个摆在电视剧创作者面前的重要课题。笔者认为，今后反腐剧可以从以下几个方面进行突破。

一是拓展题材和视角，把大的背景放到今天的民生建设上来。今天观众关心的问题已经由原来的国企、下岗等问题转移到具体的民生问题。如教育、住房、医疗、养老、城市建设、出行、交通管理等具体问题是当前群众关注的焦点，将这些热点问题与反腐题材相结合，是吸引观众注意力的重要一环。其实，2009年播出的《蜗居》一剧的成功可以供我们参考。虽然它并非一部典型的反腐剧，但从所涉及的问题以及引起的轰动效应上来看，这部剧提示我们，民生问题可以与反腐题材紧密结合起来，且能够引起社会的关注。虽然《蜗居》所带来的社会影响有一定争议，但应该看到其主流是好的，是引导社会积极向善的，也提示决策部门关注房价问题并解决房价问题。虽然它对一些社会问题的揭露可能引发一些消极现象，但不揭露问题、不敢面对现实的文学作品最终亦会失去其社会积极意义。

二是要跳出过去公式化的僵化框架，更多地从微观角度来看待反腐问题。在传统的反腐剧中，群众都是作为背景人物出现，虽然亦有方雨林这样的"小警察"，但也是以军区司令员丁洁男朋友的身份得以进入高层。其实，真正的腐败受害者正是普通的群众，腐败分子的级别也不一定都高，"小官巨贪"的现象也层出不穷。反腐剧创作的关键不在于贪腐官员的级别与相关的人事、政治斗争，而是在于我们能否在这些事件的背后找到观众关注的故事。

三是放到加强制度建设的层面上来打造新的反腐剧。过去的反腐剧对政治斗争描写得多，但普遍回避了其背后的制度建设的问题。其实，对具体的制度与办法的建设以及执行层面的加强，本身就是反腐败的题中之义。反腐剧并非只有涉案剧一种模式，我们完全可以突破原有类型，把反腐剧放到更广阔的社会背景上。

四是突破类型限制，将反腐剧与其他类型电视剧相结合。近期电视剧方面热点不断，穿越剧、玄幻剧等符合年轻人胃口的类型越来越多。但无论如何远离现实，仍然都会以现实为基础。我们应该针对新一代观众的口味和兴趣来研究反腐剧可能的突破口。原有的反腐剧主要针对中老年观众，而现实中，其实并不乏关注反腐问题的青年观众，但如何能够适应他们的收视习惯以及思维特点，如将反腐剧与青春偶像剧、轻喜剧等类型相结合，形成观众喜闻乐见的新的类型，应该是突破的难点与重点。

总之，反腐剧既是时代的需要，又有可以进行类型拓展的空间。我们的业内人员以及管理部门要站在新的高度上思索相关的各种问题，创作出更高层次的既符合党对舆论工作的新要求，又能够让广大观众接受的反腐题材作品，完成时代交给的新任务。

（发表于《中国广播电视学刊》，2015年第12期，有改动。

本文系与汪保国合作完成）

帝王剧的起源、叙事及其背后

帝王剧是当今中国电视屏幕上一道独特的风景，帝王剧的数量之多、社会影响之大成为20世纪90年代以来一个引人注目的文化现象。受到行政制约之后，尽管帝王剧的播出和拍摄数量都大为下降，但其市场依旧存在，许多观众仍然在互联网上观赏着过去的帝王剧以及港台拍摄的帝王剧（只不过港台帝王剧中历史正剧较少，而戏说剧较多）。当代中国电视屏幕上的帝王剧从哪里来？背后承载着哪些文化特征？帝王剧的起源与文化背景是今天研究电视剧文化与叙事中不可忽视的一个关键。

一、中国内地生产的第一部帝王剧及最早的古装剧

中国内地的帝王剧到底从何时开始的，各有说法。二〇〇八年出版的《中国帝王电视剧叙事研究》应该说是帝王剧研究的一部力作，其中提出，内地自己生产的第一次表现帝王的电视剧，

应该是一九八五年播出的电视剧《诸葛亮》，但里面的刘备是一个次要人物。而第一部"帝王"作为主角出现的电视剧则是陈家林一九八六年导演的十六集电视剧《努尔哈赤》[1]。

笔者查阅了一些相关资料，觉得这种说法还需要进一步探讨。根据笔者查阅过的资料，在《努尔哈赤》播出之前，已经有多部以帝王为题材的电视剧播出，《努尔哈赤》无论如何都算不上中国的第一部帝王剧。

众所周知，中国电视剧诞生在一九五八年，经历了直播时代和录播时代。在直播时代，中国生产的电视剧数量较少，而且受政治因素的影响，帝王成为一个被回避与批判的主题，这也使得帝王剧乃至多数的古装剧都难以被搬上电视屏幕。因此，帝王剧的出现在粉碎"四人帮"之后才成为可能。在"文革"结束之前，帝王剧出现的可能性不大。

但赵玉嵘主编、陈友军编著的《中国早期电视剧史略》一书中却曾经几次提到，在直播时期，"（在一九五八年到一九六六年间）西安（即陕西）台还曾演播过古代历史题材作品《天宝轶事》等"[2]，"（一九五八到一九六六年间，省、市电视台生产的电视剧），加上西安（即陕西）电视台播出的《天宝轶事》等电视剧，这些省、市台在早期阶段播出的电视剧一共有一百二十部，占了全国总量的二分之一以上"[3]。但书中并未列出这部电视剧的具体细节，包括具体的播出时间和内容。从作品名称和由陕西台演播这些特征来看，作品应该是与唐玄宗李隆基相关的。如果它真的是在"文革"之前拍摄的，那么，中国帝王剧的历史必定大大向前推。但考虑到当时的历史背景，唐玄宗能够作为一代帝王在屏幕上出现，几

---

[1] 林风云：《中国帝王电视剧叙事研究》，中国电影出版社，2008，第14页。
[2] 赵玉嵘主编、陈友军编著《中国早期电视剧史略》，中国电影出版社，2008，第15页。
[3] 同上书，第111页。

乎是不可能的事情，因为当时的历史剧无论是电影还是戏剧，最多可以表现农民起义的领袖，不可能将李隆基这样一个难以有定论的人物形象放置于屏幕上，无论是对他进行正面评价还是负面评价都不符合当时的政治需要。钟艺兵主编的《中国电视艺术发展史》一书对中国早期电视剧的发展有着较为详尽的介绍，但在书中列出的那一时期的剧目中却找不到这部《天宝轶事》。

而且陕西台的相关资料都认为陕西台在电视剧的直播时代，只播出过一部电视剧，即一九六三年的一集七分钟的《小碗》，这是在陕西台成立之后播出的一部直播剧，是忆苦思甜内容的。[1]而《天宝轶事》则是陕西台一九八二年拍摄的一部五集电视连续剧，是一部以李隆基、杨玉环的爱情故事为内容的电视剧。因此，它被《中国早期电视剧史略》列为直播时期的作品应该是属于资料错误。

而根据《中国电视艺术发展史》一书，同样在一九八二年，还有两部与帝王相关的电视剧，一部是河北电视台摄制的《懿贵妃》，另一部则是上海台摄制的《秦王李世民》。这两部剧曾经在一九八三年的飞天奖中获得了评委会的表扬。[2]（这届飞天奖评选范围为一九八二年三月一日至一九八三年二月二十八日间在中央电视台面向全国播出的二百七十七集电视剧）因此，它们与《天宝轶事》都应属于一九八二年播出的电视剧作品。这三部电视剧都不是中央电视台自己摄制的，属于地方电视台创作的作品。其中《懿贵妃》不属于严格上的帝王剧，它的主人公是兰贵人，即后来的慈禧，虽然她后来拥有帝王的权力，但自己毕竟不是帝王。《天宝轶事》和《秦王李世民》都有可能是中国的第一部帝王剧。

但现在还找不到《天宝轶事》和《秦王李世民》两剧的具体播出时间。《秦王李世民》原来是话剧作品，是一部为反对"两个凡是"

---

[1] 王锋：《陕西电视剧发展简史》，硕士学位论文，2008，第10页。
[2] 钟艺兵主编《中国电视艺术发展史》，浙江人民出版社，1994，第35页。

和"政策调整鼓与呼"的宣传作品，在一九八一年之前就已经进行了话剧演出，虽然现在尚无法确定它在上海电视台的播出时间，但可以认定，它的播出不会晚于一九八二年上半年，其在地方台首播的时间应该早于《天宝轶事》。因此，我个人认为，如果从地方台首播时间以及剧本创作时间上来看，《秦王李世民》当数中国第一部帝王剧，但如果按照中央台首播时间来看，《天宝轶事》可能是第一部帝王剧。将二者确定为中国第一部帝王剧都有道理，就看是按照哪一个标准。二者都符合林风云对帝王剧所界定的"历史真实存在"与"历史与艺术交合"双重属性。但如果按照电视剧自身的艺术特性来看，《天宝轶事》似乎更胜一筹，因为它是按照当今电视剧的拍摄手法生产出来的一部作品；而《秦王李世民》一剧来源于舞台戏剧，话剧的表现手法明显，尚没有脱胎改编的模式，从电视剧的艺术属性来说，与当今的帝王剧叙事尚有一定的距离。

由于笔者的资料有限，查找到的资料又难免挂一漏万，对于这一问题还希望得到方家的指正。但关于中国第一部帝王剧的出现时间的研究对当今帝王剧的研究有着重要意义，应该引起人们的注意。

与此相关的一个问题就是中国第一部古装剧的出现是在什么时间。电视剧的直播时代，以帝王将相为题材的古装剧不可能出现，但古装剧却不是没有过。据《中国早期电视剧史略》和《中国电视艺术发展史》两本书对直播时期电视剧存目的记载，第一部非现实题材的电视剧是以古代少数民族侗族的传说为题材的在一九六三年播出的《长发妹》，它讲述了美丽善良的长发妹战胜山妖为乡亲们夺回清泉水的故事。1955年，北京（中央）电视台少儿组还播出了一部古装的木偶动画《东郭先生》，人物都为古代服装造型。但这两部作品一部是少数民族神话题材，另一部则是木偶动画，与我们现在所说的严格意义上的古装剧之间还是存在着不小的差距。因而，在"文革"之前，严格意义上的古装戏是不存在的。

而在"文革"中由于帝王将相、才子佳人都属于"一律不播"的"坏八条"中的禁区，是被批判的范围，古装剧更是不可能出现，真正当代意义上的古装剧应为粉碎"四人帮"之后才可能出现。现在能够查到的最早的古装剧应该是中央电视台与江苏电视台于一九八〇年合作拍摄并播出的《鹊桥仙》，它改编自古代民间传说中的苏小妹与秦少游的爱情传说。该剧讲的是典型的才子佳人的故事，与当今通行的古装剧已经具有了承接关系。而在两年后就播出了几部帝王题材的电视剧，而且都是较长篇的作品，这是一个很值得关注的问题，甚至于可以说，中国新时期的古装电视剧是以帝王剧闪亮登场为标志的。

二、帝王剧叙事的原则——人物驾驭史实的叙事模式

为什么新时期开始的古装电视剧会以帝王剧的亮相为开端？这尤其值得思考。至少它说明"帝王将相"作为中国传统文化中的一个重要题材，始终在人们的集体中无意识地占有重要位置，作为一种"情结"，吸引着中国大众。尤其是从20世纪90年代开始，帝王剧一再"发烧"，最后不得不通过行政禁令为其"降温"。从一九八二年到今天的三十年里，几乎重要的中国帝王都被搬上过电视屏幕。上至秦皇汉武，下至清代诸帝，都纷纷亮相。但我们却能够惊奇地发现，这些帝王的面孔非常近似，几乎只有服装和名字显现出他们的不同。[①]

这些帝王们可以粗略分为创业帝王与守业帝王。创业帝王以开

---

① 林风云将帝王剧分为正剧模式、喜剧模式与罗曼司模式三种，后两种实际上是古装喜剧与爱情剧的变种，不是帝王剧的典型类型，这里不拟讨论。这里涉及的只是帝王剧中的正剧类型。

国君主为主，包括《秦始皇》中的秦始皇、《成吉思汗》中的成吉思汗、《朱元璋》里的朱元璋、《努尔哈赤》中的努尔哈赤等人；守业帝王包括《汉武大帝》中的汉武帝、《康熙王朝》中的康熙、《雍正王朝》中的雍正、《贞观长歌》中的李世民、《大明王朝1566》中的嘉靖等。

创业帝王都是以创业史的角度来进行叙述，在结构上大体分为四个部分，即奋起抗争、艰难创业、东征西讨、大功告成。而守业帝王则是登基前的宫廷斗争、登基后的改革、改革后的功业、成功后的结局。两种帝王剧都是严格按照故事发生、发展、高潮、结尾的情节来构造的经典戏剧化叙事。而创业帝王剧与守业帝王剧除前面的战争情节不同之外，后面的人物与角色分工大体相当。

从人物塑造来看，主要人物——无论是创业帝王还是守业帝王——自身都是英明神武、明察秋毫、赏罚分明的英雄人物。他们都拥有一些共同的特点：英勇过人、拥有极高的政治智慧和雄才大略、知人善任、爱惜百姓、尊重对手，或最终接受了儒家思想，或一直是儒家思想的践行者。创业帝王主要以武功和仁义得天下；守业帝王或者继续开疆拓土建立功业，或者通过改革振兴了王朝。

其他的一些主要角色也都具有一些共性，一般来说，帝王手下都有智者与勇者两类形象。智者拥有政治智慧和战略眼光，如《贞观长歌》里的魏征、《成吉思汗》里的耶律楚材、《朱元璋》里的刘基、《康熙王朝》里的周培公、《雍正王朝》里的邬思道等。他们兼有帝师与军师双重身份，他们既能够为帝王绘制政治蓝图，又用儒家大义来对帝王进行指导。他们与帝王们亦师亦友，或帮助其成就大业，或帮其运用权谋。但有趣的是，这些人物多数的结果都是功成身退，或者成为江湖隐士，或者"鞠躬尽瘁，死而后已"了，鲜有能够陪伴帝王到最后的。再有一种形象就是勇者形象，如《成吉思汗》中的木华黎和者别、《朱元璋》中的常遇春、《康熙王朝》中的魏东亭、《雍正王朝》里的十三阿哥胤祥和田文镜等。这类人物形象都勇武中带着鲁莽，忠诚而又急躁。

我们可能觉得很奇怪，中国古代那么多帝王，他们的面貌为何如此类似？为什么诸多的不同历史都能够表现出来近似的结构？而反观西方文本，莎士比亚的戏剧中其实不乏描写帝王将相的作品，其中包括了关于早期传说时代帝王的《李尔王》到《约翰王》《理查二世》和关于较近时代帝王的《亨利八世》乃至关于英国以外的帝王的《裘力斯·凯撒》《哈姆雷特》等等。然而在这些剧中，每个帝王都有其各自的面孔和性格，其故事也完全不同。莎士比亚的剧作中，有残暴阴险的理查三世，有仁慈但偏执的李尔王，有狡诈的克劳底阿斯，有英明睿智的亨利五世。剧作中的人物也是千变万化的，有福斯塔夫式的滑稽人物，有悲怆无奈的伊丽莎白王太后（爱德华四世之后），也有哈姆雷特那样聪明但又矛盾的王子。这些人物与相对复杂的情节构成了帝王丰富的面貌。甚至可以说，莎士比亚笔下的帝王都是人，而中国帝王剧中的人物，都是趋于类型化的"典型"人物。尽管创作者们总是说要将他们还原成为历史中的人，而且总是表明其基本故事都"于史有据"，但实际上，这些帝王剧可以说都是用历史故事包装起来的以类型人物为主的叙事框架。其人物不但没有呈现出人的复杂性，反而更趋向于类型化的"扁平式人物"。

这里面的核心原因其实只有一个，就是要将历史叙述为符合中国传统逻辑与观众固定的接受模式的故事。因为只有这样，才能让当代的中国观众获得基于传统叙事逻辑的自足感和满足感。"'古装主旋律'电视剧是在多元文化思潮的影响下，在'互文'的不断渗透中，在市场经济与广告效益的催产下，在各种模式商业作品的激烈竞争中应运而生的。这类作品巧妙地在市场与政府、大众需要与国家利益之间找到结合点。"①当然，从叙事者来说，创作者们也都是生存在中国文化语境之中，很难跳出传统叙事的逻辑框架。

实际上，如果与中国古代的英雄传奇的叙事文本相对照的话，我们很容易找到其叙事原型的来源。英雄们都是勇与力的结合，他们通过打败强大的对手完成功业，他们勇于征战，知人善任，又充满了智慧，同时又受到儒家思想的规约，成为符合中国传统道德理想的人物。而历史事件本身反而成为显示他们英雄行为的载体。中国古代的英雄传奇本来来自口语文学，以评书的形式长期在民间流传，但印刷术出现之后，渐次被文人们修改、升华，产生了能够为社会底层与精英共享的文学作品。英雄们也从勇冠三军的薛仁贵式，发展成为岳飞、杨延昭式的儒将，而且分化出来了牛皋、孟良、焦赞等勇者辅助人物——而《三国演义》《水浒传》标志着其高峰。

如果对照《三国演义》文本，我们可以轻易地找到几种人物形象的典型。帝王们几乎都是以刘备为原型。他们一方面口称天下，以显爱民如子；另一方面将其狡诈表现为政治策略，使之成为英雄事业的一个组成部分。另一特征则是通过朋友道义将其表现为性情中人，这样就避免了他们的英雄面孔中缺失人性。实际上这些来自民间故事中的结拜母题，从薛仁贵到岳飞、杨延昭都有着这样的结拜情节，后来逐渐演变成为"桃园三结义"，继而作为君王的"义"的组成部分。但比较《三国演义》的文本，当代的电视剧出现了一种将阴谋合理化的倾向。《三国演义》基于中国传统儒家思想，将阴谋手段都交与其助手——智者来承担，以此避免帝王们"仁"的形象被损害。但当今的帝王电视剧，则明显地加进了宫廷斗争与帝王残忍手段的描述。这一方面是为了增加其人性化的形象特

---

① 郝建：《中国电视剧：文化研究与类型研究》，中国电影出版社，2008，第160页。

征而从传统叙事的僵化中摆脱出来,另一方面则是为了以此来使在人们心目中已经不再神圣的帝王能够找到事件的合法性。如"《雍正王朝》对雍正的杀子、戮功臣的行为都做了对雍正有利的人性化处理,从而使这些有悖人伦的行为在文本所表现的'江山图治'这一主题下获得了一定的合理性"①。但这样的处理手法也使得君主们不再是刘备式的儒家君主的理想形象,而将他们作为法家帝王的一面完全暴露出来。

智者的原型则是诸葛亮。他们足智多谋,善于审时度势,是君王的参谋与助手,同时还承担着中国传统的儒家的"师"的职能。这样的人物在历史上其实几乎不可能存在,因为这种类型的人物会与君主发生权力之间的直接冲突。但这种角色又是中国民间的阅读期待所在,人们希望能够有种秩序的力量对帝王的权力进行规约。因此,帝王剧里的帝王身边都少不了这样的角色。于是我们看到,《成吉思汗》中放大了耶律楚材,《康熙王朝》里面拔高了周培公,而《雍正王朝》中则虚构了邬思道。这种智者形象还有一个功能,就是将智谋分担出来,使得主要英雄人物——帝王能够保持"仁"的面貌,毕竟精于权谋的形象有损于仁厚。

而勇者形象一方面分担了英雄的勇武,另一方面则与智者类型相对,与儒家传统形成情节上的张力,《三国演义》中的代表人物是关羽和张飞。这样的勇者分担了观众对帝王英雄行为的期待,同时他们又表达了民间对儒家式智者的反感,迎合了观众潜意识中的反智主义倾向。而且勇者形象又能使观众的被传统伦理压抑着的暴力潜意识宣泄出来,因而这类人物总是能够受到人们的欢迎。这类人物在帝王剧中也经常作为不可缺少的人物出现。

这样,我们可以看到,名为历史正剧的帝王剧的创作过程,实际上都是创作者以自己想象中的人物为纲,而以史实为素材的构造

---

① 白小易:《新语境中的中国电视剧创作》,中国电影出版社,2007,第181页。

过程。选取哪些史实都不过是编剧基于自己对历史逻辑的理解和中国集体无意识的过滤与筛选,他们都很少突破中国的传统叙事。如果说有所突破的话,只是为那些帝王们安排了一些情感戏罢了。"即使是曾以严肃正统面貌出现的弘扬英雄语义的主旋律电视剧以及追溯历史的历史题材电视剧,也无一不是注入了爱情的内容。"[1]但需要反思的是,那些情感戏都为了表明一个主题:帝王只能有国,而不能有家。从汉武帝与阿娇以及卫子夫的故事,到康熙与苏麻喇姑以及容妃的故事,再到多尔衮与庄妃的故事,爱情在与国家至上的理性斗争中统统败下阵来。于是创作者又巧妙地将它置换回到了"英雄无家"的母题中来——这与西方民间叙事诗中的"英雄娶女武士"的母题表现出截然相反的处理模式。[2] 这些情感戏不过是一方面迎合着观众的享乐主义的欲望潜意识,另一方面又能不违反中国传统的儒家意识形态的规约,因而以悲剧式的手法来描写家与国的冲突,并以爱情的注定失败来暗示只有消除"人欲",才能弘扬"天理"。只不过,在当代的帝王剧中,女人不再被描写成为传统的"红颜祸水",而是以一种民间的、口语的话语立场来突出她们对感性的追求。它们不但没有使君主归于人性,反而更加神化了君主们的光辉高大的形象。但这也把叙事逻辑推到了日常逻辑的反面——"天下万苦,帝王最苦"。

应该注意的是,还是有少数帝王剧试图在类型化塑造中有所突破,如《大明王朝1566》中的嘉靖形象,但是其中嘉靖亦没有被描述为典型的昏君式的人物,而是被描述为虽然沉溺于炼丹修道,但还是擅长于权力斗争,不是简单地被严嵩父子蒙蔽的君主。他仍然牢牢地控制着权力,也意识到了积弊,但把解决问题的机

---

[1] 高鑫、吴秋雅:《20世纪中国电视剧史论》,学苑出版社,2002,第157页。
[2] "英雄娶女武士"是欧亚大陆民间故事中的常见母题,我们可以在古希腊的美狄亚的故事中看到。中国英雄传奇中也可以找到遗迹,如牛皋的临阵招亲、杨宗保与穆桂英的故事、三请樊梨花的故事等都是这样的民间故事。

会留给了后人。对比《雍正王朝》中的康熙形象，这里的嘉靖形象虽然性格不同、针对事件不同，但其在情节叙事中的功能却是一样的，都是为了下一任君臣的改革留出叙事上的合理性。只不过采取横断面式叙事的《大明王朝1566》一剧由于角度不同，把这个内核隐藏起来了而已。

近几年来帝王剧声势不再，但它的市场不会发生大的变化，民间的收视期待依旧，它随时有可能重新名震江湖。因而值得我们关注的是帝王剧的叙事何时会出现突破，会以什么形式突破。这既涉及文艺创作的突围，又涉及中国历史叙事方式的改写。

（发表于《电影文学》2011年第15期，有改动）

中国家庭伦理剧中新时代女性形象研究
——以电视剧《都挺好》为例

家庭是社会最基本的组成单位，而家庭人伦关系一直以来在中国文化中占据特殊地位，所以家庭伦理题材电视剧一直是中国观众最喜爱的电视剧类型之一。家庭伦理剧凭借贴近生活、通俗易懂等优点，极易引起中国观众的共鸣。家庭伦理剧即反映家庭伦理道德的电视剧，往往以家庭为主要场所，对准家庭成员和亲属之间的情感纠葛。回顾中国电视剧发展史，每个年代都有优秀的家庭伦理剧，比如20世纪90年代轰动一时的《渴望》，进入21世纪后的引起争议的《蜗居》《裸婚时代》《我的前半生》等。这些家庭伦理剧在当时都引起了广泛的讨论，甚至引导了社会思潮的变迁。

近些年中国电视剧领域迎来了一个潮流，即女性意识转向，许多文本开始对准女性形象，开始以女性的视角展开叙事，例如前些年热播的《欢乐颂》《甄嬛传》《北京女子图鉴》等，这些电视剧也被称为"大女主剧"。一般来说，大女主剧一定是以一位女性主人公为核心而展开的，其元素包含女主人公的成长、谋略、争斗、爱情、亲情等，且这位女主需要获得一定的权力、地位。[1]家庭伦理剧也响应了这个转向，近几年生产了《我的前半生》《知否知否应是绿肥红瘦》等爆款女性家庭伦理剧作品。

在这个潮流下，电视剧中涌现出一大批新时代女性形象。所谓新时代女性形象，一般来说，就是事业成功同时经济独立，拥有自己完整的世界观和明确的奋斗目标，感情观方面不纠结于传统思想中的"女大当嫁"而是追求爱情自由，同时拥有超高智商和情商，在职场与男性"混战"也能够游刃有余的女性。在电视剧中这类女性往往有共同的外在特征：精明干练、高冷、有女王范儿。新时代女性这个概念来源于美国的女权运动，强调一种摆脱父权社会的女性特点。例如《我的前半生》中的唐晶和《欢乐颂》中的安迪，都是影视作品中典型的新时代女性形象。

在二〇一九年，"现象级"电视剧《都挺好》引爆了国内荧屏，这部带有大女主色彩的电视剧围绕职场金领苏明玉的成长故事，探讨原生家庭对孩子成长的影响，在全社会掀起了对原生家庭问题的争论。这部大女主电视剧中呈现出的性别形象非常具有研究价值，在剧中男性形象呈现出集体失语的状态，女性气质和男性气概出现了倒置，女性群体以绝对优势压制住男性群体。这个男性群体就是由苏大强、苏明哲和苏明成组成的"无能三人组"。这些男性在剧中无理取闹，令人啼笑皆非，这与以往家庭伦理剧中表现出的男性形象截然不同。反观剧中出彩的女性形象不仅仅有大女主苏明玉，还有她的大嫂吴非、二嫂朱丽，三位女性角色代表了三种中国当下的新时代女性形象，一起在剧中建构了一个具有统治力的性别团体，全方位地颠覆了传统观念中的性别框架。

---

[1] 李静：《"大女主戏"的新走向及内在的性别焦虑》，《艺术广角》2018 年第 5 期。

一、新时代女性的三重形象

在《都挺好》这部剧中，对女性形象的处理，基本已经摆脱了刻板化、单一化的僵化塑造，女性形象往往带有双重甚至多重身份特点，这种人物处理方式可以减少人物的概念化，更加贴近真实。在《我的前半生》中有一些类似的处理，《都挺好》在这点上做得更加优秀。剧中苏明玉和吴非、朱丽是三个重要的新时代女性形象，她们分别代表了不同的文化背景和社会阶层，根据对她们身份元素的审视，可以将她们分类为三种不同形象。

（一）吴非——非典型家庭妇女形象

吴非是剧中大哥苏明哲的妻子，与苏明哲一起定居在美国，二人共同育有一个女儿。审视剧中所呈现的吴非的身份特征，可以明确标记出以下几个标签：一是母亲；二是妻子；三是留美华人；四是中产阶层女性。从这四个标签可知吴非这个人物形象的几大特点。首先，母亲和妻子是吴非在家庭层面的标签。这两个标签要求吴非必须在家庭空间扮演起"家中的天使"，在"吴非——苏明哲"家庭危机（苏明哲失业）出现之前，吴非的确是一个符合中西方标准的家庭主妇的形象，相夫教子，扮演贤内助的角色，替丈夫出谋划策。但是在苏明哲失业之后，吴非不得不站出来承担更多的家庭责任和社会责任，同时她的身上仍然存留着"家庭主妇"的色彩，所以她没有完全成为职业女性，这是一种家庭角色带来的必然。其次，留美华人是吴非在文化上的标签。作为华人的吴非最大的特点就是深受中国传统家文化的影响，留在美国给吴非带来的是家的缺失和对家的迷恋。生活在美国，远离自小生活的家乡，人物必然会有对某些情感的渴望，特别是对家与亲情的渴望，吴非并不是在美国长大的华人，而是新移民群体，面对新的文化环境，必然会产生陌生感，家庭对吴非这种新移民来说，是最具安全感的文化堡垒。这就是在剧中吴非极力反对苏明哲的"愚孝"行为，一直在强调自己和女儿的地位的深层原因，留美华人标签注定了她需要更看重自己的"小家"。最后，中产阶层是吴非在社会上的标签。吴非生活的家庭并不属于富裕阶层，而是一个美国的中产阶层家庭。她是一个公司的前台服务员工，这算不上高收入工作，只有在丈夫的收入加持下，吴非和她的家庭才能挤进中产阶层。经济水平使得吴非仍然面临着经济的压力，尤其是在苏明哲失业危机发生之后，经济压力变得更大，中产阶层的生活水准也无法保证。在危机的压迫下，吴非逐渐找到了自己新的家庭定位和社会定位，承担起了维持家庭生计的责任。

苏明哲的失业危机是吴非人物转折的关键点。丈夫失业之前，她是一个标准的家庭主妇，吴非的主体性一直是缺席的，她更像是一个在场的（present）"他者"。"他者"的真正含义是指那些没有或丧失了自我意识、处在他人或环境的支配下、完全处于客体地位、失去了主观人格的被异化的人。[①]危机之后，吴非的主体性才逐渐成形，逐渐承担起"养家糊口"的重任。这种主体性的获得，要归功于男性主体的自觉消失。

总体来说，吴非展现出的新时代非典型家庭妇女的形象，与传统家庭妇女的形象相区别，她的活动空间更大，主体性更明确，并初步实现经济独立。这种形象是现实社会中最常见的女性形象。但是，吴非这个形象相对于苏明玉来说更加保守，处于新旧时代的交界处，她深受中国传统文化影响，对家庭有着较深的迷恋，

---

① 西蒙娜·德·波伏娃：《第二性》，陶铁柱译，中国书籍出版社，1998，第5页。

因此她的主体性并没有苏明玉那样清晰，但是她已经比传统女性形象更进一步，在寻找女性主体的道路上走得更远。

（二）朱丽——非典型妻子形象

朱丽是苏明成的妻子，这一对年轻夫妇没有子女。审视朱丽，可以辨析出以下几个标签：一是妻子；二是女儿；三是职场女性。首先，可以清晰看出，她是一个妻子，这是在她的"小家"中的定位。她有义务去保护家庭的名誉，所以她在剧中极力要求苏明成还苏大强钱，这是出于妻子维护家庭尊严的本能。但是她没有孩子，不需要承担母亲的责任，所以她比吴非更加自由，所以在剧中看不见朱丽做出"母亲"般的行动。其次，女儿的标签是她在原生家庭中的定位。朱丽是剧中唯一一个出生于完整原生家庭的女性，父母的庇护让她始终可以保持一种被保护的状态，安全感十足，所以她在剧中很少去承担家庭工作，例如做饭，这是她的女儿身份赋予她的特权。最后，职场女性是她在公共领域的标签。剧中对职场的呈现除了苏明玉就是朱丽的戏份最多。朱丽是一个注册会计师，她有着高收入且体面的工作，她在社会领域的身份高于自己的丈夫，并且她的收入在家庭中是最高的，所以她的经济地位保证了她在家庭中的"不做饭"特权。

相对于吴非来说，朱丽的主体性更加清晰，因为她始终掌握着自己家庭的经济大权，她的经济地位决定了她在"小家"能够拥有更多的空间和更自由的生活习惯。朱丽这个形象属于新时代女性形象的一种，与传统影视剧作品当中的妻子形象截然不同，她不做饭，不做其他家务，生活不局限在家庭空间内，有比丈夫更强大的经济能力。她代表了在当今社会中许多年轻新婚夫妇的妻子形象，没有抚养子女的迫切要求，个人生活更充实。

但是，因为朱丽在剧中有着完整的原生家庭，受原生家庭的影响，所以朱丽也深受中国传统家文化的影响，对"小家"非常看重。虽然拥有经济能力，但是她仍然依附于这个家庭，自己的收入用来还整个家的债务，积极承担更多的家庭责任，在"家"的概念上朱丽还是比较传统的女性。离婚之后的朱丽，凭借自身的独立经济能力也能生活体面，但是，她仍然渴望恢复自己的家庭秩序。朱丽可以被看作一个非典型的妻子形象，既有新时代女性经济独立的特征，又深受传统思想的影响，所以她也是一个生活在现代与传统交界处的女性，但是她比吴非更有成为新时代女性的潜力。

（三）苏明玉——非典型独立女性形象

按照传统男权视角来衡量，苏明玉的确是一个离经叛道的女人，这个"离经叛道"指的是背离中国传统思想对女性角色的规定。苏明玉这个角色的首次登场就充斥着反叛的味道，她拒绝拥抱许久未见的大哥，而中国古代传统思想中认为"长兄为父"，她对大哥的疏离和漠视令她的行为具有了象征意义，为全剧的基调奠定了基础。

这部电视剧为苏明玉的"大女主"形象设定了主观条件和客观条件。首先，在主观条件上，苏明玉的智商极高，剧中提到她本身的学习能力可以报考清华大学，原生家庭的原因让她放弃了清华大学而去了一所普通师范大学，从这可以看出苏明玉的智商和学习能力可以匹敌考上清华大学的苏明哲。其次，苏明玉的情商同样很高，这点从苏明玉在充满男性的职场环境中左右逢源、游刃有余中可以看出，她在处理复杂社会关系上的能力非常强，也就是情商高。最后，是苏明玉形象的客观条件，苏明玉是剧中唯一一个没有婚姻关系的女性，同时也是没有子女和完整原生家庭的女性。这三点是苏明玉能够成为"大女主"的重要客观条件，没有婚姻关系和子女，保证了苏明玉能够掌握自己身体的控制权，不需要承受社会道德的压力。同时，她年纪轻轻就疏远了自己的原生家庭，所以她受到的中国家传统思想的影响极小，不受家庭观念羁绊。

　　主观条件和客观条件确保了苏明玉可以拥有完整的主体性，仔细审视她的标签：一是女儿；二是职场女性；三是富裕阶层。她"女儿"的身份在剧中是游离在她身体周围的一个标签。"女儿"角色是自然条件赋予她的身份，从她的行动中可以看出她在排斥这个标签，但是这个标签就像是她身上的紧箍咒，她不能完全抛弃这个身份，导致在剧尾她的"独立"女性的形象被解构。职场女性是苏明玉在社会空间中的标签，也是她最大的身份特征。这一标签表示苏明玉自身经济独立，同时她拥有和男性平等竞争的地位。第三个标签是富裕阶层，苏明玉是苏家收入最高的一位，金钱是她能够在家中获得权力的最大保障，同时金钱也保证了她在社会中拥有一个较高的权力地位。综合三个标签，苏明玉的形象精明干练，有事业雄心，有政治规划并且拥有显赫的社会地位和超高的经济收入，在社会和家庭空间中都能拥有与男性平等的权力或者说凌驾于男性的权力。所以说苏明玉这个角色接近这些年电视剧里最常见的"大女主"形象，但是由于强调伦理关系的家庭伦理剧自身的特点，她无法彻底摆脱家庭羁绊。在结尾，家庭的爱使她又回归到传统与现代的交界处，所以她是一个非典型的独立女性形象。

　　新时代女性的最大特点就是拥有经济的独立性得以摆脱对男性的依赖而更加独立自主。剧中三个女性各自代表了不同的新时代女性形象，她们各具特点，总体来说吴非、朱丽和苏明玉三者的区别就是在经济独立和对男性依赖的程度上各不相同，因此自身主体性的明确程度也各不相同。这三位女性角色联合建构起全剧的最高权力阶层，对剧中男性角色进行了全方位的压制，她们是如何实现对男性的统治的？这源于她们集体对传统性别体制进行的双重颠覆。

二、性别形象的颠覆

麦道威尔认为，女性主义学者一直在致力于证明二元假设的错误性质，但是二元性别划分的概念，仍然是当代社会实践的关键要素。因此，女人及其女性气质的相关特征，被界定为非理性、情绪化、依赖且私人，和男人相较之下，接近自然而非文化。男性特质则被描绘成理性、科学、独立、公共且有教养的。一般认为，女人受到身体和情绪的摆布，男人则代表对这些较卑劣特质的超越，是相对于女人身体的心灵。[①]女性形象在东西方文化中都被建构成为一种"他者"，这种建构往往认为女性是应当依附于男性的存在，不需要拥有主体性，更不要提拥有理性思考的能力。但是《都挺好》这部剧当中呈现出的性别形象实现了惊人倒置，以苏明玉为代表的女性统治团体在剧中以绝对的理性形象占据了传统家庭伦理剧作品中男性的位置。撒泼打滚、无理取闹、胆小懦弱这些特征给了以苏大强为代表的男性群体。这种反转，使传统性别形象划分在这部剧中已经不再成立，崭新的、充满女权主义色彩的性别形象树立了起来。

分析剧中性别形象的颠覆，首先要简单分析一下剧中男性形象的表现。在剧中，苏家父子三人是主要的男性形象。首先是父亲苏大强，他是一个最典型的"女性化"男性角色，在妻子去世之前，处处受到妻子压制，在家中没钱没话语权，懦弱不堪。同时他还对家里子女三人的每一笔花销都记得清清楚楚，细化到连一根雪糕的钱也没放过。在传统家庭伦理剧中，记账这种"细心"的事情往往都是由女性角色来完成，但是在剧中苏大强成了这个记账的"女性角色"。众所周知，在中西方文化中女性才是家中

[①] 琳达·麦道威尔：《性别、认同与地方：女性主义地理学概说》，徐苔玲、王志弘译，群学出版有限公司，2006，第15页。

被压迫的那一方，在苏大强家中这个设定发生了反转。在妻子死后，苏大强重获新生，自己被压制的本性得以释放，但有趣的是，这种本性仍然是"女性化"的。比如苏大强为了去美国与苏明哲居住，三番两次无理取闹，威迫苏明哲把他接到美国。自私自利和无理取闹成了丧妻后的苏大强的形象特点。大哥苏明哲最明显的形象特点是"愚孝"，这种"愚孝"已经上升到了一种非理性的状态，作为兄长的自我认知让他把自身的"面子"看得非常重，正如剧中吴非对苏明哲的评价——"打肿脸充胖子"，这正是对他性格特点的一个极佳概括。二哥苏明成的特点是"情绪化""依赖"和"非理性"，他几乎囊括了麦道威尔说的传统社会实践中女性形象的特点，苏明成是一个典型的"啃老族"，对家庭的依赖心理非常强，同时他殴打苏明玉和盲目投资，让他性格中的"非理性"和"情绪化"的特点一览无遗。

反观剧中女性角色的行动，首先是大嫂吴非在苏明哲失业之后，在家庭中承担了主要的经济责任，传统"男主外，女主内"的家庭框架被打破。而苏明哲也并不愿意自降身份去做低一等级的工作，所以长时间在家待业，照顾孩子和做饭，成为一个典型的"家庭妇男"。随后，苏明哲因为自己的"愚孝"，做出一系列失去理性思考的行为，比如一时冲动接苏大强来美国，饭桌上顾及面子要求买三室一厅的房子等事件，远远超出了苏明哲自身的经济水平。这个时候吴非这一角色一直给苏明哲提出合理的建议，替他进行理性分析，帮助他解决问题。在"吴非——苏明哲"的家庭里，吴非担任家中更理性的那个角色，互换了传统视野中家庭内部男女角色形象。其次是朱丽，她相对于丈夫苏明成来说，责任心更强也更加理性。当朱丽得知自己和丈夫多年来收到父母的巨额补贴后，非常羞愧，坚持要还苏大强钱。但是苏明成对还钱的态度是非常抵制，最终在朱丽的劝说下，苏明成才同意还苏大强钱。从这个桥段可以看出来朱丽在家庭责任感和家庭荣誉感上更胜于苏明成。"有家庭责任感"这个词是带有鲜明性别特征的，一般用来形容家中男性居多，在"朱丽——苏明成"的家庭里，朱丽是更有家庭责任感的角色。最后，苏明玉自身就是独立女性的完美形象，理性、独立、事业心强并且非常有教养，与自家的父亲和哥哥们的愚昧幼稚相比，苏明玉全方位地占据了传统男性特质的所有优点，她比吴非和朱丽更加优秀，因为她有独立解决问题的能力。苏大强父子三人在剧中不断制造麻烦，最终全部都是苏明玉来解决，苏明哲的工作、朱丽的工作、老宅的出售、苏大强的看病、苏明成的工作……苏明玉仿佛无所不能。

分析完剧中性别形象的颠覆的呈现，继续审视剧中女性角色完成性别颠覆的导火索。这点可以从三位女性形象的共性说起，剧中三位女性形象的建构，都有一个共同的特性，就是三位都经历了"灾难"，"灾难"之后她们才开始踏上主体成形的道路。首先，苏明玉成为职场女性，源于大学时期与原生家庭的决裂，放弃了家庭的生活费，从大学开始就自己赚取生活费。在生活压力下，苏明玉逐渐形成了独立自强的性格特征，也正是因为这个"灾难"苏明玉才能够结识蒙总，从此走上职场道路，所以说苏明玉这一人物形象的成长离不开"灾难"的推动。其次，剧中大嫂吴非的主体性显现也是源于自己家庭出现的"灾难"，即苏明哲失业，原先的中产阶层生活面临危机，所以她不得不承担更多家庭责任，尤其是经济上，同时也不得不用理性去规劝苏明哲的盲目行为，减轻家庭的经济压力。最后，朱丽面临的"灾难"是审阅完苏大强的账本之后，得知自己丈夫一直以来啃老的事实，她开始重新审视丈夫一家的亲戚关系。她也因为这件事更加努力工作，督促丈夫还父亲钱。

剧中的女性团体通过自发性行动集体颠覆了麦道威尔提到的

社会实践对女性的刻板印象，理性、独立、有教养是剧中女性群体的集体优点，虽然带有理想主义色彩，但是这种对女性形象的塑造是可贵的。女性群体对性别形象的颠覆自然会导致对性别体制的颠覆，传统的父权体制在这部剧中也面临了解构的危机。

三、父权体制的颠覆

在最广泛的意义上，父权体制（patriarchy）指的是父亲的法律，身为父亲的男人施加于妻女的社会控制。在女性主义学术研究较为特定的用法上，父权体制所指涉的系统将男人群体建构为优于女性群体，从而假定具有支配她们的权威。[1]父权体制或者说性别体制是从古至今形成的性别结构性关系，意味着男性拥有对女性进行统治的特权，这种特权体现在社会的方方面面。沃尔碧把性别体制分为私人父权关系的家务体制和公共父权关系的公共体制，她认为："家务性别体制奠基于家户生产，这是女性工作活动，以及剥削女性劳动和性欲的主要位置，同时也以将女性排除在公共之外为基础。公共性别体制不是奠基于排除女性于公共之外，而是奠基于女人在受薪工作与国家结构，以及文化、性欲特质和暴力里的隔离和附属地位。"[2]根据沃尔碧对父权体制的分类，回视《都挺好》中的三位女性，她们可以说是全方位地颠覆了沃尔碧的双重父权划分。

首先，分别回顾剧中三位女性对私人父权体制的颠覆，根据沃尔碧的说法，"家庭形式里的主要父权策略是排他性的，将女人

---

[1] 琳达·麦道威尔：《性别、认同与地方：女性主义地理学概说》，徐苔玲、王志弘译，群学出版有限公司，2006。
[2] SylviaW, (London: Routledge, 1997), p.6.

排除于公共场所之外"[1]，可以看出沃尔碧认为在私人父权体制中，女人被家务劳动禁锢在家庭空间之中，认为女性不应该介入公共场所，并且家务劳动被丈夫或者父亲无偿占用。比起年轻的女性，年龄大的女性更容易进入私人父权体制。剧中大嫂吴非是年龄最长的女性形象，在"灾难"之前，她的戏份全部集中在家庭空间之内，但是在"灾难"发生之后，她开始从家庭空间走向公共空间，反而是她的丈夫苏明哲在家中做饭做家务照顾女儿。苏明哲失业之后，吴非成了那个从私人空间进入外部空间的人，苏明哲则成为在家中等待"丈夫"归来的"家庭女性"。二嫂朱丽的情况与吴非类似。剧中苏明成从看守所出来之后，每天的工作就是在家照顾苏大强、做饭和做家务，等朱丽下班回家向朱丽抱怨苏大强和苏明玉，宛如一个"怨妇"。与此同时，朱丽恰好迎来升职，事业上面顺风顺水。随后因为与苏明成吵架朱丽返回娘家居住，苏明成的家失去了"丈夫"朱丽，家中情况变得非常糟糕，苏大强被吓得离家出走住进了旅馆，最终住院。可见，苏明成才是传统意义上"家庭妇女"的形象，而朱丽更像是一个"丈夫"，没有当权者"丈夫"朱丽在家庭空间，整个家庭秩序是混乱不堪的。苏明玉的颠覆更为明确，她没有一个传统意义上的家庭空间，因为她并没有结婚，但是她有一个男朋友石天冬，有趣的是他本身就是一个厨师，每日的工作就是做饭，而"做饭"和"厨房"，这在传统意义上是女性的专属名词。到电视剧后半段，石天冬就直接进入苏明玉的家中，承担起了照顾苏大强的责任，每日给苏明玉和苏大强做饭，仿佛一个"妻子"。苏明玉每日在职场中挥斥方遒，石天冬成为苏明玉的"贤内助"。由此可见，三位女性从不同程度上颠覆了沃尔碧提到的私人父权体系，片中主要男性角色皆活跃在传统女性的地盘，而女性角色驰骋在传统男性的空间里，传统的"妻子"与"丈夫"角色在这

---

[1]SylviaW，（London：Routledge，1997），p.6.

部剧中完全互换。

其次，继续审视剧中公共空间中的女性形象，沃尔碧认为："因职业而位居较高的社会经济体的女人，比较可能涉入较为公共的形式当中。"[1]在剧中，占据较多戏份、有完整的职场关系的女性只有苏明玉一个人，所以对公共父权体系的颠覆成为苏明玉的特权。"公共形式的策略则是采取隔离主义和从属关系。"[2]公共形式的父权关系强调一种女性的附属地位和弱势地位，女性往往被隔离在高薪工作和高层之外，获取较低的报酬，同时强调男性统治制度，并且制定带有性别偏见的规则去规训女性。但是剧中，公共空间中的苏明玉是绝对"男性化"的，甚至反转了整个性别体制。苏明玉开始是众诚集团的分公司江南公司总经理，经历了与男性异己的搏杀，最终在剧尾被任命为众诚集团的总经理。同时苏明玉还有一个事业伙伴柳青，他是江北公司的总经理，级别上与苏明玉同级，但是在处理公司问题上，经常求助于苏明玉，遇到问题之后也是苏明玉替他解决，所以他的剧中形象带有冲动、非理性和依赖的特点。比如剧末的武汉危机，正是由于他的不理性和冲动导致的，最终也是由苏明玉出面解决了这个问题。因此，这个男性角色就像是苏明玉的属下，依附于苏明玉而生存。另外一个关键角色是蒙总，他是苏明玉的师傅，帮助苏明玉解决很多棘手问题，是剧中少有的拥有男性主体意识的形象，但是在结尾，蒙总把自己众诚集团的总经理位置让给了苏明玉，这个行为充满性别宣示隐喻，表明苏明玉已经是众诚集团这个职场世界里的绝对统治者，没有任何男性角色可以凌驾于她之上。剧中苏明玉颠覆了女性在公共父权体系当中附属和弱势的地位，取得了原属于男性在公共空间中的地位。

---

[1] SylviaW, (London: Routledge, 1997), p.6.
[2] 同上。

这部电视剧中的女性形象对父权体系的颠覆是全方位的，无论是家庭空间还是公共空间。女性在剧中占据了传统父权体系中支配者的位置，相较之下剧中男性角色主体意识集体低迷，反而成为传统男权视角中的"他者"。

四、结语

三位新时代女性角色在剧中完成了对男权体制的双重颠覆，但是必须认清，这种颠覆是存在理想化色彩的，电视剧内部呈现的只是一种拟态真实，尤其是苏明玉这个形象，可以看作是女权主义者的乌托邦想象。这种拟态真实让所有女人都认为自己已经具备成为"大女主"的全部资质，但是真实的社会和电视剧内的拟态真实是截然不同的，所以必须保持一种理智态度。必须承认《都挺好》的热播表明了当下家庭伦理剧领域女性意识的觉醒，虽然带有理想色彩，但是对唤起全社会对传统性别观念的注意，还是极具现实意义的。另外，正如电视剧结尾剧情所示，极端独立的苏明玉最终还是回归到亲情伦理当中，这正是中国家庭伦理剧的最大法则，任何角色都无法逃脱，即使是新时代的独立女性。

（发表于《电影评介》2019年第8期，有改动。

本文系与王诚合作完成）

改革潮起未曾落

——电视剧《大江大河》如何能在年轻观众中获得成功

    电视剧《大江大河》在二〇一八年末引爆了国内荧幕，成为当年最受欢迎的电视剧之一。该剧讲述了一九七八到一九九二年间，在改革开放的大背景下，以宋运辉、雷东宝、杨巡为代表的先行者们在变革浪潮中不断探索和突围的浮沉故事。作为一部主旋律电视剧，它在文艺青年聚集的豆瓣网获得8.9分的评分，多少让人觉得意外。而且在笔者身边的大学生群体之中，许多人都成为它的追剧一族。《大江大河》从20世纪70年代讲起，距离当下已经过去40年，实际上讲述的是"父一代"的故事。但这部距离"遥远"的历史片能跨越代际获得今天年轻人的追捧，不仅仅是因为王凯、杨烁、董子健等演员，更是离不开深藏在它文本之下的主题与价值观的成功展现。

    其实《大江大河》里的故事对上了一定年纪的人来说并不陌生。宋运辉、雷东宝、杨巡组成的"弄潮三子"的故事在以往的电视剧里都能找到雏形。雷东宝带领乡亲们走向致富道路的故事是二十世纪八九十年代电视剧里极为常见的题材,九十年代初《情满珠江》中的女企业家梁淑贞,便是通过乡镇企业带领乡亲们走向了工业化;杨巡从个体户发展成为民营企业家的故事,在九十年代的"商战剧"中也属常见;而宋运辉作为高学历的代表带领国有企业通过改革开放走向辉煌,与九十年代的《大潮汐》《车间主任》《苍茫》等都属于相同的题材。但在二十多年之后,这类电视剧仍然能够吸引到新一代年轻观众的眼球——虽然他们可能更多的是在电脑上、手机上观看。其实仔细分析之后,我们可以从它的内涵中找到答案。

改革开放是实现中华民族伟大复兴的途径,民族伟大复兴仍然是中华儿女的共同理想,只要这个理想尚未实现,改革开放就依然是最能牵动每个个体的时代强音。不管是经历过改革开放四十年的父辈还是当代的年轻群体,对改革开放都会有着本能的共鸣。虽然年轻人成长的环境已经较其父辈更加宽松与富足,但作为一个中国人,他们也会本能地被改革开放中的那些人物与事迹所打动。

剧中几位年轻人敢为人先,在历史的大潮里奋斗致富的故事对今天的年轻人来说同样具有吸引力。对成长在影像时代的当代中国"90后""00后"来说,这段历史曾经只能通过父辈的口述来了解,而从未以影像的形式展现在他们的视野之中。《大江大河》这样的电视剧的出现,正式把这层"薄膜"撕掉,对他们来说,似乎是把改革初期那个年代放在荧幕上解密,这对许多年轻观众来说反倒成为一种祛魅,满足了他们对那个神秘年代的好奇。这不仅仅能满足年轻观众的好奇心理,更能够帮助年轻一代完成"饮水思源"的回溯。这种直接诉诸视听觉的大众媒介,给了他们改革开放最为清晰的图像参照。今天《大江大河》将那个"隐秘"的年代呈现出来,为年轻人提供了"父一代"沧桑的"思源回溯"。

《大江大河》除给他们提供了一种历史的回溯之外,还带给他们一种现实的启发。虽然角色活跃的历史背景已经不再,但他们身上所呈现出的顽强奋斗的精神仍然能够在今天的年轻人里引起共鸣。实际上这也是中国影视的一个特色与亮点。当年《我的青春谁做主》《奋斗》等青春偶像剧与日本、韩国、中国台湾的偶像剧相比，就多了几分励志的内涵；近几年，电影《中国合伙人》《合伙人》，电视剧《创业时代》《我们的四十年》等作品都取得了成功。这也是改革开放以来，中国的时代所致。改革开放解放个体欲望，通过奋斗而获得成功的理念一直是中国当代的主旋律。雷东宝等人的形象对当下正在创业期的年轻人无疑有着很大的吸引力，与全国高校鼓励的学生创新创业的行动也正相吻合。创业精神在大学生群体内具有强大的感召力，这种内在的价值观正是鼓励年轻人在这个最好的时代去努力拼搏实现梦想，响应了习近平总书记提出的"中国梦"的口号，符合当下年轻人渴望在国家飞速发展的好时代建功立业的心理。

三个核心人物虽然道路不同，但都在通过自己的努力奋斗在改革开放的新时代奋勇争先。该剧虽然是在讲述20世纪70年代末年轻人的故事，但是这种奋斗精神不会因为年代的改变而改变。那个艰难探索的年代里，"摸着石头过河"，问题和挑战比今天更多，但是电视剧中"弄潮三子"并没有被时代所限制，积极探索实现人生价值的路径，战胜挫折和阻挠，坚持信念永不放弃，从而不断取得成功。剧中人物的历史背景虽然已经成为过去，但是剧中人物身上承载的价值观却是超越时间的，切合了当下年轻人的心理需求。当代年轻人对创新进取的追求其实并不亚于他们的父辈。

改革开放是把人从已有的束缚中解放出来的一个过程，它为每个中国人提供了更广阔的拼搏空间，而十几亿中国人也正是在这样的空间上共同奋斗，创造了经济发展与社会发展的"中国奇迹"。这个过程远未结束，当代的年轻人也需要在改革开放再起航的过程中扬帆搏浪，他们对这部剧的钟情也是对自己未来的憧憬。

改革创新仍然是我们今天时代精神的核心。在电视剧中，我们可以看到三位主人公身上都凝聚着这种精神：宋运辉大学毕业进入金州厂后，努力学习国外先进知识，开拓国际视野，带领金州厂进行技术设备革新，提高金州厂的质量产量；雷东宝在小雷家大队率先实行包产到户，进行土地所有制改革，并不断突破历史的局限，带领小雷家村走上富裕之路；杨巡坚持个体经济，打破旧的经营理念，一步步地使自己的事业步入正轨。剧中他们大胆突破限制经济发展的桎梏，奋斗在自己的工作领域，促进生产力的提升，体现出改革创新的时代精神。改革开放初期年轻人拼搏进步的价值观仍然是当今时代的脉搏，并没有过时。

同时，这部电视剧虽然讲述的是四十年前的故事，但其艺术手法却能够与时俱进，这也是为年轻群体接受的一个重要原因。《大江大河》的画面质感、人物表演、声音特效等都具备当今一流大片的品质。同时，剧内人物的命运路线带有二〇一八年度火热的"爽剧"色彩。"爽剧"中的主人公总是运气爆棚，顺风顺水，从底层逆流而上，在危险时总能化险为夷，最后获得成功。大段的剧情被拆分成一个个叙事单元，仿佛是电子游戏的关卡一般，主人公一次次通过自己的努力闯过关卡，通关成功。二〇一八年是"爽剧"称霸国内荧幕的一年，在《大江大河》出世之前的年度高分剧是《延禧攻略》，里面的女主人公战无不胜，在后宫频繁得到贵人帮助，一步步从下层宫女成为统治后宫的女主人。《大江大河》中的主要人物一样全部来自底层，虽然命运不同，但是他们都有统一的特点，就是身边一直有贵人相助。贵人是"爽剧"最大的特点，因为底层人物冲破玻璃顶只凭自己的努力是不够的，贵人就是这类电视剧中的护航者，在主人公遇见麻烦的时候为他们指引方向和提供帮助。例如支持雷东宝的徐县长、韦老板，提拔宋运辉的刘总工、水书记、程厂长。这种方式迎合了当下年轻观众的深层心理需求，在今天快节奏的社会里，压力越来越大，年轻人渴望通过自己的奋斗取得成功，更希望自己在奋斗途中能遇见贵人指点迷津。然而现实往往不会像影视作品里那么完美，所以他们通过观看电视剧，把自己投射进剧中人物里，在虚拟空间里满足他们的心理需求。

切莫低估了年轻观众群体，虽然他们的成长历程没有父辈的坎坷与艰辛，但他们可能比父辈多了一份直接与激情，而且作为影视观众来说，无论是从学历、文化水平上还是从影视话语的熟悉程度上来说，他们其实更能读懂这个时代。从前年《平凡的世界》的热播中，我们就看到，年轻观众对作品的评价远远不像人们所认为的那样幼稚，他们从不拒绝真正富有感染力的作品。

《大江大河》的跨代际传播热离不开对年轻观众群的俘获，无论是叙事空间的突破、大时代小人物的叙事策略、国际化的制作水准，还是"爽剧"的故事风格，都把"矛头"指向了当代年轻人的内心世界。但最重要的是它所弘扬的价值理念得到了今天年轻群体的认同。这部电视剧成为"爆款"绝非偶然，它的成功也为今后主旋律电视剧的创作提供了宝贵的经验。

（本文与王诚合作完成）

《琅琊榜》中的家国梦

——兼谈电视剧对青年观众的引领

近期,《琅琊榜》热播。对其热播原因,仁者见仁,智者见智。但人们普遍关注到两点:一是它是针对年轻人的剧,受到的也是年轻人的追捧;二是它在具体的影视手法上代表了中国当代的水平。

这两点无疑是值得肯定的。《琅琊榜》改编自网络小说,网络本来就是年轻人的天地,并且该剧所运用的主要元素都与今天流行的青年群体相关:胡歌、王凯等本就属于偶像明星,使得该剧充满了青春偶像剧的色彩,剧中的琅琊榜、火寒毒、冰续草、滑国等又充满了玄幻的味道;江左盟、药王谷等又明显嫁接了武侠片的叙事元素;它用大量的笔墨在描述着宫廷的争斗,又受近期流行宫斗剧的影响。这些无疑都是它吸引年轻观众的原因。同时,无论是演员造型,还是特技制作、取景、摄像、灯光、音响等方面,它都具有很高的水平,使得画面如诗如画,人物如梦如幻,使得观众如醉如痴。这些当然都是本剧成功的前提。

但如果细加分析,它最大的成功并不在这些方面,它对年轻人的吸引力也并非来自这些方面。它最大的成功是它背后的现实因素无论是在理性上还是在感性上都能够真正打动观众，调动观众的想象，使得年轻观众产生共鸣。如果我们屏蔽掉它外面的华美以及虚幻的表征，我们仍然可以透视其坚实的当下话语内核，从而找到它能够引起年轻人骚动的集体意识。

其实，无论是把故事背景设定为六朝时的大梁，还是设定在其他时间里，都不重要。尽管创作者尽量引入了一些用来证明其时代背景的元素，如萧氏家族的姓名、满眼的隶书文字、从中正取士向科举取士的过渡、长袍大袖峨冠博带的汉式服装、双膝着地的跪坐姿态，似乎是用这些尽量地表明剧中的一切是真实的历史，有所凭依。但其虚幻的另一面又是同时在表明，那些元素不过是刻意为之，不过是为了好看与形成风格而打出的招牌而已。其核心的话语却表明，这与具体的年代无关——这是一个无论在哪一个年代都可能发生的故事。因为它又刻意地用穿越与玄幻的手法去揭穿这一切：献王、誉王以及越贵妃等封号显然是为了与现实拉开距离[①]；用隋代修通大运河之后才有的漕运来说事儿，自然说的不是南朝；用白银做货币将其时代引到了宋元之后；[②]用一统皇权替代了六朝的门阀政治否定了真实的政治格局；用"唐标铁柱，宋挥玉斧"才真正形成的"云南王"否定了它真正的年代。因此，它真正想说的并非一个时代的故事，而是一个千年皇权中的政治理想。其他的，如华美的画面、清丽的造型、精彩的表演，都不过是道具而已。

那么，它真正想表达的是什么呢？首先是政治理想。这个理想本身就是理想主义。它已经先天地将祁王的理想定为正确的政治

[①] 按秦汉惯例，封王一般按以地域名为封号的周代传统，这个传统尽管后来名存实亡，但一直作为一种制度而存在，实际上是一种封建领主制度的遗存，直到清代才真正废弃。南朝袭汉制，王号前面通常是冠以地域名。

[②] 六朝时期，货币主要以铜币与纺织品为主。以银为代货币本位，是宋元之后的事情。

理念，即天下为公，做好事，只要对老百姓有好处的就是好事善事。祈王有情有义，有为天下人谋划的动机与心胸。虽然他蒙冤受辱，但这个理想在靖王与林殊以及蒙挚等人的心中并未中断，而且化成一种人格的力量薪尽火传。尽管梅长苏放弃了这种纯然至上的理想主义，将功利主义的手段与方法纳入其中，但却不断强调着，这不是理想主义的丧失，反而是理想主义的更高境界。靖王的隐忍，梅长苏不失底线的功利，反而使祈王的理想主义具有了更大的实现的可能性，这扩大了理想主义的现实基础，使得理想主义获得了更大的生存空间，从而也为正义的实现提供了可能。

那么，它们的反面就是创作者关照现实的出发点。他们都是毫无理想的功利主义者。创作者对比了两种现实主义：一种是庸俗的功利主义者，代表便是太子，他用毫无底线的优势打败了道德至上的祈王，利用对多疑而同样是功利主义者的父皇的谗言打败了自己高尚的对手皇长兄；第二种人以誉王为代表，剧中誉王以更为精致的利己主义与个人权谋打败了太子。这几种人，其实正是现实中观众最厌恶之人。太子党以小人之心夺位上位，从此开启了利益替代理想的政治之途。誉王虽然表面上为人宽厚，但出发点其实与太子无异，做些表面文章，改变不了他以功利替代正义的原则本身，他的结果自然会被安排得更惨，他只不过是一个更加精致的利己主义者而已。

当然，创作者心目之中最大的反面人物其实就是皇帝本人。正是他授意制造了赤焰军的冤案，因其多疑，因其对权力的迷恋，因其自身就是一个卑俗的利己主义者。他对黎民百姓的福祉毫不关心，只关心着自己的权力与权威是否稳固，一旦自己的王权受到威胁，即使是对亲生骨肉也毫不留情，不惜制造冤案加以诛杀。他可以不管国家受辱没，不惜削弱军队的力量，他甚至人为制造儿子、后妃之间的矛盾借以增强自己的威权。在他的心目之中，正义、亲情、百姓都一文不值，比起权力与金钱都毫无意义。他是第三种人，即绝对的利己主义者。

那么，创作者对这个题材的兴趣肯定与史实无关，尽管作者可能喜欢历史，但肯定是更加关注现实。与其说《琅琊榜》是在历史的迷雾里讲述虚幻的故事，还不如说它是让现代人穿上了古人的服装来演绎现实中的种种。不管它增添了多少悬疑、偶像的色彩，但它言说现实的本质应该是不变的，它呼唤政治清明，呼唤理想主义，呼唤社会正义，至少它在表明想要一个好人政治。方式也好，理念也好，可以先不考虑，但起码能实现最基本的正义——祁王所代表的好人政治能够实现，而且这个政治似无理念，只是按照好人的做事方式去照顾一下百姓而已。靖王所继承的祁王理想也不过是如此简单，不关涉效率优先还是公平优先的纷争，更重要的是出于本心地做个好人、做个好的执政者，能够让百姓受益。如果能做到，谁又能说这是错的呢？

但这样一部电视剧，之所以能在以年轻人为主的观众中找到知音，让人爱看，主要还是因为契合了这些人的诉求。剧中的"庆国公侵地贪腐案""吏部尚书之子何文新打死邱泽案""刑部换囚案""兰园朝臣嫖娼案""私炮坊爆炸案""太子入股私炮坊"等无疑都能在现实中找到影子。郝建教授曾经提出过"古装主旋律电视剧"的概念，来指涉《康熙王朝》《雍正王朝》那样的古装题材作品，而《琅琊榜》显然表面上不是这样的"古装主旋律电视剧"，但它却又在功能上与这种"古装主旋律电视剧"有着异曲同工之妙。它呼唤着正义，呼唤着解决当今现实中存在的矛盾与问题。不管是年轻观众还是其他人，关注的都当在此。一方面权力斗争代表的权谋文化是一个重要的看点，但另一方面，对本能的正义与善的书写才更是题中之义。它也许与当今源于西方的政治哲学毫无关涉，但却是中国千年文化的本意所在，即激浊扬清、惩恶扬善，也是人类几千年来孜孜以求的政治理想。虽然这个理想可能对只有几百年历史的西方政治学说来说显得古老，但它却又在中国当今的社会环境中更显得现实，至少它是当今社会中的群众所希望的现实。

而且，它的热播本身也说明了年轻人不关心政治、不关心社会的说法本身就不成立。人们关注、喜爱它，这本身就已经说明了观众，尤其是年轻观众对现实社会发展并非无所诉求，而是有着自己的期待。只不过这种期待充斥着他们这一代人的特征。青春、偶像、武侠、玄幻等只是他们话语元素中的表象，他们喜欢的仍然是这些表象下面的现实，他们希望以真诚替代虚伪，以情义替代利益，以善良单纯替代尔虞我诈，以好人当权替代恶人当道。按照这条线索去思考，当对我们日后的电视剧创作有所启示。

第一，中国的年轻观众的需求。在网络的冲击之下，电视观众正在向老龄化迈进，但年轻人仍然可以被吸引到电视机前。年轻人并非只是一味地关注娱乐与狂欢，只要有符合他们胃口的作品，既符合他们的现实期待，又吸纳了他们一代人的话语元素，就会受到他们的欢迎。而且生活在历史悠久的中国的他们依旧受到中国传统价值观的影响与感染，在《琅琊榜》中，正是这种中国儒家的优秀传统为他们所接受。梅长苏平反冤案，忠于国，孝于家，求于正道，义薄云天，舍我其谁；靖王耿直忠厚，勤于国事，勇于担当；静妃隐忍持重，以柔克刚；言侯侠肝义胆，不计个人荣辱，危难之时挺身而出……这些正面人物体现的不过是中国传统的儒家理想。而这些理想到今天仍然能够为年轻人所接受，也说明它们保持着强大的社会价值基础。顺势而为，不但有助于创作出优秀的电视剧作品，也有助于引导年轻一代弘扬正确的价值观。

第二，年轻人所喜欢的元素并非只是幼稚的游戏，只要应用得好，不但不会减弱电视剧的艺术感染力，反而有助于丰富电视剧的叙事元素，提高其艺术水平。《琅琊榜》中，各种元素的应用既符合传统的人物性格以及情节逻辑，又能够使其更精彩。如玄幻的"琅琊榜"既为观众提供了一个美妙的故事盒，又在剧中承担着统揽和预示性的功能；"江左盟"的设定，既增加了该剧的武侠色彩，又象征着民间的意愿；"火寒毒"的虚构，增加了其人物的性格特征，又给梅长苏改变相貌提供了合理的解释——而这又是整个剧情结构的基础。这些可能也预示着未来的电视剧想要获得成功，首先必须改变创作者自身的固有观念，充分利用年轻人能够接受并喜爱的元素来获得他们的认可。

（发表于《中国电视》2016年第3期）

平凡之后的世界

——路遥走后会怎样？

虽然路遥的生命在一九九二年戛然而止，他心目之中这个平凡的世界也就被凝固成为一段历史的记忆，但这个平凡的世界却依然要继续前行，之后的世界依然平凡吗？路遥自然不可能看见此后的经济高速增长，不可能看到中国的 GDP 总量超日赶美，不可能看到日后孙少安的砖厂可能因高能耗与低技术含量而被列入清理的行列，他也不可能看到孙少平在日后可能下岗再就业，以及他所真心赞美的改革派人物田福军可能在离休之后变成了一个牢骚满腹的老干部。二十多年了，在这二十多年里世界依然既平凡又不平凡，文学的世界既记录下了平凡，也记录下了精彩。

一

我们不妨对此后二十年里主人公们的命运再做一次推演。

孙少安，按照一般逻辑，孙少安这个致富能手会先成为乡镇企业的负责人，在"搞帽"之后，会理所当然地成为私营企业家。同时，他会理所当然地取代田福堂而荣任村支书。一方面是村里的致富带头人，另一方面是村里的当家人——毋庸置疑是村里最有权势的人物，无论是从经济角度、智力角度还是群众威望以及村里的家族关系上来说，他都缺乏有力的竞争者。这也符合实情，中国乡村里其实并不习惯于吵吵闹闹的民主议事制度，往往更相信强人的力量。其实20世纪90年代以来，中国乡村中，这样的集经济、政治影响于一身的乡村干部形象不断地出现，无论是关仁山的《天高地厚》里的荣汉俊，还是周大新的《湖光山色》里的詹石蹬与旷开田。他们最初凭借自己的威望成为大家都信得过的人，如同当年的孙少安一样，但后来又依靠这种信任获得了权力，他们在改革开放的大潮里，通过乡镇企业将村里的行政权力与经济权力合而为一，从此彻底成为乡村里的绝对的强人。而且除这种政治、经济权力之外，他们还依靠着传统的家族纽带关系，将这种权力运用得既不露声色，又能得心应手。

其实，从一开始，我们就可以看出孙少安所具备的这种适应性，他坚忍勤劳、勇于改变自身的命运，可以捕捉到一切外界提供给自己的机会，从帮人拉砖淘到了"第一桶金"，到自建砖厂、承包乡里的制砖厂，一步一个脚印，不放过每一个机会。因此，在未来的二十年里，他会理所应当地成为双水村里的头号角色，然后再瞅准时机，将双水村建设成为如荣汉俊的蝙蝠村一样的向工业化迈进的半工业化乡村。

他与弟弟少平的不同之处在于，他没有过多的对理想主义的向往，他的低学历、农村家庭长子的身份使他从一开始，就必须是一个彻头彻尾的现实主义者与功利主义者。这也决定了他在致富之后，通过招收本地村民以及捐助教育的方式在村里获得威望。

实际上，孙少安也是20世纪90年代之后的强势企业家兼村干部的典型形象。功利主义加上农民式的狡黠，一方面使得他们不畏艰苦，勇于创业，善于捕捉商机；但另一方面也使他们日后忽视法治，无所顾忌。

对"孙少安们"来说，现代性既有狂热的一面，又有保留的一面。他们对财富的追求，是现代社会世俗化的极致，但同时，他们对权力的传统的顶礼膜拜又是一种深深植根在血液之中的集体无意识。孙少安少年时暴打孙玉亭，青年时暗挑田福堂，其实骨子里信奉的依然是传统的暴力哲学。我们可以预料，十年之后，如果不出意外，当然中间肯定会有诸多的波折，凭借着孙少安的农民智慧、出人头地的欲望和过人胆量，他的事业会不断地做大，因为这种农民智慧在这个时代里往往是成功的最好保障，甚至于不只是在乡村。他会如同报纸上介绍过的无数崛起于乡村的企业家们一样，至少在黄原成为名人，成为雄霸一方的"土豪"。几十年来，这样大大小小的农民企业家我们听到的太多了。当然，他也会如同小说里面所写的农村新一代强权人物一样，无论在经济上还是在政治上以及人伦层面，都成为绝对的"强人"，乃至"超人"。

但这种人物此后会面临着两种人生。一种是像诸多后来的小说里面的乡村强人一样，逐渐变得骄横、野蛮、任性、冷漠，抽干了土地、资源以及人心。还有一种诸如一些小说家们想象出来的角色——依然公而忘私，搞起了绿色农业，成立了现代社会与传统乡村相结合的农业合作社，把新鲜的农产品卖到了城市，让农村富了起来，又和谐了人伦——如蝙蝠村里的鲍真一样。但迄今为止，此种人物尚在小说家的想象之中，只是人们理想化的一种形象。因此，孙少安成为前者的可能性更大一些，路遥先生怕也想象不出来未来的"农业合作社"与他所鄙视的"生产队"之间有何种实际上的差别，如果无区别，那么福堂叔的今天就是他所热爱的孙少安的明天。

但我们仍然可以从两个方面去理解"孙少安们"。孙少安的企业里可能加入了更多的村民，他们当年是想进他的砖厂里打几天工，以赚点买化肥的钱，到了后来，本村的农民们大多数都自愿地成为孙少安的雇员。虽然有人嫉妒，有人抱怨，但终究还是自愿地脱离了土地，穿起了工作服。毕竟，已经不可能再回到小农经济时代了，没有"孙少安们"，历史还能怎么写？虽然，"孙少安们"有问题，但这是历史的必然，还有更好的办法吗？这不只是历史学家们研究的课题。

那个年代里，孙少平被成功地招入煤矿而成为与金波一样的"正式工人"，对这样的结局路遥应该是满意的。当然，今天的人们早忘记了那样一个煤矿矿工当年有多么光荣与相对富足——20世纪80年代末的一个正式矿工的收入常常要高于田晓霞师专里的老师们。但进入20世纪90年代，"孙少平们"会面临怎样的命运呢？20世纪90年代初开始的下岗潮首先波及的就是这些国有的工矿企业。可能刚刚光荣了几年，与惠英嫂过了几年好日子的少平又要面临人生的新选择了。有了城市户口和正式国企工人身份，这些原先被农家子弟视为可望而不可即的光鲜体面很快就要面对新浪潮的冲击。

这时，产业单一的矿区，大量没有其他生存技能的矿工重新面对贫困与生存的压力。他们坚守与等待着上级的各项许诺：从新上设备到三项制度改革，从转产改制到"死一块，活一块"。但结果我们多数可以看到，多数的"孙少平们"最终或者是自谋生路，或者最后在改制拿到买断工龄的钱之后变为聘用制职工，与农民工又没有区别了。孙少平等于转了一圈，又回到了起点，而且还可能比原来的起点更低了——他已经从二十出头的敢冲敢闯的毛头小伙变为一个拖家带口的壮年工人。那时的他肯定会喜欢刘欢的那首《从头再来》："昨天所有的荣誉，已变成遥远的回忆，辛辛苦苦已度过半生，今夜重又走进风雨……"那时的他又会有什么滋味，他会想到过去上学时的艰辛，会想到与田晓霞的爱情，会想到出去揽工时的艰难，不知道他会不会后悔拒绝了跛脚的侯玉英的爱情，没有启齿向田家求得一些进入机关事业单位的机会，他还会死死抱定"劳动光荣"的家族信条吗？

之后，其实劳动致富的神话逐渐让位于资本竞争了，人们会发现其实这个世界到处缺乏的是资本而非劳动。当然，这是路遥所无法想象的，在路遥生活的时代，人们刚刚开始可以通过自己的劳动实现温饱，可以通过劳动与精明满足自己小小的欲望。而到了20世纪90年代，人们痛恨的是令自己丧失劳动权利的资本，但当资本的力量强大之后，劳动又开始显得那样渺小。

当然，少平还有多种选择。首先在他面临矿里发不出工资或者下岗再就业的时候，已经盘下了煤矿窑口的少安找到他。因为采煤比起烧砖来说毕竟有着更高的技术含量，他们之间的兄弟关系、少平的性格和技术会让少平成为少安扩大经营时的不二人选。在秀莲去世之后，孙少安缺乏自己信任的人，因此少安可以帮少平摆脱困境，而少平又可以在扩大经营的时候成为少安的左膀右臂。毕竟在乡村生活中，职业经理人的想法是不靠谱的一件事，在中国式野蛮式增长的年代里，只有自己人才是唯一可靠的，尤其是乡村里的情感比城市里更加可靠。

此后少平的路也可能因为少安而平坦开阔，也开始了花天酒地的生活。尤其是在煤矿里学会了野蛮打架的管理方式之后，他表面上也许比少安的管理更加正规与制度化，但不管墙上贴了多少图表，办公室里装上了几台电脑，关键时刻都不会靠这些来解决问题。少平相信，更可靠的还是他们兄弟两人的拳头加上手里的票子。

当然，少平也可能在投入少安的怀抱之时感到不安，因为这也是他丧失尊严的开始。在《平凡的世界》里，这也是少平与一个普通农民所不同之处，他上学，他发奋，尊严与奋斗一直是他内心深处的一个精神支柱。他二十多年里唯一受到的启蒙就是独立与自由，而后他之所以羡慕金波的远行，他不断地流浪，是因为他认为自己与众不同的地方，在于他是一个理想主义者。当然，他从未对别人说过，因为他自卑，觉得他的身份配不上"理想主义"这个词而已。

那么，这时他会痛苦，他或者回到少安的实用主义的农民立场之上生存、发展，否则，他会发现自己的这种理想主义带来的定然是悲剧——无论是路遥，还是少平自己都不会喜欢以此作为结局。在20世纪80年代那个激情向上而又蠢蠢欲动的时代里，理想可以与现实相结合，让人们找到人生的交叉点，但当人们认为理想越来越接近实现的时候，人们却发现他们已经与理想主义越走越远。

回到农民的思维上，坚守他已经被启蒙了的理想，保持精神上的"进城"，一定是一件很让少平痛苦的事情。但回过头来想，其实放弃理想，有时候也未见得是件坏事，毕竟，理想是一件很奢侈的东西，多数人享用不起。否则，这个世界便会超凡了。

金波寻找藏族女孩儿的梦想终于破裂，但流浪的脚步怕已经收不回来。少平可以回头，但他无法回头，他只能做精神上的诗人，在此后的20年里痛苦、失落。20世纪80年代曾经被人视为神圣的爱情，从20世纪90年代开始，成为人们嘲笑的对象，它只能"在那遥远的地方"。

田福军，这位改革家，到了20世纪90年代后期，注定会以"老干部"的身份光荣离休，但我们会在他的晚年发现一些变化。20世纪80年代，这位以改革家自居的官员，一方面会被20世纪90年代开始的经济腾飞与社会变化弄花眼，但同时也会发现一些他原来没有预料到的事情。如少平所在的国企陷入困境，是少安这样的企业家的企业崛起所造成的。而后,"少安们"腰缠万贯、大腹便便地与矿务局局长研究通过买断、控股、承包等方式去解决大牙湾煤矿的"困境"。之后,他们会发现,"少平们"都下了岗,而原来的矿务局的领导们却又成为新的股东或者"少安们"的合伙人。田福军这样的老干部们又会愤愤不平起来,总是回忆起当年他们自己的公正与廉洁。同时,又会与张有智等老干部们在背后感叹一代不如一代了,尤其是感慨腐败问题。我们从后来的小说中可能看到一个有趣的现象:20世纪80年代的改革者都是正面形象,如乔光朴、李向南;但世纪之交的几年里,主旋律题材里的人物却悄悄地发生了倒置,许多的"改革派"干部都成为腐败分子,而原来的顾荣式的"保守派"干部却成为清正廉洁干部的代表。如周梅森《国家公诉》里面的陈汉杰,作为退下来的人大主任,成了反腐的中流砥柱,而常务副省长王长恭却作为腐败分子成了主要反面人物。面对这种尴尬的局面,前"改革派"干部田福军又会何去何从呢?

养蜜蜂的金光亮和养鱼致富的田海民的命运其实也不难想象。这种靠勤劳与精明过上了小康日子的人其实后来的日子并不一定好过。随着生产的专业化与规模化,依靠小农生产供应城市短缺的方式到后来越来越为工业化所吞噬,看看今天倒奶的农民就可以知道养蜂人与养鱼人的命运。他们并非全部都如20世纪30年代"丰收成灾"文学里描述的集体破产,而是逐渐没落。开始可以维持温饱,到后来随着比较收益的下降,年轻一代不再听从父辈成为这种专业户,而是集体去了孙少安的企业里打工,或者走出了乡村,去陌生的城市寻找自己的未来。

当然,还有我们的"职业革命家"孙玉亭,这位前支委的日子肯定也好不到哪里去,但靠着勤劳的女婿与女儿的供养,也不至于饿着,得到了农民给予的福利的他得承认:现在已经是一个谁也饿不着的年代。但他会向全村人讲述过去的光荣，讲述今天的无奈，但怕已经少有人听，除非哪一天一个回乡博士生与他产生了共鸣，写下篇博文——《乡村的失陷》。

二

经过三十年的变迁，孙少平应当已经年近六十了。路遥的这本书其实说的是上一代人的平凡与不平凡的青春，今天播放的《平凡的世界》收视率不低，除因为青年励志题材吸引人之外，可能更多的原因是能让人怀旧。虽然电视剧中许多的"做旧"痕迹让人哭笑不得，如孙少平大腿上对称而美丽的两块补丁，但这也提示着我们，过去已经永远地过去了，人们的记忆也会老去。

其实，《平凡的世界》还提醒着我们需要去思考一个问题：平凡是什么？其实"平凡"不过是"常识"，我们可以将"平凡的世界"理解为"常识的世界"，这将有助于我们思考今天的一切与这三十年。当年的改革共识，其实某种程度上是建立在常识的基础之上。而孙少安与孙少平的平凡中的不平凡，只不过是他们沿着常识不断地向上攀登而已。他们看似平凡的人生道路也暗示着时代的不平凡。在一个平凡的世界里做一个不平凡的人容易，在不平凡的世界里做一个平凡的人却并不容易。我们都是在走过之后才发现，我们所走过的这个平凡的世界其实并不平凡，可我们却都在做着平凡的人。最后回头才发现，原来平凡的是自己，别人并不平凡。

为什么中国在高速发展了一个时代之后，本来无暇去看路上风景的眼睛忽然又向从前打量？背后肯定有让人动情之处。

这二十年里，平凡的人们在铸就着不平凡的中国，每一个平凡的生命的背后却都少不了不平凡的故事。每个人对这二十年的道路都有着各自的评价，但二十世纪八十年代却不失为重新思考的起点。那个年代里，我们可能单纯，忽视了问题的复杂性，但却有着最重要的激情与冲动,以及普通人的正直的心灵。而今天,我们讨论的内容可能博大而精深,用词可能更加古怪而晦涩,结论可能千奇百怪,但却总是不断地挑战常识。

可以预见,中国的未来仍然会继续在平凡与不平凡里起起落落,但我们是否准备好了去做一个平凡的人呢?

(发表于《关东学刊》2016年创刊号,有改动)

"新人"们成长起来了吗？
——《人民的名义》中的"新人"形象分析

"新人"一直是周梅森及其他一些反腐作家与编剧们着力塑造的形象。不过在这二十年里，原来的"新人"已经步入了中年，原有的中流砥柱年岁已大，但三代人的形象一直是周梅森系列作品的一个框架。不过，像在《人民的名义》里侯亮平、陈海、赵东来这样集中出现，而且担当起一线任务的"年轻群体"却还是第一次。那么，这些"新人"形象成功出现有着怎样的背景？其中又蕴含着创作者什么样的寄托？这种"新人"群像与"老人"之间又暗含着什么样的关联？"新人"形象应该是破解《人民的名义》的一把钥匙。

在周梅森以往的作品中，不乏这样的三代人的形象的构建。如在《中国制造》[1]里，原市委书记姜超林可以看作是"老人"的代表，当然，还有李东方的岳父梁清平，不过他却与《人民的名义》中的陈岩石的功能相类似，是更老的一代"老爷子"，虽然

---
[1] 后来周梅森的这部小说被改编成了电视剧《忠诚》，一些细节有所改动，这里以周梅森的原著为准。

已经退出了刚性的权力中心,但仍然发挥着重要的影响力。而新任市委书记高长河,则是比姜超林年轻十几岁的中年人。再就是田大甩子田立业与胡司令胡早秋两位年轻人,这两人一个是市委的副秘书长,一个是副县长,都才三十多岁,意气风发。虽然田大甩子的狂傲任性与胡司令的扎实而小有计谋相比,两人性格迥异,但这两个师范学院的同学却又都有着年轻人的共同特点:他们有理想却不浮夸,他们真诚又不乏讲义气之处,但他们身上普遍缺乏老一代人如新书记高长河那样深的城府与计谋,也没有老书记姜超林的霸气与权术。他们不再是衣冠楚楚的道德楷模,而更多呈现出一种个性鲜明但又能深接地气,阳光单纯却又能在关键时刻忠于理想的人物性格。最终,田大甩子在洪水中为救下同学胡司令而光荣牺牲,也使胡司令完成了一次真正的洗礼。这两个人,他们不以官场人物自居,他们富有政治理想,虽然这种理想里面更多地带着空想的成分,如田立业的理想主义在老书记姜超林的眼中是一种单纯与幼稚。在周梅森的笔下,我们可以发现,他是饱含着深情去对田立业进行描写与塑造的,最后田立业的死,不但不是田立业理想的陷落,反倒是田立业自身理想的升华——仿佛圣徒对好人死后去天堂的歌颂。胡早秋表面上与世俗周旋,为了自己的政绩不惜与田立业玩起了"捉放曹",将调查排污企业的田立业给抓了起来,但最终他仍然在洪水来临的时候,表现出了同仇敌忾的英雄气节。这种结局无疑是在暗示着他们这一代人光明的未来——他们这一代人迟早会在现实的风雨中成熟起来。在描述中,可以看到作者希望他们能够打造出一个更好的世界,但同时又不失去他们的单纯与个性。

周梅森、张平等人都试图塑造这样一种"新人"的形象。如《国家公诉》中的林永强与唐朝阳、《国家干部》中的夏中民,以及《我本英雄》中的市委书记石亚男和市长方正刚等一代年轻人的形象,他们在权力斗争中卷入不深，拥有着高学历、低姿态，成为年轻一代干部的代表。这似乎是作者着眼于当下所寄托的一种善良愿望，希望能够通过体制的正规化与法治化来谋求中国未来的发展。当然，这种愿望一方面建立在中国社会的进步与代际更替的基础上；另一方面，这种人物形象也是一种叙事的需要，即通过一代年轻人的清新形象来展示社会的希望。

这类年轻人多数被设定为出身机要部门、升职快、城府浅，有着初生牛犊不怕虎的精神的人物。他们也正因为涉世不深，尚未带有年长干部们无论是正面角色还是反面角色所普遍具有的权力欲望以及丰富的斗争经验，他们乐观向上，带有一定的励志色彩。这与人们传统意识中的小生式的八府巡按的叙事功能相似。因而这种叙事原则上正好与中国传统叙事合拍，即人们希望通过年轻的没有复杂社会背景的人改变盘根错节的腐败局面。

不过值得注意的是，由于斗争的复杂性，这类人物或者会由于自己不够成熟老练而在权力斗争中失败，或者也跳进染缸被上了色。如田立业研究生毕业之后，受到老市委书记的保护，早早地升职为市委副秘书长，但却感到"怀才不遇"，无法到他向往的基层一显身手，只能在机关里写点儿评论指点江山。作者在这里也表达出对塑造这样的年轻干部形象的一种矛盾：一方面，他将田立业塑造成形象清新、有朝气与梦想的理想人物，但同时，又对此种理想人物能否适应中国现实而真正成为未来社会的中流砥柱高度怀疑，最终只能让他在为实现理想而跃跃欲试的路上牺牲在抗洪一线，让他既实现了自己的理想与抱负，又没有在染缸文化中玷污了自己的清新与单纯。作者构建起这样一种让人振奋的角色，却未能为他们的成长指出道路。因而，这种主旋律作品也就失去了艺术的感染力与说服力，尤其是与后起的非主旋律的官场文学中的这类形象相比较，就缺乏足够的生动性了。如在《沧浪之水》

中，主人公池大为同样是有高学历，有理想与社会抱负的年轻人，作者却展示了他的这些品性如何在官场的斗争中与权力的诱惑下被渐次消磨殆尽，而逐渐走向了人性的堕落。因此，该人物对于读者来说更有信服力，从而也更增强了其悲剧性的美感，比起夏中民等人的符号意义来说反倒更容易被接受。也正是在这样的社会反馈之下，才有了侯亮平等人物形象的出现，其实池大为与祁同伟不正是一枚硬币的两面吗？池大为是个被客观描述出来的中性人物，小说中倒是没有详细讲述他是如何腐败的，这一点与《国画》还是有所区分，但按照人物成长逻辑来看的话，你还相信池大为不会腐败吗？昨天的池大为必然成为今天的祁同伟。

周梅森在其出版的《我本英雄》中，试图让一些如石亚男、方正刚等没有包袱的"新人"走上舞台，取代《中国制造》里田立业式的甩子形象而成长为成熟的一代"新人"，但这难以得到社会的认可，至少在《我本英雄》中，这样的形象显得很单薄，作品的重心仍然落到赵安邦等老一代人的身上。这几个形象中同样具有与田立业等人相近的一些品性，他们阳光、执着、具有天生的正义感，他们的正义感更多地来自自己的良心，而不是后天的教育，他们在一定程度上是专业主义者，身上带着现代社会的法制烙印与城市思维，但他们转换到领导的角色后，形象吸引力明显地减弱了。

在电视剧《人民的名义》中，侯亮平、赵东来等人有力地挑起了正义大梁，而且还获得了观众们的认可。虽然，观众中出现了对陆毅等人的表演能力的质疑，实际上也就是对作者创造出来的人物形象的不满，但总体上来说，这几个人物形象还是受到了广大观众的认可与喜爱。

实际上，就某种程度来说，"侯亮平们"之所以超越了田立业、胡早秋以及石亚男等人，可以说是周梅森等人在思路上的调整使然，周梅森在塑造年轻人的群体形象上可以说完成了实际的超越。

其实在原来三代人的框架设计上,上两代人物的形象设计明显地受到了曾国藩式人物的影响——至少在潜意识中,作者试图将其打造成为一种曾国藩式的道德理想主义人物。无论是张平《抉择》中的李高成,还是周梅森《中国制造》里的高长河,都是道德楷模式的人物。他们以绝对的道德约束自己,以菩萨心肠对待群众,但同时,他们又能够勇于任事,以雷霆手段去推动改革开放的事业。问题是,在李高成发现妻子吴爱珍已经陷入了腐败之中的时候,他的无能为力也自然会使观众对这样的人物产生一种怀疑。虽然说在《人民的名义》中,李达康的人物形象对此有了更多的表述与回转空间,但仍然无法解决其中的根本性问题。而且李达康自身已经由原来完美无瑕的高长河与李高成,变成了具有反思意味的"GDP书记"。这可能也代表创作者对这一类人物的反思,虽然给了这样的人物一个解释主观动机的机会,但仍然难以让观众们打心底里喜爱他们。

如果说二十世纪九十年代人们对政治理想的精神寄托是曾国藩,那么,二十世纪以来,观众无疑更加认同王阳明式的人物。与曾国藩的理学名臣角色不同,王阳明作为心学的一代宗师,不但在实践中完成了与曾国藩类似的挽狂澜于既倒式的功业,而且他在心灵上没有曾国藩的纠结与扭曲,而是按照心学的原则,做到了知行合一。王阳明放弃了道学中难以分清的人欲与天理的界限,而充分地发挥人们主观动机中善的一面,这更加契合了中国当下年轻人反感道德说教,而试图将个性与社会效果相融合的思想脉搏。因此,作者试图塑造的"侯亮平们"不再如李东方、夏中民那样肩负着沉重的道德负累,而是更多地凭借着自己的本能之善来对抗腐败之恶。侯亮平与陈海、赵东来他们不再如李达康等人一样整天把党与人民的利益挂在嘴边,而是凭着自己的智慧与能力同腐败分子周旋,并在最后坚持原则给他们狠狠一击。他们的反腐动机与"老人"们有着明显的不同,侯亮平凭借的一是人性中善的本能,二是为朋友陈海讨公道的善的本能。与侯亮平相比,赵东来没有出身清贵与名牌大学的背景,但在弘扬人性之善的方面与侯亮平没有差别。只不过他的草根出身使他更有对复杂性的判断与认识,虽然出身不同,但他和侯亮平骨子里却是高度一致,他们讲义气、近人情,甚至都是"武林高手"——一个能单独打败诈骗贩,一个能在拳击台上与高手对决。这些似乎都与能文能武的王阳明有种精神与形象上的契合,至少与曾国藩那样的人物拉开了距离。

因此,王阳明式的一代"新人"形象可以说与原来的田立业、石亚男等人既有着血脉联系,又有着明显的区分。吹着口哨的侯亮平与满嘴俏皮话的赵东来可以说既继承了前辈们自我的一面,又增加了人物性格的合理性,即他们更是凭借着自我本心做事,追求知行合一的一代人。他们不用在自己的欲望与道德操守之间苦苦挣扎,而是将自己内心善良的动机与社会性融为一体——好人本来就该是这样!人好,心灵就好,不可能腐败,因为自己天生与伪君子绝缘。

当然,这种建立在性本善基础上的乐观主义可以讲多久包括王阳明可能也不确定,只不过他做到了而已。

在这个逻辑下,我们可以讲通更多的东西,未来塑造出的成功角色可能会与此相关。

(本文曾发表于《北方传媒研究》2017年第6期,系与孔雪林合作完成)

市井的沧桑

——从《渴望》到《房前屋后》看当代市民意识的变迁

二〇〇七年，五十一集电视连续剧《房前屋后》播出后产生了不错的社会影响，尽管与当年《渴望》引起的轰动效应不可同日而语，但如果细加比较的话，我们可以看到，它与一九九〇年播出的《渴望》一剧有着诸多相近之处，尤其是两剧都是以一个北京大杂院里的故事为背景，以一个家庭的几十年沧桑经历为线索，反映着当代中国市民阶层的意识和思潮。比较这两部拍摄时间相差十几年的电视剧，我们可以从当代中国市民意识发展的历程中得到一些启示。

电视剧是一种工业化生产的当代大众文化产品，它与经典艺术作品不同，它受到市场更加直接的影响。由于收视率是它的生存基础，为了获得市场，它的创作主题和创作倾向也更多地受到当前主流意识的规约。创作者不可能在无视主流人群的收视选择的情况下进行创作、投资、生产，因而它往往成为主流意识和主流文化（不一定是主导文化）的代言人。这两部电视剧类型相近，文化背景相当，收视对象相似，因此可以成为文化比较中的两个具体样本。对它们进行分析和比较，可以使我们更好地了解当代中国大众文化的脉络与走向。

一

我们首先来考察一下两部电视剧的相似之处。尽管两部电视剧创作时间相差十余年，创作班底也没有直接的联系，但它们之间还是具有大量的关联之处。

从外部形式上看，《渴望》被称为"大型室内剧的起点"，它摆脱了过去电视剧的拍摄手法，而利用以多机拍摄、现场切换、室内布景为主的拍摄方式，使电视剧创作方式富有了戏剧特点，这些特点同样为《房前屋后》一剧所采用，只是手法更加娴熟，技巧更加规范，场景处理更加到位，但总体来说仍然属于室内剧的拍摄范畴。在剧集数量上，《渴望》的五十集在当时创下了中国此类电视剧拍摄的纪录，而《房前屋后》刚好五十一集，有意无意地刚好打破《渴望》创下的纪录。

两部电视剧都讲述了发生在北京大杂院里的故事，都是以一个工人家庭的生活作为主要叙事线索展开的，叙述了几十年里这一家庭遇到的变故与分分合合，集中地表现了当代中国市民阶层的喜怒哀乐。《渴望》里的女主人公刘慧芳是一个工厂工人，她遇到了前来实习的大学生王沪生，两个人产生了感情，但两个人和两个家庭之间矛盾不断，冲突不断，最终以悲剧收场。《房前屋后》一剧以程大河与唐玉秀的婚姻家庭为故事主轴，以他们与其弟弟程小林、弟妹顾丽丽的矛盾为主要矛盾，最终他们的恩恩怨怨在房屋拆迁的轰隆声中画上了句号。两部剧人物所涉及的社会阶层基本相同，都是以市民阶层为主，有刘慧芳、宋大成、程大河、唐玉秀这样的国企工人或者普通员工；有王沪生、王亚茹、肖竹心、路南、郭小卓这样的小知识分子或者大学生；有刘大妈、程大妈、王子涛这样的离退休人员。

两部剧的悬念设置也极为相似。《渴望》以王沪生姐姐王亚茹与罗冈的私生子小芳的身世为主要悬念。小芳被罗冈遗弃、被刘慧芳的妹妹燕子捡到、被刘慧芳抚养、最终身世之谜被揭开这条线索成为家庭线索之外的主要悬念和暗线。《房前屋后》里，程大河、唐玉秀二人的小儿子军军的身世同样成为家庭线索之外的一条主要悬念。军军被顾丽丽遗弃，又辗转被程大河、唐玉秀夫妇收养，最终身世之谜大白于天下。

两个家庭的结构也同样具有相似性。《渴望》中，刘家以刘母和慧芳、燕子两姐妹作为家庭的核心，王沪生等相关人物一个个介入这个家庭，并引起了一系列的冲突。《房前屋后》中，程母与程大河、程小林兄弟是原本家庭中的核心人物，后来一家人搬进了唐玉秀家的宅院，玉秀、海子等人物也先后介入到了故事中来。随着小林结婚，顾丽丽的介入引起了剧情的主要冲突。

在情节的设置上，《渴望》中的刘慧芳是主要的正面人物形象，王亚茹长期作为其对立面出现，两个人在性格、观念上的冲突成为矛盾的主要来源。在《房前屋后》剧中，程大河是主要的正面人物，其对立面是弟媳顾丽丽，他们两个人的性格和观念冲突也成为矛盾发生的推动力量。

两部剧的叙述时间也大体相近。《渴望》一剧的叙述时间是从"文革"前期的20世纪60年代末，直到20世纪80年代末；《房前屋后》的叙述时间相对要短一些，它从1979年叙述到1989年，大约10年的时间。但两部剧叙述中涉及的时间却相当一致，都是从20世纪60年代初到20世纪80年代末的30年左右；都或明或暗地涉及一个或几个家庭经历"文革"和改革开放前半期两个年代的故事。[①]而故事发生的地点都在北京，涉及的观念和文化传统也都是以中国北方文化为主。

二

然而在这些基本相同的框架背后，我们仍然可以看到两部电视剧明显的创作差异。在具体的人物设置、冲突设置、矛盾双方的角色以及作者对相近人物的评价立场和原则上，两部电视剧存在着明显的不同点。

虽然两部剧审视着同一段历史，但二者无论是从情节到人物仍然具有一些明显的差异之处。这些差异之处有属于创作者个体的创作风格、创作方法和创作观念的差异，也有一些属于文化差异的范畴。创作者创作倾向上的差异不可能完全属于个体，它必然带有强烈的时代特征，虽然面对着的是同一段历史，但由于创作时代的不同，人们在解读这段历史的时候，思考的角度和观念以及侧重点上自然会表现出来观念和视角上的不同。我们对这些差异的解读应该是打开人们观念变化之门的一把钥匙。

首先我们可以看到，在《房前屋后》一剧中，虽然创作者在这方面也倾注了一定的笔墨，但程大河与唐玉秀之间的关系基本和谐，二人的矛盾也没有被创作者人为地夸大，两人尽管具有性格上的冲突，却被一种文化和谐所掩盖。

首先，对传统文化与现代文化的标尺和态度不同，冲突和张力的主要设置也不同。《渴望》一剧中虽然主要的对立人物是刘

[①] 近几年来当代伦理题材的时代戏在创作中一直占有较大比重，但多数都将截止时间设定在20世纪90年代后期或者说当今的几年里，因此，《房前屋后》截止年代的设定与《渴望》相近应该说是本剧值得注意的一个问题。

慧芳和王亚茹，但冲突却基本发生在刘慧芳和王沪生身上。刘慧芳和王沪生之间的夫妻关系成为冲突的明线。从某种意义上来说，刘慧芳与刘大妈所代表的是中国传统文化，刘慧芳"身上有太多旧式妇女的印记，而非现代妇女的典型"[1]。她善良、坚忍、克勤克俭、重义轻利；刘大妈则侠义、直爽、敢作敢当，她们将中国传统文化所追求的目标发挥得淋漓尽致，创作者对她们给予了不惜笔墨的英雄式的赞颂。而王沪生与王亚茹所代表的则是外来文化，他们被描绘成为见利忘义、斤斤计较、不近人情、傲慢清高又懦弱犹疑的人物，剧中对小知识分子的批判与嘲讽充分表明了创作者的文化立场。而在《房前屋后》剧中，尽管创作者赋予了程大河、唐玉秀等人道德楷模的形象，但没有将他们塑造成为绝对理想式的完美人物。一方面，肯定他们的道德，但同时又经常对他们基于这种传统道德做出的行为所导致的后果做出善意的批判。程大河万事孝为先，对母亲一味地顺从，对弟弟、弟妹一味地纵容，并没有真正地化解矛盾，反而使之成为日后矛盾的根源；唐玉秀为了给程家留后，两口子不顾高龄生产，导致了胎儿流产，只好瞒着众人以一千七百元的价格抱养了军军。她出于善意，为了程小林的婚事做假房契，最终导致顾丽丽为争夺房产将其告上了法庭。二人的甘于淡泊和不计名利总是成为儿女向前奋斗的绊脚石——因此，创作者最终的肯定落在程媛媛和方海这一代"新人"身上。《房前屋后》里程大妈的身份与《渴望》中刘大妈的身份基本一致，但《房前屋后》剧中对程大妈却充满了批判与同情。刘大妈在《渴望》中的正直、泼辣在《房前屋后》里则表现为程大妈的虚伪和糊涂。程大妈的正直和顾全大局实际上是她偏疼小儿子的挡箭牌，她家庭至上的观念实际上种下了兄弟失和的种子。程大妈在关键时刻总是不甘幕后，实际上她的出面不但于事无补，反而暴露她

---

[1] 钟艺兵主编《中国电视艺术发展史》，浙江人民出版社，1994，第222页。

为了维持自己的面子和传统观念所使用的圆滑手段。

其次，对待当代文明的思考角度不同。两部剧中都塑造了一个留学回国的老一代知识分子形象，一个是《渴望》中王沪生的父亲王子涛，一个是《房前屋后》里的老路。他们都是建国后归国的留学生，都是"喝过洋墨水"后回国报效祖国的一代知识分子。他们在回国后曾遭受政治上的迫害，在改革开放之后重新获得解放，在新的时代里重新定位自己。他们人物角色相近，人物经历相近，但作者所倾注的褒贬却截然不同。《渴望》中的王子涛在"文革"前脱离群众，在经历了"文革"的艰辛和磨难之后开始真正地理解了人民（实际上是创作者心目中的市民），他开始促使儿女真正地理解市民，融入市民。他成为一个被市民阶层"改造好了的知识分子"，他受到了创作者的肯定，但并非肯定他拥有的知识，而是他放弃了自己的知识和知识分子的文化立场，彻底地甘于成为一个"知道分子"，彻底地接受了市民的价值观念。《房前屋后》里的"路爷爷"正好相反，他虽然也在改革开放后与市民阶层融为一体，但并没有甘于在市民的行列里隐藏自己，而是成为一个帮助市民阶层前进的导师。"路爷爷"让方海知道了知识的重要性，让程媛媛从骨子里理解了市场经济，走向了市场经济，他通过自己的书点拨了谢伯达这样的市场经济先行者如何真正走向未来，告诉了他们未来前进的方向。在某种意义上也可以说，作者对"路爷爷"这一角色所倾注的心血体现出作者鲜明的文化立场。

路南表面上与王沪生有着相近之处，他们都是大学生，他们都爱上了一个工人家庭的孩子，他们都有着同样的单纯和不谙世事。但在《房前屋后》一剧中，路南的单纯背后却是一种执着和坚韧，他执着地追求程媛媛，他坚定地支持程媛媛承包制袜厂，他以自己的思想和行为继承了父亲老路对中国未来的设计。他的声音与中国改革开放息息相关，他成为剧中弘扬和肯定的一代新知识分子的代表，最终也征服了谢伯达这样的市场经济的实践者。王沪生始终无法与市民阶层融合到一起，而路南与程媛媛的结合则成为知识分子融入市民阶层的象征性符号。路南既不需要像罗冈和王子涛一样在经历了牢狱之灾，放弃了自己的知识和思想后才能成为"被改造好了的知识分子"，也不需要如王亚茹一样在经历了亲情的感召之后才能良心发现而彻底向市民观念投降，而是他本来就将程家的大院与自己和父辈居住的筒子楼一样视为自己精神的家园。在这种精神家园的寻求过程中，他是自觉的，而不是被动的，他既没有高人一等的王沪生式的先天优越感，也没有放弃对知识的追求，而是将知识和思想放置到程媛媛的工厂承包的具体行动中。这既代表了经历了改革开放之后市民对于知识价值的认同，也标志着以科学知识、市场经济为代表的现代观念已经融入当代都市市民的观念之中。

值得注意的是，在《房前屋后》一剧中出现了方海、程媛媛乃至路南等一代"新人"形象。说他们是"新人"，是因为他们是老一代市民向现代社会迈进过程中的过渡性人物。他们不同于父母困囿于中国传统，也不同于其他一些电视剧中人造的现代都市偶像。他们是在新的社会变迁中成长起来的、在新的社会环境下造就出来的一代具有现代意识的新市民的代表。这类形象在《渴望》中是不存在的，也许是拍摄时代的差异，《渴望》一剧无法想象未来的具体的形态，在近二十年之后拍摄的《房前屋后》一剧中凭借对其后十几年里社会进程的认识，对中国社会的未来做出了更为深刻和切实的思考。继子女与继父母之间的关系是传统中国伦理中一个无法逾越的矛盾性课题，因此我们在中国传统文艺作品中所见到的双方关系都是一种对立关系。在传统中国伦理当中，血缘伦理和身份（符号）伦理一直是一个无法化解的矛盾，而《房前屋后》这部剧则利用了现代社会中的人性对此进行了调和。

先是程大河利用了传统市民伦理中的义高于理的，以平等价值为起点的反传统观念征服了方海，继而方海又用同样的人性为先的理念促使程媛媛返回了家庭之中。这样，传统伦理的核心就被置换为现代思维。社会责任理论被人性理论所替代，从而成为这个家庭存在的基础。对比《渴望》，我们可以发现，这种观念在《渴望》中是不存在的，无论是刘大妈还是刘慧芳，她们所扮演的都是传统中国伦理观的绝对的社会责任者的角色。任何针对传统中国伦理的质疑都被视为一种反动，刘慧芳的牺牲与奉献都是无私的，是基于对中国传统伦理的无条件服从，而《房前屋后》中方海和程媛媛对这种家庭的接受则是出自自身的人性的选择。

方海从一个市井混混到成长为有志青年再到自觉地接受了市场经济从而选择人生道路的过程中，有三个人充当了他的导师，这三个人将他分别带到了三个阶段。程大河用市民伦理中积极的一面为他找到了生存的意义；老路利用自己的知识和人格将他带进了现代化的理念之中；谢伯达通过自己的实践将他带进了市场经济的潮流。

方海、程媛媛、路南是剧中着力创造的"新人"形象，他们既继承了以程大河、唐玉秀等人为代表的市民阶层的中国传统，又接受了现代社会的新观念，且较谢伯达等人更具有道德感召力，因而成为创作者心目中未来的新生力量的代表。

最后，对本阶层的身份认定和历史认定不同。作品将不像《渴望》中那样，将刘慧芳塑造成为一个理想化的人物，《房前屋后》剧中的程大河、唐玉秀尽管在行为上与刘慧芳不无相似，他们都基于传统的中国伦理忍辱负重、与人为善、重义轻利。但剧中肯定他们的同时并不乏充满善意的批判。程大河的嗜酒如命，唐玉秀的因小失大都成为创作者善意批判的对象。

在《房前屋后》中，《渴望》里王沪生的角色却为程小林所替代，王亚茹的角色则为顾丽丽所取代,这其中也不无值得思考之处。社会阶层的认同更加宽泛,但阶层内部的矛盾与分化成为市民阶层的主要矛盾。一方面,认同合理的、合法的现代商业文明,另一方面批判着不符合现代社会要求的落后市民传统和现代商业逻辑中道德沦丧的方面。它既批判着程小林的游手好闲、不求上进,顾丽丽的自私自利;同时也批判着程大河、唐玉秀的保守软弱,程大妈的愚昧落后以及谢伯达的野心勃勃和不负责任。

三

从这两部电视剧的比较中,我们可以看到中国市民阶层总体思潮倾向上的一些变迁和大众文化脉络上的一些变化。

在《渴望》的时代里,市民阶层从总体上来说陷入了一种对于未来的渴望。

在这里我们可以看到,电视剧的创作者对社会关系在市场经济中的变化的认识又向前迈进了一步。如果说在《渴望》一剧中,市民阶层的意识开始得到了张扬和觉醒,市民阶层开始以新的形象登上了舞台,那么在《房前屋后》一剧中,它开始成熟和发展,并基于更新了的现实开始思考未来。

影像的魅力

从眼睛到大脑

——蒙太奇和长镜头两种手法在图像传播中的比较

一

直到二十世纪格式塔心理学在研究人们的图像认知过程中取得了巨大的成果，人们才开始关注自己眼中的世界、心中的世界以及客观的世界之间的区别与联系。由于自然科学的飞速发展，人们得以摆脱常识性的思维方式，以一种客观的角度来审视我们用来观察世界的眼睛。由此，人们也可以通过对认知过程的研究，回顾人们在图像传播中所使用的各种手段。参照人们对图像信息的认知过程，我们可以更好地对影视中的蒙太奇和长镜头这两种主要的结构方式的本质加以探讨。

长镜头的本质是什么？一个镜头是一个时空连续不断的过程，长镜头只不过是将这个过程延伸，使之在一个镜头中包含更多的信息元素。这种方式从本质上来说是在模拟着人们用肉眼观察世界的方式。在人们的眼里,世界的时间和空间都是一个单一镜头式的不可间断的线性组合。我们必须承认,不管我们是否注意到一件事物,我们的眼睛作为一个监视器官,它总是在不停地试图将所有的客观世界都收入到自己的视野中来。人们的眼睛除睡觉等情况稍事休息之外,所能够观察到的事物都是时空连续的,不可中断的。这甚至不以我们自己的意志为转移:眼睛始终在忠实地履行着自己的职责,它如一个侦察兵一样尽量地将所有的看到的客观世界的信息传达到中枢神经。在眼睛那里,信息是没有高低贵贱之分的,不管它看到了什么样的世界,它都不会按照自己的方式做出处理,而只能做出简单的记录和传达。

"研究分镜头(decoupage)的两个部分,一个是时间,另一个是空间,结合起来创造一个统一表达的形式织体的实际方式,就能使我们进行这样的分类,即可能用几种方式把两个连续的摄影机位所描述的空间连接起来,以及把两个时间情境连续起来的种种不同的方式。"[1]根据这样的分类,长镜头的观察方式的核心就是保持着时间和空间上的连续性,尽可能多地在一个连续不断的时空状态下观察到更多的信息元素。尽管人们可以通过镜头的推拉摇移等运动镜头来人为地突出一些东西,但由于时空连续性的限制,必须保持其拍摄时间与客观时间的同步(实际上那些推拉摇移也不过是人眼功能的一种机械化模拟),它必须保证空间的连续性,也就是必须保证没有观察中的缺失和中断。因而我们可以看到,在长镜头式的拍摄和影视叙事中,为我们保留着更多肉眼观察的视角。

但人类肉眼观察事物的过程并不是如一个机械式的镜头那样简单,它同时还是一个与大脑信息的交流和反馈过程。人眼将所

---

[1] 诺埃尔·伯奇:《电影实践理论》,周传基译,中国电影出版社,1992,第2页。

观察到的连续不断的时间空间下的事物通过视网膜、视神经、中枢神经等组织不断地将信号发回到大脑当中，大脑迅速地对这些信息进行分析和处理，然后再对眼睛和其他器官发出指令。因而，大脑总是对所得到的信息进行处理之后才形成"意义"，进行下一步的处理。那么，大脑在对眼睛所传达的那些信息的处理过程中已经销毁了信息的时空连续性特点，而将其转化为一个个的"断片"，然后通过确定性的"意义"将其联结起来。而那些不断产生的"断片"以及其间进行联系的"意义"不断地流动、更新，从而使大脑不断地对新的事物进行认知。"电影和人的思维活动有着某种程度上的类似。我们知道，人的意识流程总是以极大的跳跃性进行的，而在电影中，这种跳跃即表现为省略。"①

那么，蒙太奇的手法正是模仿了大脑的这种认识过程。它将连续时空状态下的观察对象不断地分割为"断片"，将其中不必要的冗余消灭于无形，而只保留事物那些高效率的、高信息量的一个个"断片"，然后通过"意义"将其直接地、确定地联结起来，并将这种"意义"直接地诉诸观赏者的认知结构之中。因此，这种模拟本身就带有极强的强制性，它直接明确地向接受者传达着作者的观点。既然"爱森斯坦认为电影完全是一种唤醒民众改造现实的实践，而不是一种美学观照"②，那么，电影的目的也就是直接地将需要传达的意义灌输到观众那里。

二

那么，我们不得不思考，在这里，"意义"是个什么样的东西，

---

① 周欢：《电影的叙事与时空》，载钟大丰、潘若简、庄宇新主编《电影理论：新的诠释与话语》，中国电影出版社，2002，第79页。
② 游飞、蔡卫：《世界电影理论思潮》，中国广播电视出版社，2002，第65页。

因为它直接关系到蒙太奇手法和长镜头手法的成败,毕竟,电影、电视都在通过屏幕为观赏者传达着各种各样的信息。有的是一些直接的信息(如一些纪录片,尤其是新闻类的纪录片),而有的只是传达一种情感的愉悦或者起伏的过程。但这些都是通过意义实现的,而不是通过那些画面本身实现的。"那么,创造思想就是蒙太奇最重要的作用了,这就是说,将取自现实生活的集合中的不同元素接合在一起,然后通过后者之间的对称相比激发出一种新的意义。"[①]我们可以看到,在人类的大脑认识客观世界的时候,那些"断片"本身是没有意义的,而人们处理它们的过程和方式才使之产生了意义,因而,意义就是那些图像"断片"的组织原则。因而,人们通过什么样的方式来组织那些图像,或者说图像对我们认识人们在观赏过程中将会得到怎样的收获具有决定性的意义。

如果视那些图像传播为一种信息传递过程的话,我们可以认为,信息传播的规律对于破解意义产生之谜同样是关键性的因素。在信息传播中,有一个变量在起着决定性的作用,这个量就是信息量。申农博士在几十年前对不含意义的纯粹符码传播进行研究时,他将这个量推算为一种负熵,即信息与物理科学中的熵非常相似,只有一个负号上的差异,它是对随机度的一种测量。熵是指一种情境的不确定性或无组织性。在信息理论中,它与一个人在组成信息时选择自由度的大小有关。[②]通俗地说,熵就是不确定性的量度,从它的公式来看,就是在不含个性化因素的时候,信息所具有的信息量与它在客观世界中发生的概率成正比。这样,我们就比较好理解信息量这个概念了。如果一幅图景是日常生活中和前后语境下司空见惯的,那么,你多半不会对它有任何印象;反之,如果这幅图景你能见到的可能性很低,它就具有更高的信息量。因此,

---

① 马赛尔·马尔丹:《电影语言》,何振淦译,中国电影出版社,1980,第 120 页。
② 沃纳·赛佛林、小詹姆斯·坦卡德:《传播理论:起源、方法与应用》,华夏出版社,2000,第 50 页。

确定性越高，信息量就越低，确定性越低，信息量就越高。而我们将所看到的图像在记忆中进行存储的时候，不自觉地运用着这样的公式。我们的记忆和思维所选取的图像都是具有最高信息量的图像，即我们将会把那些自己根本没有预料到的图像变成"断片"，提取到自己大脑中来，然后，应用最高概率的原则形成它们的联结方式。这种最高概率的联结方式就是那些"断片"图像之间的"意义"所在。"我们必须记住，在知觉中，一种事物的各种不同的样相不能构成某种'令人炫目的多样性'，它们只能以一种连续的次序呈现出来。这是一种逐渐的变形过程，而不是由四处分散的、大量不同情景所构成的多样性。"[①] 因此，成功地运用蒙太奇手法的影片都符合着这样的原则：一个是高信息量的原则，后一个镜头的内容是人们根据前一个镜头或者前一组镜头的一般推理所不会出现的。如果前一组镜头是阳光普照的大地上，快乐的孩子们在玩耍，后一组镜头则是黑暗的小屋中，一群坏蛋在策划着阴谋。这样会使观众们平静的心情很快地被调动起来。另一个则是确定性的原则，前一个或者一组镜头必须与后一个或者一组镜头之间有着有机的关联。如果这种关联的程度超出了常人的可能性预测，观众则什么也看不懂。爱森斯坦早期尝试的杂耍蒙太奇的失败，就是因为这种镜头之间的有机关联度太低，而使得观众们无法获得推测的确定性。

长镜头的拍摄方式是不会出现由于有机关联度的降低而无法理解的问题的。由于长镜头的结构方式将一个事物，或者一个事件处理在同一个镜头之内，它的时空同步性质使得画面内部事物的有机关联度非常之高。人们不可能发现镜头内不能理解的内容。但这种方式也带来另一个问题：这种与客观事物同步的影像必然使其中符合观赏者预料的过程更多，因而使得冗余度大大地增加，

[①] 鲁道夫·阿恩海姆：《视觉思维——审美直觉心理学》，四川人民出版社，1998，第59页。

这常常可以让观众们哈欠连天。因为它与大脑处理世界的方式不同，它必然地将那些过程而不是直接的意义诉诸观赏对象脑中。因而，可以认为，长镜头手法的低信息量常常会导致冗余的产生。因为它需要将以视觉获得的图像通过观赏者的大脑再一次地进行加工。

因而，表面上看来，蒙太奇式的手法似乎比长镜头的手法更有效率，因为它直接剔除掉了那些认知过程中的冗余，因此，它所传达的信息量会更大一些。"格式塔心理学家发现，凡是好的完形，都一定符合视觉组织活动的简化原则。简化的实质，是以尽可能少的结构特征把复杂的材料组织成有秩序的整体，这个整体是由各个成分所包含的力决定的。"① 但蒙太奇的手法也同时存在一些实践中的问题，一个是如果这种有机关联度处理得不好的话，镜头之间的有机关联度过低，不但会使镜头与镜头之间的联系成为直接规定性的意义，还会使这成为传播中的"噪声"。噪声在信息传播中是指无法形成意义的那部分信息。如果一些隐喻性的蒙太奇不能通过事物之间的关联确定其意义的话，那么，这种隐喻也就不会为观众所理解，将成为观赏过程中的"噪声"。但太高的有机关联度也会使蒙太奇的剪辑过程中出现与长镜头同样的冗余问题，即每一个镜头之间都无法凭借信息中的不确定性来形成张力，而出现观赏者觉得索然无味的情况，这种问题在顺接式的蒙太奇中尤其常见。下一个镜头如果在观赏者的预测之中，它的信息量，即意义，也就将随之衰减。

因而，我们看到，信息熵本身是造就电影、电视图像传播中图像以外的一个最重要的元素，它不被人所见，但它又无处不在。它构成着镜头与镜头之间的意义，构成着段落与段落之间的意义，它构成了影片在影片之外的世界中的意义。

---

① 彭吉象：《影视美学》，北京大学出版社，2002，第26—27页。

三

如果我们只是根据信息熵的多少来评判蒙太奇手法与长镜头手法孰优孰劣的话，那么，我们的结论会是相当不完善的。因为人类世界和人类思维中还有着许多在其他层面上的意义。

尽管从表面上来看，蒙太奇手法直接地诉诸意义，最大限度上省略冗余，因而可以在传播中得到更高的效率。但它直接诉诸意义的方式却为它所传播的意义带来了强烈的规定性。它在图像的"断片"之间的联结过程中的意义是具有确定性的，不允许不确定性的意义的存在，因为这种联结是根据最大熵值的原理来进行的。观众必须根据导演规定的意义来进行他在观赏过程中的推理，因而，他们只能被导演牵着鼻子走，那么，观众也就丧失了独立性。观众的观赏过程更像是一次被导演安排好了的游戏过程，观众可以通过这个过程得到感官上的刺激和愉悦，却很难得到自己独立的思考体验，而审美意义却常常产生于这种思考状态而不是简单的感官刺激，因为只有思考才是观众作为欣赏主体获得自身意义的过程。蒙太奇的方式对电影有着非凡的魅力。对于"爱式理论"招致的批评主要是认为这种创作方式中所含有的"强制"和对于个性的扼杀。

而长镜头对事物的展现却由于其对眼睛的模仿而使观众在欣赏过程中拥有独立思考的空间。因为对于规定性的意义来说，镜头中的一些过程都可以被视为冗余，但对于非规定性的意义来说，那些"冗余"却可能是意义的所在。

当观赏者们厌倦了那些已经给自己规定好了的意义游戏之后，人们必然期待着根据自己对事物已有的认识来重新解构事物的意义，即将自己的思考赋予客观的载体之中。而长镜头的方式正可以适应人们的这种思考需求，因为它更像是人们的眼睛观察世界的方式。眼睛在观察世界的时候，只是起到瞭望的作用，而不直接地赋予被观察的对象以意义。它所观察到的事物中具有各种可能性，而非必然性。因而，通过这种方式观察到的世界才会给人以思考的空间，而正是这样的思考会成为审美的前提，因为审美是建立在人们的自我判断的基础之上的，那些将意义倾注其间的表达方式只是导演的表达，而不能给观赏者提供判断的空间。因而蒙太奇手法中强烈的规定性恰恰阻碍了观众们自身的判断力，它只能通过信息量的自我游戏使观众得到感官刺激，难以提供审美的享受。长镜头的手法将眼睛的观察直接变成文本，通过这样的方式使观众的观赏过程变成一种不断地进行判断和思索的过程，也就排除了文本在意义上的规定样式，而使观赏对象变成一种在是与不是之间的判断客体。"在影片《北方的纳努克》中，这个段落只由一个单镜头构成。谁能因此而否认它远比一个'杂耍蒙太奇'更感人呢？"[1]因而我们发现长镜头的表现手法总是与写实主义风格联系在一起，它尽量通过为观众提供符号的真实来达到观众的主观真实。因此，它常常可以带来较蒙太奇手法更多的审美特色。《公民凯恩》中对纵深长镜头的运用正是出于这样一种出发点而使作品带上了更加浓烈的现实批判的风格。如果将母亲在与律师谈论着凯恩的未来，而少年凯恩在雪地上玩耍的那个镜头交到爱森斯坦的手中，将其切割成为一个个镜头组，就必然割裂了场景中活动的人物之间的时空连续性，从而丧失了观众们对"可能性"的推断，使其失去美学价值。

　　我们在现实中的影视作品中发现，每一部作品都是蒙太奇手法与长镜头手法交替使用的结果，只是可能偏重于某一手法而已。"从今天的电影状况来看，电影艺术所谓的本质或本性远不是蒙太奇理论和长镜头理论所宣称的那样偏狭。它的兼容并包的综合性、

---

[1] 安德烈·巴赞：《电影是什么？》，中国电影出版社，1987，第67—68页。

艺术手法的丰富性，无疑是它最突出的特征。"[1]这就如文学作品中长句和短句的使用一样，真正使作品获得生命力的并不是它的形式，而是作者自己对内容的诠释水平，因此，大师的作品是已经忘记了形式的作品，大师们将形式变成了自己实践中的风格，而不是用形式来束缚自己的创作。

（发表于《电影艺术》2006年第1期）

---

[1] 张强：《从极化到综合——试论电影艺术的两极运动律》，载王亮衡主编《电影学研究（第一辑）》，中国广播电视出版社，1997。

影像语言与自然语言的互译性与叙事特征

长期以来,人们对电影等以影像为主要载体的视觉语言一直有一种误解,即电影语言具有一个独立于自然语言之外的语言符号系统,并称之为电影语言。但就麦茨等研究者来说,电影并非一种语言系统,而是一种类语言的符码系统。其理由主要有三点:第一,它无法构造一个"言语循环",电影是一种单向的交流;第二,它依靠一种类似性编码原则,而语言则依靠的是所指与能指间的任意的人为建立的对应关系;第三,电影不具有类似语言的双层分节的东西,即它不包含语素的分节和音素的分节结构。因而它不能被作为一种语言来研究。[1]

如果严格按照语言符号的分类来说,影像的确与自然语言之间有着诸多的差异,但麦茨等人将影像的表义方式与语言的表义方式对立起来的路线又给电影符号研究带来了新的难题,即它是

---

[1] 克里斯丁·麦茨:《论电影语言的概念》,载克里斯丁·麦茨等著《电影与方法:符号学文选》,李幼蒸译,生活·读书·新知三联书店,2002,第92—94页。

如何形成复杂的表义系统的呢？尤其是在有声电影没有发明之前，默片时代的影像的表义功能就几乎自成系统了。如果完全将电影的表达方式排除在语言表达的模式之外，只是将其归结为一种肖似性符号的话，电影的许多特性反而变得更加模糊。

一、自然语言与影像语言之间的互译性

无论是自然语言还是电影的图像都是表义的一种方法，值得注意的是表义的过程中，它们虽然属于不同的信号系统，但有着相似的认知渠道。因而视觉语言与自然语言之间的关系是复杂的，既不是简单的对立，又非完全地依赖自然语言而存在。从现在并未完全被破解的人类思维角度来看，它们二者之间存在着既相互独立又相互依存的关系。

在语言实践中我们可以发现，语言与形象之间有着某种程度上的互译性关系，即部分语言须转化为形象之后才可以更为准确地辨明其语义，而形象在思维之中又是依靠语言的逻辑关系来形成抽象的语义指向。意义既是自然语言的目的所在，同时又是画面语言进行表达的核心功能，因而二者是在语义系统之间得到的统一。自然语言与数学等抽象逻辑语言的不同之处就在于它并非只有逻辑系统的存在，在某种程度上必须借助于符号固定的所指系统才能形成语义。可以说，它是逻辑附着之物。

而视觉感知的过程最终同样也是以语义的形成为目的。如果它被视作一种语言的话，它同样地以形象作为语义形成的基础。因此，一个图像经常可以成为语言叙述的对象而存在；一组图画同样可以被描述。一系列的心理表象则可以被描述成为一部小说。同样，一部小说也可以被还原为视觉形象——电影。电影和电视剧的剧本则可以被看作是这样一种以心理表象为共同基础的语义

表达的转换方式，只不过在语言学研究中，所指除心理表象之外，它更是"可言者"[1]。

这样以来，无论是自然语言还是图像都是通过形成心理意象来获得语义的。只不过二者对于形成心理表象的外在符号载体不同而已。前者是通过模糊的、习得的规定性符号来形成心理表象，而后者则是通过具体的、直接的方式来形成心理表象。

蒙太奇的叙事本来就是对人们思维过程中心理意象的一种模仿。"蒙太奇（简言之，即影片的戏剧性展示过程）是十分准确地服从一种辩证法规律的：每个镜头都必须含有能在下个镜头中找到答案的元素（呼唤或缺席）；观众身上产生的紧张心理（注意或疑问）应当由后续镜头来解决。"人们的思维过程本来就是一个不断调用记忆和现实中的各种心理意象"断片"（如同上演每一个镜头一样）的过程。无论是自然语言的叙述还是通过图像的叙述，在后一个过程中，是没有本质差别的。因而，其差别主要是来自形成心理意象的能力和准确性。[2]我们可以看到，阅读剧本和小说与观看电影在形成语义方面并没有本质的差别。剧本和影片都会在阅读者和观赏者那里得到几乎完全相同的故事。

或者说，人类的听觉信息与视觉信息之间存在着一种转化关系。比起其他的物种，人类的视觉信息处理机制是最为发达的。[3]因而人类在视觉信息处理方面处在感觉信息处理的优先层面上。但从视觉的表达机制来看，它却难以形成最有效的沟通手段。在人类对信息沟通的需求无法满足的时候，依靠听觉系统的物理载

---

[1] 罗兰·巴尔特：《符号学原理》，李幼蒸译，中国人民大学出版社，2008，第29页。
[2] 马赛尔·马尔丹：《电影语言》，何振淦译，中国电影出版社，1980，第114—115页。
[3] 单纯从生理上来说，有些动物眼睛的功能可能强于人类，但综合性要较人类差得多，昆虫的复眼尽管可以更广阔地"看到"环境，但难以判断远近与色彩，鸟类对形状与距离的判断能力可能较人要高，但适应范围的能力远较人类低。对静态事物的判断，几乎没有其他动物能与人类匹敌，但许多其他动物在听觉和嗅觉方面的感知能力和处理能力要比人类强得多。直到现在，我们在嗅觉方面还要经常依靠警犬。

体而形成的语言就成为最主要的手段。①

也许是由于人类视觉的发达,在接收过程中,听觉信息经常需要转换为视觉信息来由大脑进行更进一步的处理。这样在听觉符号与视觉符号之间的转化就成为人类最重要的机制之一。于是以声音作为载体的自然语言在信息处理中常常是以转译为图像语言来获得意义。

当人类可以把创造视觉图像作为传播手段的时候,图像则可能直接地摆脱语言而诉诸大脑的处理之中,这样,图像——电影(视)的传播就成为人类传播的重要载体。

但有两点值得我们注意:第一,自然语言的优势仍然存在,创造影像的便利性比起自然语言还是要差得多;第二,人类在拥有了声音语言之后,非视觉而直接诉诸逻辑思维的方式成为人类无法割舍的最重要的进化特征,成为人类思维中最为重要的模式。因此,见不到、摸不到的事物,仍然是当今人类判断行为的主要依据。我们也许可以称之为形而上学,但它奠定了人类思维的框架。

因此,人类思维或者说语义的形成本身就是人对各种类型的符号综合处理的结果,单纯地设想一种符号体系作为人类思维的起点的观点都是失之偏颇的。实际上,自然语言之所以有悖于数理推演,或者说对语言逻辑的数理推演之所以不可能像弗莱格一样得出精确的体系,原因也正在于此。用语音表达的概念总会是模糊的,因为它总是受到语义系统自身和作为中介的形象系统的反作用和质疑。

---

① 从人类信息传播渠道的演变过程来说,自然语言成为最为有效的传播途径在某种意义上来说是一种在当时环境下的最佳选择。声音对于传播者和接受者来说具有相对平衡的发出和接收机制,从而很容易成为信息传递的最佳选择。画面在早期人类那里尽管有着接收中的易读性,但缺乏在发布环节上的可能性,因而难以成为信息传播的有效载体。尽管人类的视觉在动物中是比较发达的,但相关视觉表达方面的最多可能只有表情和动作,它们与声音相比较的话,可以分切的"位"与"素"从技术上来看太少,因而难以成为与声音相竞争的语言传播载体。还需要考虑的一个因素是早期人类的进化特征,除视觉之外,人类的听觉相对较发达,而嗅觉等感觉相对其他动物来说没有优势,而嗅觉的表达更难,因而听觉就成为信息传播的最佳途径。

诸多学者都注意到符号中的理据性（motivated，也曾被译为"促动性"）问题，但这一分类和描述仍有许多可以更深挖掘之处。理据性符号与非理据性符号之间的划分具有模糊性与渐变性。即便是在同一类符号体系之中，个体符号的理据性也有显著的程度差异。即便是在被普遍认为的非理据性的符号——人类自然语言之中，也有拟声词，"爸爸""妈妈"这样明显带理据性的词语；电影符号之中，亦拥有一系列约定俗成的象征性画面，这些画面依据人类后天创造出来的标记而成为非理据性的通用符号。

在视觉符号中，隶变之前的汉字带有的理据性要比当代楷书强得多，但与拼音文字相比又具有更多的理据性。人类对图像的认知本来就是一个具有意向性的复合体，因而完全凭借理据性来衡量符号性质，来分别能否成为语言符号，很容易陷入形而上学的空洞讨论之中。

自然语言拥有语音与文字两种表达载体，但这两种载体之间有着认知过程中的明显不同，汉语的两套体系可以很明显地分辨出来其中的差别。相同的汉字在不同方言中以及不同语言（日语、韩语）中都拥有不同的语音系统，却可以表述相同的语义。也就是说，语音能指与所指以及语义之间的关系是值得重新讨论的。能指——所指——语义这一轴线恐怕不是意味着信息单向递减或者后者从属于前者那样简单，语义自身也具有系统性，而且其他系统的符号也可以直达语义和思维之中。

电影的图像系统与语义层也是这样一种关系，它既有可以先形成语言形象和概念，进而形成语义的情况，同时也有可以不通过语言系统而直达语义的时候。

因此，我们可对电影图像系统的符号表达做出以下概括：它的表义系统与语言的表义系统在体系上既有融合性又有差异性，实际上二者之间是一种你中有我、我中有你的符号系统。因而将其视为一种独立的语言符号,找出其独立的表义系统的深层结构的方法恐怕是难以奏效的。它作为一种符号系统,其意义的产生既有来自影像系统内部的示差性结构,又有来自语言系统的思维习惯。

图像符号系统的理据性较之自然语言的确要强得多,但这并非是语言符号唯一的特征,因为自然语言对符号载体的选择,实际上也不过是一种基于技术层面便利性的选择。因而不论是哪一种语言,进入了人们的大脑知觉层之后,得出语义的过程都变得更加相似,而这个得出意义的过程又是人类认知过程中的一个不可缺少的环节。因而在思维过程中,图像符号系统与语言过程是交织在一起的,不可能拥有一种完全独立的,与语言系统完全分割开来的系统。如帕索里尼通过确认"影素"的方式试图来寻找一套电影完全独立的语言系统的尝试固然难以成功,但通过语言研究的方式来对电影叙事方式做出分切的方法也不能被简单否定,甚至我们还需要回到语言处,尤其是从影像语言与自然语言的互译关系入手,才能产生更好的电影研究方法。

二、关于影像语言的分切单位

多数研究者在研究中通常都将镜头视作分切的最小单位。因而,将镜头视为类似自然语言中的语词,然后将镜头内部的形象、运动、个体、视角等视作其中的语素或意素。"通常的想法是,镜头具有字符性,在某种意义上它类似于一个词,而且用剪辑法对诸镜头进行连接就是一种句法。"[1]这样的分切方式似乎符合电影拍摄和研究中将镜头分为最小单位的常识,但使镜头内部的各

---
[1] 彼得·沃仑:《电影和符号学:某些联系方面》,载克里斯丁·麦茨等著《电影与方法:符号学文选》,李幼蒸译,生活·读书·新知三联书店,2002,第25页。

个元素缺乏进一步研究和分切的可能。

其实如果与自然语言相比的话,尤其是参照与自然语言的互译性,我们可以发现,实际上镜头是与语句相对应的。在剧本与影片的对照中,我们可以看到,多数剧本中的语句都通过一个镜头来完成,如"太阳在地平线上升起"几乎只能对应一个镜头。这样,如果我们将一个镜头视作一个语句的话,句中各要素的区分就容易得多。

首先,我们可以在组合段上区分一个镜头内部的主语(动作发出者,或者说主体)、动作(相当于谓语与宾语),[①]这样一个镜头就更加清晰地表露在了观察者的面前——一个固定镜头通常构成一个单句,而一个运动镜头通常构成一个复句。

其次,从聚合段来看,我们就可以更清楚地看到词汇在纵向轴上的关系,即每一镜头内部的各个元素与可能出现的元素间的可替换关系。如在蒙太奇手法中,不同主体之间的关系,不同动作之间的相似性或者对立性,或者同一主体又或者角色在不同镜头中出现的位置与叙事功能,这样我们便能够对一个镜头内部的构成意义的基本结构有更多的了解。

而在这里,电影叙事中的符号与自然语言的差异也就显现出来。电影画面中常用的术语便可以纳入意义生成的过程中了,如对景别、机位、运动等都可以进行具有实际意义的分析。如景别的大小是对画面主体的重要性的阐释,机位则是意味着叙述者对于被叙述者的主观立场,拍摄中的运动则往往意味着叙述中的复句样式——递进的或转折的、因果的或条件的。

如果将影片中的镜头看作语句的话,那么,一组镜头则构成一个段落,而非是一组镜头构成一个语句,前后镜头之间的关系

[①] 尽管索绪尔开始的符号学者更加关注聚合段上的研究,对组合段的研究方法也有别于传统语法,但这里为了表述清晰,仍然采用传统语法学的概念。

则标志着句子之间的关系。如此，我们便可以看到，顺接蒙太奇便像是正常小说中的语言叙事，而爱森斯坦的"敖德萨阶梯"则如同激昂的诗句。

三、电影语言与自然语言之间的符号性差异

在这一问题上值得注意的是人称问题。在语言哲学中，专名、指称等问题是许多学者关注的问题，这是因为对于语言来说，"你""我"等代词，以及专名等都具有特殊性，它们与客观世界之间的对应关系非常复杂，而且几乎只在语言中存在。张三嘴里说的"我"，到了李四的嘴里就不再指张三，而是指李四了，这给语言哲学的研究者们带来了许多的麻烦，但这也是自然语言的一大特征。因而在人类的叙述方式上就出现了诸如第一人称叙述、第二人称叙述、第三人称叙述等方式。

在电影画面等影像叙述中，单凭画面很难出现人称的不同角度。"当电影采取个人的形式时，多少是通过某种间接的方式，很像小说家使用'他'而不是'我'来描述主要人物经验时的作法。"[1]这也就形成了影像叙述与自然语言之间重要的差异。在人类思维中，即使是在形象思维中，也会出现人称的观念。"我"的主体意识随时存在，但"我"这一观念却难以通过影像方式来进行表达。尽管拉康发现了人在形成主体意识的过程中，镜像阶段使"我"产生了自我意识的主体性，但这种意识如何表现在影像上人们却无法知晓。我们在想象的过程中经常会出现对于"我"的想象，但却经常可以不诉诸"我"的客观心象。

因而在我们能够看到的影像语言中，只能看到以"他"的角

---

[1] 丹尼尔·达扬：《古典电影的引导代码》，载克里斯丁·麦茨等著《电影与方法：符号学文选》，李幼蒸译，生活·读书·新知三联书店，2002，第239页。

度进行叙述的范例。即使有些电影曾经参照小说的叙述手法,通过画外音来假定性地进行第一人称的叙事,也无法使观众产生真正的"我"的认同,而自然语言在这方面却可以非常从容地随时进行转换处理。由于影像语言难以准确表达内涵,像"你""我"这样高度抽象化的指称就很难为电影所表达。

影像语言遭遇的这一人称困境与自然语言中的另一问题直接相关,这就是概念的外延与内涵的关系。人的思维中,总是借助着外延与内涵两种方式来形成语义上的判断和逻辑上的推演。自然语言的概念中每个概念的内涵与外延都要被满足。但只有一种情况除外,这就是专名的问题。如弥尔认为专名只有外延而没有内涵,因为它无法表示或蕴含属于该个体的任何属性。[1]而在影像表达中,西方一些电影理论工作者们已经注意到对这一对关系的研究。如果参照语言的专名来看的话,我们可以找出一些更有价值的推断。

影像语言与自然语言相比较的话,要形象得多,所带来的后果就是它想要表达的概念的外延往往是明晰的,但内涵要相对模糊得多。如同专名一样,它擅长于表达个体的事物,但对事物的类属则难以言说。"正因为电影画面始终是鲜明的、丰富的、具体的,所以,它不适应那种能够用来进行严格分类的概括活动,对于一种稍微复杂的逻辑结构来说,这种概括化倒是必不可少的。"[2]它善于表达出"邮差卡尔先生今天上路了",但如果不配合以自然语言的话,我们就很难将"邮差的工作很有趣"直接转译成画面,因而,影像语言是否如同专名一样,也是只有外延,而缺乏内涵呢?

实际上,类的概念也可以在一定程度上通过影像进行表述,如城市、大海等,但不可否认的是,它的表达要较之自然语言困难得多,尤其是涉及人物的类,是难以判定其所指的,因为它的

---

[1] 陈道德:《二十世纪意义理论的发展与语言逻辑的兴起》,中国社会科学出版社,2007,第14页。
[2] 让·爱浦斯坦:《魔鬼的电影》,转引自马赛尔·马尔丹《电影语言》,何振淦译,中国电影出版社,1980,第2页。

所指经常难以推及其他。因而图像表达抽象的事物就常常发生困难,因为它难以准确表述它所描述的事物的内涵。如麦茨认为,电影的傻事就是影片的再现形式和外延的总和。[1]这实际上也成为影像这一语言系统的一个缺欠。因而,"尽管电影画面拥有形象上的准确性,可是在解释上却有着极大的灵活性和含混性。不过,要是借此而捡起那种难以证明是正确的不可知论,那就错了,任何错误解释都是完全可以避免的,只要在观看电影时,好进行一种内在的判断(把影片作为一种含有意义的整体去看就不会出现含混),又进行一种外在的判断(导演本人的修改和他的世界观就能预先表明他想传达的意义)"[2]。

同时值得注意的是,麦茨认为电影只有外延表达的观念也是值得商榷的。我们的观看过程实际上也是在不断地赋予剧中的人物和事物以类的概念的过程,因而,当一部电影的情节不断向前深入的过程中,事物的内涵也在不断地形成。如在《哈利·波特》中,魔法学校便不再是只有外延的一系列建筑的总和,而是变成了一个具有固定属性的观念。而名称的内涵便是所指对象的属性。[3]

(发表于《当代电影》2009年第1期)

---

[1] 远婴:《从符号学到精神分析学——当代西方电影理论学习笔记之一》,载胡克、张卫、胡智锋主编《当代电影理论文选》,中国传媒大学出版社,2000,第93页。
[2] 马赛尔·马尔丹:《电影语言》,何振淦译,中国电影出版社,1980,第8页。
[3] 陈道德:《二十世纪意义理论的发展与语言逻辑的兴起》,中国社会科学出版社,2007,第15页。

影视纪录片本质及创作初探

——三种纪录片及其视角

直到现在,电视(电影)纪录片似乎仍然是一个很模糊的概念。不管学者和电视从业人员对其做出过多少讨论,它的概念总是一个热门话题。不过在实践中,这并没有太多地影响电视(电影)纪录片的创作,只要是被叫作纪录片的节目,在实践者那里似乎总有一种模糊而笼统的范畴概念。

因此,如果从广义上来说,电视纪录片有着自己的创作规律和大体的类别划分。那么,我们可以暂且抛开严格的概念探讨,从实践上来看一下电视(电影)纪录片的相关问题。

一、三种纪录片

在纪录片的家族中,曾经被电视(电影)工作者们冠以过纪录片称谓的片子,大体上有三种不同的类别,分别是新闻性纪录片、综合性纪录片和人文纪录片。

崔永元曾经开玩笑说，纪录片就是小时候看电影时的"加片儿"。这种"加片儿"在中国电视（电影）还没有普及的年代里给很多人留下了无法磨灭的印象。"加片儿"也被称为"加演"，当时被行内人称为"电影纪录片"，其中占主要篇幅的是"新闻电影纪录片"，这种形式后来被电视工作者们发扬光大，成为电视新闻类节目的重要形式之一，它的基本形式至今还被保持着。新闻电影纪录片通过画面语言和文字语言的结合，叙述一个完整的新闻事件。不过"电视人"又给它起了其他的名字，有人称它为电视新闻专题，有人称它为专题报道节目。但其节目形态与原来的电影纪录片相比并未发生本质的变化，只不过为了适应电视传播手段的需要，将它安放到不同的电视栏目当中。

这种电视（电影）新闻纪录片在电影诞生不久就现出了雏形，它在《工厂大门》或是《水浇园丁》中都留下了踪迹。人们发现电影这种手段除可以为人们提供娱乐之外，在记录和叙述重大新闻事件方面也具有非凡的魅力。因此，从苏联创建时代的维尔托夫等人手里，它成为成形的作品。只不过那时由于还处在默片的时代，它缺少文字语言的辅助性介绍，因而只能通过画面语言和偶尔出现的字幕来进行重大事件的记录，在表现形式上与现在的新闻性纪录片稍有不同。

到了格里尔逊的年代，他把西方的电影纪录片从陌生化的题材拉回到了现实中来。那么，新闻性就成了电影纪录片必不可少的一个要素。而这种方式被后人不断地发扬，最终成为新闻电影纪录片的模式。而且，格里尔逊对新闻电影纪录片的另一贡献是画面加解说词的形式，这种形式成为后来的许多新闻性纪录片的统一风格。中国的电影"加片儿"正是一直按照这个路线发展过来的。在创建之时，尤其受到了苏联新闻电影模式的影响，到了"电视人"的手里，就出现了"新闻专题节目"这样的模式。我们在没有受到过苏联新闻电影影响的西方电视新闻节目中也可以看到，许多电视新闻报道仍然采用纪录片作为核心的表现手法。如在美国的《48小时》等深度报道栏目中，电视纪录片仍然是其节目的主干。这也说明了新闻性纪录片的内容和形式并不是哪个人，哪个国家的发明，而是由于它是电影和电视本质的表现手法之一，必然地在电视新闻的创作中被广泛地采用。现在国内的多数新闻性节目，如《新闻调查》这样的深度报道节目，仍然可以被看作一种电视新闻纪录片；而在评论性的节目中，如《焦点访谈》以及各地方电视台的各档类似节目中，至少在形式上大量采用了纪录片的表现手法。它们都采用真实拍摄的手法，通过电视画像和人物的真实记录来表现节目的主题。

但电影和电视中，尤其是电视，通过图像传播的魅力不只表现在新闻性作品之中。人们发现，它对叙述和表现一些非新闻类事件与事实也具有非凡的能力，如历史事件、自然风光、文化思考乃至科学知识等，于是影视手段也被广泛地用于这些非新闻性的拍摄中，这样，就产生了另一类纪录片，我们可以称之为综合性纪录片。它们往往通过对某一领域内的一方面问题或者历程进行纵向切割，向观众展示某一方面的事件或者阐述某一方面的问题。

在国内，早年的科影厂生产了大量的教育性节目，许多都可以被称为科教纪录片。它们都不再是传统的情节性电影和新闻性节目，而是通过电影这种形式来说明一个科学事实，在表现手法上采用了电影画面的方式，与新闻性纪录片的制作过程没有本质区别。只是在价值评判上有所不同，不能用新闻价值的衡量标准对它们进行评判。此外，电视这种媒介也制作出大量的非新闻类、非虚构故事类的节目，其中许多都采用纪录片或者专题片的制作手法，一些风光片、历史片、政论片都出现了。后来逐渐形成了一种非新闻性的电视专题片的模式。到了《话说长江》那里，这类片子的影响和水平形成了第一个高峰。它把几种电视片的内容和风格融合在一起，借鉴了国内电影电视专题片和境外同类片子的一些制作手法，在片长上、内容的丰富性上和播出的反响上都达到了一个新的水平。

此后，这种类型在当时被称为专题片的电视节目快速地流行起来，占据了电视节目中的重要一席。但专题片这个概念只从属于电视领域，在电影行业中，仍然视这种专题片为纪录片的一种。一些历史资料性的影片、政论式的影片和科教类的影片等非情节类影片仍然被归入到纪录片中，它们与电视专题片除播出方式不同之外，并没有本质差别。从20世纪80年代的《话说长江》系列、《长白山四季》、《河殇》到九十年代的《毛泽东》《邓小平》《中华之剑》以及后来央视的纪录片栏目中播出的《西南联大启示录》等作品为我们呈现出一条国内综合性纪录片的完整线索，它们都没有跳出解说词加画面，再加同期声和背景音乐的制作方式。在电影领域，这类片子同样大量存在，《周恩来外交风云》《较量》等都属于综合性纪录片中的历史纪录片。

在国外，这种综合性纪录片仍然在荧屏上占据着重要的位置，而且随着探索、国家地理频道、历史等频道商业运作的成功，这种综合性纪录片更成为电视节目家族中耀眼的明星。美国的一些商业电视机构，如BBC这样的电视机构每年都投入大量资金用于这些综合性纪录片的生产。

人文纪录片。在20世纪90年代初期，一部与以往不太一样的"电视专题片"擦亮了所有电视观众的眼睛。当人们以为介绍风光和文化的电视节目只能按照《话说长江》这样的模式去拍摄和制作的时候，忽然发现了《望长城》这部片子。这部片子不再以宏观的视角来看待长城和沿途的风光和文化，而是采用了纪实手法，从摄制组和主持人焦建成和黄宗英为代表的个体视角来看待途经的一切。它没有如《河殇》一样从历史和文化的角度对长城做出思辨的长篇大论，没有如《话说长江》一样作为一个全知全能的人对自然的风光和古迹做出不容置疑的描述和评判，而是从个体的角度来看待那走过的一切，同时向观众表达自己心灵的感悟。

这部片子不只让观众们耳目一新，同时也让"电视人"看到了电视纪录片的另一种视角。于是"纪实"成了20世纪90年代初期中国电视纪录片的一道靓丽的风景。《沙与海》《八廓南街16号》《龙脊》《最后的山神》等作品都成为这道风景线中的闪亮之笔。

这种人文纪录片在中国出现并非偶然，一方面，在中国电视开始走向成熟的时期，一批年轻的"电视人"开始不满于传统的电视制作手法和观察角度，出现了"反叛"的潮流，这又与20世纪90年代开始出现的非政治化的平民视角相关联，从而产生了一种全新的电视创作思维方式。另一方面，随着开放的风气吹入电视领域，境外的节目制作方式忽然走到了中国"电视人"的面前，使他们耳目一新。最早在与日本合作拍摄《丝绸之路》时，中国的编导们曾经见识过这种方式，但尚未对其创作产生影响，只是一些未来的编导们在学院派的学习过程中曾经接触过，但没有真正使之用于中国电视节目制作。而在20世纪90年代初期，中国的电视编导们才真正受到影响，并形成相应的创作风格，怀斯曼、伊文斯、牛山纯一等名字才为圈内人所了解。

这种纪录片在世界影视史上其实有着悠久的历史，在默片时代，《北方的纳努克》就是这种片子的滥觞。一方面，尽管格里尔逊为其更多地注入了新闻性的色彩，但许多其他创作者仍然保持着原有的道路。另一方面，人类学用于科研的记录性电影也成为它的另一个源头。许多"电影人"和"电视人"一直没有放弃用摄影和摄像设备真实记录人们的生存状态并通过这种生存状态表现自身的情感。这种片子中一些题材集中在陌生化领域的题材上，另一些则集中反映自己身边的、在这个社会上真实生活着的人的故事。但不管哪一种，都是从创作者自身的角度上来进行观察和创作。因而这种人文纪录片的创作方式和创作手法多种多样，一直没有形成固定的模式，既有英国纪录片学派那样的类似于新闻专题报道的模式，也有《动物园》那样完全没有解说词的形式；既有《生活空间》中"讲述老百姓自己的故事"那样的纪实化手法，也有一些根本没有"故事"的，如《英与白》这样的纯粹记录作品。

值得注意的是，三种纪录片的手法和模式中也有一些临界的作品，有的兼有前两种纪录片的创作方式，如一些中国20世纪80年代的专题片作品（以及牛山纯一的《上海新风》这样的作品），兼顾了新闻性和其内在的过程性；也有的兼有后两者的色彩，一些综合性的纪录片中加入了许多细节描述和创作者个体的感悟，如一些人物传记片；还有一些在寻找人生的故事时，注意到了新闻性对观众的吸引力。但不管怎样，我们都可以看到，它总是以一种类型为基本的定位方式和价值评判依据，或者说，它们总是以一种根本性的视角在审视着被拍摄的世界。因为这三种视角就本质而言是相排斥的，因为一个人在看待这个世界的时候，他的脚只能站在一个出发点上，只不过在行走的过程中这一点可能会有些变化而已。

二、不同的视角

首先，我们可以凭借习惯和感觉看到，人文纪录片与前两者有着明显的视角差异。人文纪录片是从一种个体的、微观的视角来看待自己所要拍摄的对象的，像《生活空间》栏目中那些"讲述老百姓自己的故事"的作品，或者是《沙与海》《最后的山神》

一类的纪录片都是以一种个体的主观化视角，来记录另一种属于自我的真实。我们看到，这些片子中对于生活采用了一种原生态的记录手法，但这种手法并不是自然主义的，它们所表达的是一种主观真实和情感真实。事件的重要性是属于作者的主观世界的，因而不能用事件在客观世界中所具有的意义和价值来衡量创作的价值。表面原生态的背后，是取材、镜头运用、后期剪辑等强烈的主观干预。在这种纪录片中，被拍摄的客观事件或人物只是创作者主观与欣赏者主观之间交流的一种手段。它是以那些客观的人或事作为载体，其意义并不在于让观众们可以通过作品所传达的信息去认识客观世界，而是在于双方主观体验上的沟通。在这种纪录片中，这种主观的视角无疑是微观性的，欣赏者也无法通过片子的欣赏过程获得整个真实客观世界的映像。因此，采用新闻性的客观视角作为它的评价标准显然是不合适的。题材是否重大，人物是否显著，时间上与现实相距多远以及对现实社会可能产生的影响都不能成为评判它的创作价值的标准。相反，它如文学作品中的散文一样，通过文本给予观众心灵的激荡和情感的沟通才是片子成功的关键。因而，对创作者来说，他们通过这些事件来表达一种主观的感悟，一种思考，但这种感悟和思考都不是属于那个客观世界的。因此，属于情感方面的美，属于主观方面的感性认知成为评价这类电视纪录片的首要因素。

那么与其相对立的前两种片子，都是从宏观视角入手，从客观世界，或者模拟的客观世界的角度上来看待现实社会正在发生或者曾经发生的事情。无论是像《48小时》那样的新闻报道式的新闻性纪录片，还是如《邓小平》抑或《失落的文明》这样的历史纪录片，它们的视角无疑是宏观性的，它们站在或者力图站在全部客观真实的标准上，自上而下地俯瞰着被观察和拍摄的对象。它们都是以假想的客观真实世界为基准，力图在这个世界中准确地定位具体的一个个人物、事件，或者理性思考并为之做出客观的结论。事件的意义就体现在它在客观世界这个体系中所产生的和可能产生的意义。事件内容对于整个世界的重要程度是衡量它所具有的价值的基本标准。

但细看的话，我们发现这两种纪录片的视角还是有些许的差别。新闻性纪录片对时效性的重视，对事件在现实生活中的意义和社会价值的关注在综合性纪录片中并不表现得那样明显。在综合性纪录片中，往往表现出对某一个事实或者过程的纵向关注和内向关注。

新闻性纪录片在宏观视角下，呈现出一种共时性的价值取向。它是以"现在"这一客观上的确定性的时间原点作为思考的出发点，并以此为线索对整个社会做出横断面的切割，然后将发生的事放到这条线索上，通过它与这条线上各个事件中的外在关系来判定其价值和重要性。因此，时新性或者说时效性在新闻纪录片中显得尤其重要，事件对当下的客观世界所产生的意义和可能产生的意义成为它的核心价值要素。它注重的是结果与意义，而不是过程，新闻式的写作手法正是说明了这一点。最重要的、最有价值的都写在前面，前面的是什么？是事实的结果和意义。

综合性纪录片采用的则是一种内向的、历时性的视角。因而，它重视的是过程而不是结果，往往是从一个专门性领域的发展过程来看待所发生的事件。历史性的题材自不必说，自然纪录片、风光纪录片也都是根据片中的事实或者构成要素之间的关系构成其价值。综合性纪录片的成功与否也表现在那些构成要素之间的关系的交代是否清晰，是否符合客观真实的标准上。

因此，同样的题材，通过不同的视角可以得出不同的电影或电视映像。同样是猎取海豹的故事，在弗拉哈迪的手中可以拍摄出《北方的纳努克》；但在一位新闻记者的手里，可以拍摄出一部报道北方海豹滥捕滥杀与北方生态环境恶化的新闻性纪录片；另一位综合性纪录片的编导可以拍摄出一部全面介绍因纽特人生活与海豹关系的科学纪录片。在江宁的《德兴坊》中，人们通过三个家庭的生活和苦恼可以看到都市中人们困顿的生活和对美好的向往。但如果把它放到《新闻调查》记者的手里，他们则会通过电视镜头客观地揭示上海居民住房的紧张状况，以及造成这种状况的原因和解决方式。在《魂归何处》中，创作者通过五个日本开拓民和他们儿女的命运提醒人们反省战争。如果换个视角的话，创作者也可以完全通过历史事实和数字全面展示日本开拓团在中国东北的历史，而只把那五个个体当作论据来进行叙述。

三、三种视角的思考

因此，如果我们把这几种影视纪录片与文字语言的文体相比较的话，我们可以认为，新闻性纪录片如同通讯稿一样冷静地揭示着事物的结果和意义；综合性纪录片就像论文或者说明文一样的实用文体全面介绍着事物的来龙去脉；而人文纪录片则如散文一样用非虚拟的方式披露着创作者的主观感悟和思想历程。

如果说新闻性纪录片是创作者在植物园里发现一朵奇花，然后如植物园的主人一样把它拿出来向人们展示这朵花与其他花朵的不同点；那么，人文纪录片则是一个普通的观赏者在被这朵花的美丽或者平凡感动之后，怀着激动的心情把这朵花展现在大家面前，让这朵花来诉说他的主观感悟，希望与观赏者一起分享这种感悟；综合性纪录片则是像植物学家一样，通过对这朵花的植物学形态的分析来介绍其中所蕴含的植物的本质属性。

因此，我们可以发现，纪录片是真实电视节目的一种典型的创作方式，总体而言它更是一种创作手法，而不是一种特定的节目类型。这种创作手法可以运用到各种以真实为基础的影视节目创作之中。因此，如果非要将它从节目类型的角度上进行概念化的界定，只会使它的创作实践走向衰落。尤其是在电视日益栏目化的今天，把它单独作为一种固定的节目类型是难以使这种创作方法发扬光大的，只有不断地把它运用到各种节目类型中去，它才会展现出更强的生命力。

在实践中也可以发现，不管被冠以"电视（电影）纪录片"的栏目还是节目样式在电视屏幕上有什么样的变化，它的创作手法都在被各种以真实为基础的电视节目样式所运用。它的本质在于真实记录的手法，这种手法被运用到人们观察事物的不同视角的时候，就产生了不同的纪录片类型。因此，我们有理由认为，把以上三种片子任何一种排除到纪录片家族之外都会引起概念上的偏颇和创作实践上的困惑。

自然，说到电视（电影）纪录片，没有人怀疑过它应该是真实的作品，只是在对这个"真实"的理解上存在着偏差。无论是对于真实与纪实关系的讨论，还是对于影视纪录片"直接纪录"与"真实记录"的争论都离不开对于真实性的探讨。因此，必须对真实性做出更深层次的探索之后，我们才会对有关电视纪录片的一些相关问题有更明确的认识。

四、真实在哪里？

阿多尼和梅尼把真实分为主观真实、符号真实和客观真实。[1]这样，我们可以得到一个横向的坐标，人类的传播活动都可以在这个坐标中找到自己的位置。纯粹的客观真实对于个体来说是不

---

[1] 沃纳·赛佛林、小詹姆斯·坦卡德：《传播理论：起源、方法与应用》，华夏出版社，2000，第310页。

可见的，它们表现在人类的符号真实上。电视无疑是一个承载符号真实的工具。

新闻性纪录片、综合性纪录片和人文纪录片这三种电视纪录片的共同之处主要在于它们对真实性的认同上。既然它们作为一种符号真实存在着，它们也就与客观真实有着巨大的差别，它们都只能通过符号反映客观真实，而无法还原客观真实。如果说绝对的客观真实，三种纪录片都是不可能达到的。我们的电视作为一个二维平面来反映真实的三维世界本身就是一种模拟，电视通过对被拍摄题材与对象的选择，通过镜头方向性的选择、剪辑的过程，已经对真实的客观世界做出了主观的诠释，因此没有一部纪录片可以说自己是绝对真实的。

但它们又是真实的，这种真实来自符号真实，为了宣传目的或其他功利目的而产生的造假的新闻性纪录片和综合性纪录片同摆拍的人文纪录片都是传媒史上永远的耻辱。因此，它们与电视文艺作品，如电视剧之间又有着本质的差别。因此，真实又成为纪录片本质的属性之一。那么，我们如何看待它们的真实呢？又如何用真实作为价值的衡量尺度来评价它们的意义呢？

我们可以发现，在真实的坐标轴上，三种纪录片各有各的位置。新闻性电视纪录片需要最大程度上使它的符号真实符合客观世界的绝对真实。虽然记者们常常表达了自己强烈的主观立场，但这种主观立场是建立在他们对客观真实的模拟上的，或者说，他们本身就是代表着客观世界出现的声音。即使在《焦点访谈》这样的评论性节目中，记者们也是在纯粹客观的立场上干预着已经发生了的和正在发生着的事件，他们不是第三者，而是代表着客观世界本身。他们表现出的明确立场绝不是作为个体的人的主观感悟，而是作为全社会的代表者和理性原则化身而出现的。因此，这不但不会破坏客观的真实性反而更能体现人类集体对客观的认知，它们更加接近客观的真实,所谓的宏观视角与客观视角的意义也正在于此。

或者说在新闻性纪录片里,客观真实不只是手段,而是目的,它的目的就是让观众了解和明白客观的事实,当然这个事实包括语法信息与语义信息、语用信息几个层面,通过信息代言人的角色向观众们传递着属于客观世界的信息。信息的客观属性对于它们来讲是第一位的,其他的属于主观世界的情感属性和审美属性都必须服从信息的客观属性。如果记者的主观性因素干扰了客观信息的属性,将损害客观的真实性。因此,如果说创作新闻性纪录片的记者们可以表达自己的主观世界的话,那就是以记者的主观世界与客观世界一致为前提条件。我们可以看到,调查类新闻节目、评论类新闻节目在这个角度上传递着语义信息和语用信息。这类节目中,尽管作品常常表达出创作者强烈的主观色彩,但并不损害其客观真实性。因为这种主观性并不是简单的个体属性,而是一种属于群体的主观性和一种代表全社会的主观视角。因此,我们可以说,它所表达的仍然是一种客观的真实。

电视新闻性纪录片与印刷媒介中的新闻作品有着横向的相同本质。它们表达客观世界的出发点和价值标准是一致的,只是表达的手段不同而已。新闻性纪录片对新闻事件的符号化再现的评价标准与印刷媒介一样,一方面在于它是否能够离客观真实更近,或者说,创作者是否真正地站在了客观真实的出发点上观察和记录已经发生的事实和正在发生的事实。他的观点越不代表自己个体的主观意图和主观影响,所表达的事实就会越接近客观的真实;反之,如果更多地站在了自己的个体主观的观察视角上,站在"小集团"的立场上,站在了狭隘的国家、民族或者阶层的群属立场上,那么,他所表达的意义就会大打折扣。另一方面,还取决于他所表达的事实在客观世界中的位置和影响,即新闻事实的新闻价值,也正是这两个方面共同构成了一篇新闻作品的"意义"。那么，如果用印刷媒介作为参照的话，电视纪录片正是一种报纸的通讯或者深度报道的文体。

在综合性纪录片里，大的前提与新闻性作品一致。如果说，新闻性纪录片是在探讨"真实世界里发生了什么"的问题，那么，综合性纪录片则注重探讨"为什么会发生"与"怎么样发生"的问题。因此，它也同样要求表达的符号符合客观真实，但它更多地从事物本身的历时性因素出发，要求承载的符号表达出历时性的真实特征。它的真实不只是从现在这一时间原点出发，而是更多地探讨发生的事实在客观世界中的某一方面、某一领域的历史在纵向过程中的真实位置。

在《邓小平》等历史纪录片中我们可以看到，片子通过对小平同志生平和重大政治事件中的人生描述，全面地介绍着一个历史人物在客观世界中的作用与影响，同时，通过他的性格和生平的叙述，讲述了客观发生的必然性。这一方面如同历史学家一样还原着历史的真实，通过他人与历史的联系宣告着历史的必然性。但它除体现纯粹的客观真实之外，也或多或少地加入了创作者的主观推断。它对"意义"的重视要远高于新闻性纪录片，它除体现客观发生的事实之外，还通过对事实之间的联系进行推测来表现创作者的意图。那么，它在主观真实的分量上当然要高于新闻性的纪录片。在科学纪录片中同样通过将客观发生的事实通过主观性的线索加以联系来达到主观和客观的统一。因此，综合性纪录片的主观性要高于新闻性纪录片。

与印刷媒介的文体相比较，综合性纪录片更像是一种说明文和应用文的文体，具有客观性的属性，因此，它要求展现事物真实的一面。但同时，它又常常是"一家之言"，即对客观事实之间的联系方式是属于个体主观的，并非唯一的和必然的。那么，必然是为节目本身打上了个体主观的烙印。

而在人文纪录片中,虽然表面上创作者常常减少了他们对客观世界的干预程度。在"直接纪录"的创作者那里,认为只有通过窥视的方法才能得到"真实"。在"真实记录"的创作者那里,则通过主体的介入来展现日常的平静下所掩盖的真实侧面。但"两个流派的对峙,其实只说明从生活真实到艺术真实存在着方法问题;而不是将生活真实作为纪录的终点"[1]。也就是说,这并不意味着人文纪录片就更加接近客观的真实或者真理。纪实不等同于真实,人文纪录片中,真实只是一种手段,而不是目的。它的目的是传递创作者个体和欣赏者个体之间的主观的、非理性的情感诉求。当然,这种情感可以被要求是真实的,但却可能是非理性的。因此,这类纪录片如同音乐一般,无法用客观的信息标准加以衡量。我们可以从信息的角度来讨论其手段的真实,但无法以信息的标准来衡量它们所表达意义的大小和质量。我们在现实中看到,这样的纪录片题材和故事的社会影响力并不如新闻性节目中那样具有压倒一切的威力。它可以通过陌生化的边远地区的人类学叙述表达出创作者的情感,也可以通过对人们身边家庭琐事所做的零度叙事来与欣赏者产生审美和心灵的沟通。这里只是借助于客观真实来表达主观真实。人文纪录片所表达的真实是符号真实中接近主观真实的一面,或者说,它是符号真实与主观真实的临界点,它距离客观真实很远,它的真实是一种载体(或符号)的真实,它所承载的对于客观世界的认识功能是非常有限的。那么,我们没有必要从客观真实的角度上来要求这种创作方式,也不能用客观真实的视角来评判它的价值。时效性、显著性、重大性等新闻价值不适于用来评价人文纪录片的价值。也就是说,人文纪录片中作为载体的事实对代表客观世界的现实的意义并不像新闻性纪

---

[1] 贾秀清:《从纪录开始的电视艺术》,《现代传播》2002年第3期,第45页。

录片中那样对其价值具有决定性的作用,它的表达方式、它对欣赏者和创作者心灵带来的冲击和震撼才是它价值的根本性要素。

人文纪录片在传播中,是从创作者主观真实作为信源,传达到欣赏者的主观真实中,实际上,客观真实的事件只是作为传递这种情感和感悟的载体。评价一部片子成功与否的标准是是否有共鸣性,即它所追求的情感的同一性是否被表现出来。

那么,我们可以通过下面的一个图解来说明几种纪录片在真实坐标中的位置。

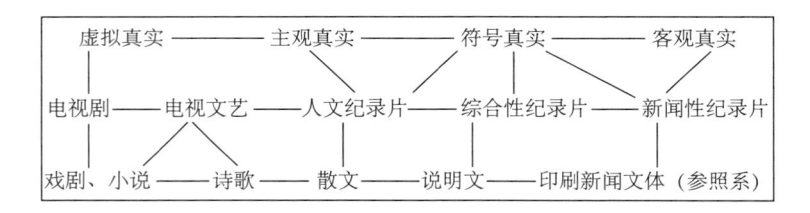

```
虚拟真实 ——— 主观真实 ——— 符号真实 ——— 客观真实
  |             |         |         |
电视剧——电视文艺——人文纪录片——综合性纪录片——新闻性纪录片
  |             |         |         |
戏剧、小说——诗歌——散文——说明文——印刷新闻文体(参照系)
```

五、真实性的判定原则

既然电视作为一种符号真实存在,它本身不可能是客观真实的还原,那么,究竟它所表现的事实有没有什么标准来进行判定呢?或者说判定的原则是什么?

既然在电视(电影)中真实世界是可望而不可即的,在符号真实中徘徊的人们如何摆脱相对主义的困惑而能够直面真实呢?新闻真实性一直是新闻学科重点讨论的问题,综合性纪录片中,宣传片与客观影片的争论看来还将长久地继续下去,而在人文纪录片当中,不管是长镜头理论还是蒙太奇理论都在力图通过摆脱符号带来的虚拟性而直接让人看到客观的真实状态。

从更广阔的意义上说,在整个符号世界中,我们可以把它分为真实的符号和虚拟的符号两种类别,虽然它们都不可能是绝对的真实与绝对的虚拟，但具有相对真实的方向性。因此，小说、戏剧这类作品的虚构性成为它们文学类别的主要特征之一，而散文、说明文、议论文、新闻作品则被要求不能存在一丁点儿的虚构成分。看来，它们之间的区别在于真实性。那么，我们可以在整个符号的体系中来看一下虚构与真实的界限到底在哪里。

在新闻作品中，的确不可能达到绝对的真实，作品中所描述的一切可能都是真的，但总是有意无意地忽略了一些方面，而这些必然破坏了事实的完整性和准确性。从某种意义上说，你并没有向你的读者交代绝对的真实，在符号世界中，作为个体，你只能将确定性的因素交代给读者和观众，而你不可能交代不确定的东西。但应该说，这已经代表了一种符号的真实。在一个系统中，总有些因素是确定性的（也被称为预决性因素），同样另外一些是不确定性的。如果所交代的那些部分与客观真实不相冲突，那么，也就意味着这种符号真实符合了客观真实，或者说与客观真实相一致，这种符号真实也就可以被视为等同于客观真实。对于不确定性因素，如果没有把它们作为确定性因素表达出来的话，也同样不违反客观的真实。或者，把一些不确定性因素通过不确定性符号表达出来，将其转化成为确定性因素，（就像在新闻作品中，用推测性语言表达可能的事实时那种处理方式）对这些我们都可以视为一种符号真实。

那么，什么样的符号才构成虚构呢？在所叙述的事实中，明显地在逻辑上具有与客观的确定性因素相冲突的因素，这时，客观世界如果可以给出反面证据的话，那么，我们可以称其为虚假和虚构。小说、电视剧、电影故事片是虚构性的作品，因为它的事件根本没有在真实的世界中发生过。它们中有着无数的因素与客观真实相冲突。一部历史纪录片只能通过我们现在可以找到的历史书籍、画像、场地、回忆等来表现秦始皇这样的已经故去的历史人物，而故事片则可以找一个演员来重现他的生活。那么，客观世界给出了逻辑证据，告诉我们，那些故事片里的画面肯定是假的——因为它与客观真实相冲突，秦始皇无论如何是不可能在电影中出现的。而在那部历史纪录片中，人们找不到这样虚构的证据。因此，我们就可以称其为非虚拟性的作品。

因此，以上的任何一种电视纪录片的真实都具有无反证原则。也就是说，它的真实并不表现在对客观世界的完整再现，因为那种再现从来都没有。镜头的取舍、题材的选择都是客观真实的破坏性因素。但只要它们与真实的客观世界中间不存在着直接的冲突，我们就可以将其视为真实。或者说，对于它没有展现的内容，我们无权指责，只要在作品中找不到与客观真实相冲突之处，我们就视其为一种符号真实。从这种意义上来说，三种纪录片都属于真实的表达方式。

但我们可以发现，如果按照客观真实的标准来衡量的话，三种纪录片仍然有所不同。从上节的图解可以看到，新闻性纪录片应该是距离客观真实最近的一种作品，而人文纪录片则距离最远。但如果从个体创作者和欣赏者的主观视角来看的话，人文纪录片最符合人们个体的主观真实，综合性纪录片则在二者之间，因此，这也成为它的艺术化与客观性相结合的基础。

六、实践中的真实性原则

如果从主观真实、符号真实和客观真实的角度来看，"真实"对这三种纪录片来说都是重要的，但其具体目的和方式并不一致。新闻类作品以主观真实为手段，试图建立一个客观真实的世界；人文纪录片则以客观真实为手段，试图表达出自己的主观真实。因此，这两种纪录片的目的和手段正好相反，新闻性纪录片的主观介入并不一定表示它远离了真实，相反，如果这种介入可以使它更好地表现客观真实的话，这种借助于主观式的观察角度是无可厚非的。在调查式的报道当中，记者常常是以采访者的角度出现，不但介入了客观的真实，而且本人也经常成为事件的角色之一，但这无损于客观的真实。因为他是以客观世界或者真理世界的"代言人"的角色出现，来向观众展示生活的本来面貌或者事件背后的真实。

在人文纪录片中，尽管表面上拍摄者多采用隐藏式的手法，对事件的表面真实进行交代，但这并不能说明作品就可以与客观真实更接近。因为这种表面的真实只是一种手段而已，创作者真正想表现的并不是事实本身，而是通过事实的展现向欣赏者传达自己的主观感悟——表现出自己的主观真实。那么，这种符号层面的真实只是手段，而不是目的。因此，空谈人文纪录片在拍摄中应该固守什么样的模式是毫无意义的。在符号真实的原则下，在客观世界无反证的前提下，不同的编导人员会有不同的拍摄手法。这如同散文写作：只要所写的文字没有虚构，对什么样的文风和什么样的结构都没有一定之规。长镜头、纵深镜头并不是人文纪录片唯一可以使用的表现手法，蒙太奇也不是完全与之对立的结构方式。只不过因为人文纪录片常常以表面上的客观真实为手段，长镜头的方式可以使这种手段看起来更具有迷惑性而已。"纪录片实际上是最主观的客观记录。或者说，纪录片是用最客观的手段来表达最主观的思想。主观性与客观性共同构成纪录片的内核，客观性是纪录片的血肉，而主观性是纪录片的灵魂。"[①]

因此，纪录片的拍摄者和理论工作者们完全没有必要非得对人文纪录片及其他各种纪录片的创作手法做出规定和限制，非得要讨论"片子像不像真正的纪录片"的问题，因为那样只会使纪录片的路子越走越窄。20世纪90年代初期人文纪录片兴起的时

---

① 韩蕾：《纪录片是最主观的客观记录》，《现代传播》2002年第五期，第133页。

候，这种争论和想为纪录片定型、定位的思路已经影响到了纪录片的创作。正是这种讨论为20世纪90年代后期人文纪录片的走弱埋下了伏笔，似乎非纪实就不成片，非长镜头就不成片，有记者出镜就不成片，等等，这使电视纪录片的路子越走越窄。"一旦将手段对象化，不但无助于对象的表现，反而会成为对象的桎梏，而只有作为创造的手段，才是手段观念的最终归宿。"①在国外的纪录片中，各种形式、各种表现手法都能共存，这才是电视纪录片长期保持生命力的秘诀。他们不只有弗拉哈迪，也有格里尔逊，不只有《动物园》，也有《最后的原始森林》和《大白熊的王国》。

参考文献：
[1]石屹.电视纪录片：艺术节、手法与中外观照[M].复旦大学出版社.2000.
[2]高鑫.中国电视纪录片创作理念的演递及论争——为"中国纪录片20年论谈"而作[J].现代传播，2002（4）：56-59.
[3]任远.电视纪录片的界定和创作[J].中国广播电视学刊，1991（5）：45-57.

（发表于《电影文学》2003年第9期，有改动）

---

① 赵莉、丁海宴：《作为创造的手段——重估影视概念之九》，《现代传播》2002年第5期，第125页。

电视直播节目的传播学意义

人类传播史上三次革命性的飞跃都来自媒介工具的更新。语言符号赋予了声音以意义，使人们意识到了自己的存在；文字和印刷媒介使我们摆脱了愚昧和无知；电子媒介的发展使人们步入了一个高度组织化的现代社会。如果说语言产生部落，文字建立了国家，那么以电视和网络为代表的电子媒介引领人们进入"地球村"的时代。电视直播节目作为最具代表性的电视手段，对传播领域的研究有着重要而深远的意义。这里，我们试图通过对电视直播节目在传播领域的探讨，加深我们对媒介在传播过程中的认识。

一、电视直播节目在传播史上的意义和地位

在人类传播史上有过三次大的飞跃。第一次是语言的产生，这使人类终于在摆脱自然属性上迈出了一大步。在动物的世界里，低级的动物利用气味、动作和鸣叫等向客体与同类发出诸如求爱、

危险、食物等信号，但这些都不能被称为语言，因为它们都不具备系统的完整性。只有人类掌握了一种完整的符号系统。

那么符号系统的本质是什么呢？它不过是人类对客观世界符号化的开始。人类把不同的外部世界加以符号化，并把这个系统作为公用的、相互之间沟通的工具。于是它架起了两座桥梁：一座是人与人之间的桥梁；另一座是人与外部世界的桥梁。人类通过语言这座桥梁把外部世界符号化之后，可以对它进行抽象化的认识和思考。或者说，人类把外部的客观世界放进了自己的语言之中，再通过它进行认识与抽象化的思考，同时通过它对自己的同类进行传播。语言的产生大大地提高了人们认识世界和改造世界的效率，同时也缩短了时间和空间的自然量度。人们可以把自然世界的一幕幕图景和抽象化了的概念压缩成为一个个语音符号进行记忆和传播，打破原有的真实的时空原则，使人类的思维可以摆脱时间和空间的束缚，为传播提供可能性。

在此之后，声音的不可留存使得人类开始意识到它的局限性。人们试图把这些声音永久地保存下来，于是进行了一次次尝试，在无数次失败后，终于找到了"文字"这一新的符号作为传播方式。它为更多的人参与到共同的劳动和生活中提供了可能，同时使传播的精确程度大大地提高，传播中的损耗和失误明显地减少了。"文字能保存大事或协议供以后使用，这样，人有较多的时间处理现有信息和为未来制订计划。这也必定大大加速了人在想要改变生活方式时就予以改变的能力。"[①]

到了近代，我们又发现了利用电子手段进行信息传播的可能。首先，进行语言传播的电报、电话和广播出现了，随后，可以进行图像传播的电视、传真、因特网也迅速成为传播中的主力军。这些传播手段虽然在方式上有着巨大的差异性，但本质上都在两

---

① 威尔伯·施拉姆、威廉·波特：《传播学概论》，陈亮等译，新华出版社，1984，第14页。

个方面完成了突破：一是在提高传播效率上，即在缩短传播的时空界限上；二是在传播的准确度上，即减少了传播中的失真，使得传播更加精确。

因此，我们可以发现这三次传播革命中的规律。一是在传播中不断地打破自然时空界限的束缚，使传播效率更高，更加方便和快捷。在只有语言传播的时候，人们可以把时间和空间变成语言上的一个个语音符号，但这种符号本身（或者说媒介）是没有办法过久地保留的。有了文字之后，我们可以超越空间进行传播——寄给几千里外的朋友一封信，告诉他：我现在很想他。也可以写下一些记录性的文字，等着几千年后的人们来阅读。二是在传播的发展史中，精确传播一直是人们所追求的一个目标。在没有语言传播的时代里，传播是不准确的。人类有了语言之后，由于符号的相对精确性，我们大体上可以从那些属于共同的语言和属于个人的言语中得出一些相对准确的含义。文字在这方面就更加有用。在电子媒介发挥主要作用的今天，我们所要传播的信息就更少出现偏差了。人们在电视上看到了月球表面的火山口和荒凉的景象之后，恐怕再没有人想象那里可能会有什么生物的存在了，因为电视画面在表达的精确性方面要比原有的媒介高得多。"电视的兴起，在人类文化史上也是一次革命，它以强大的传播威力、高度的逼真性和即时性等方面，形成电视时代的一种文化氛围。"[①]

电视直播是伴随着电视的产生而产生的一种传播方式，它是电视最基本的传播方式之一，通过电波或者电缆以每秒近三十万公里的速度向受众传递现场的信息。这种传播方式的核心有两个，一是这每秒三十万公里的速度比起任何其他的现有的传播速度都要快得多，甚至比我们的思维速度还要快，我们可以把它视为一种同步传播的手段。二是它不仅传播语言信息，同时还传播图像信息，

---

① 田本相：《电视文化学》，文化艺术出版社，1990，第52页。

这两种信息加在一起,可以清晰地传播一个事件,比如说一条新闻、一场球赛、一次正在进行中的电视采访。这在传播的历史上是一个里程碑式的突破,因为它首先在打破时空界限上达到了极致,它在极短的时间内向受众发出了信息,这个时间是不可能被突破的。在空间上,它以二维的方式向受众传播了三维的事件,达到了空间上的极致。"作为时空的消灭者,即时传播是广播电视媒介的极大优势。"[1]三是在精确程度上同样难以超越,因为同期的声音和图像是我们生活中的真实写照。

我们至少在现阶段可以认为,电视直播节目在最大程度上打破了人类传播原有的时间和空间界限,而时间和空间的突破本身就是传播中人们孜孜以求的目标和动力。因此,在这一点上,它具有人类传播史里程碑的意义,同时,它也是传播中效率最高、精确性最高的一种传播方式。这种传播手段具有人类传播史上历史性的意义,它将在很长一段时间内成为传播中的重要手段而使其他的传播方式在形式上难以望其项背。在电视实践中我们看到,从 CNN 开始的战争直播报道,到近期出现的"真人秀"式的娱乐直播节目中,直播这种手段对电视和人们的生活产生着越来越重要的影响。

二、电视直播节目的信息属性及评价

电视直播作为一种信息传播的方式,主要被应用于新闻、体育、文艺等诸多节目形式之中。不论哪一种节目形式,节目直播传输到观众那里之后,通过观众对信息的接受和处理发生作用,产生意义。"人首先是一种能处理信息的动物。"[2]信息传播的法则对电视直

---

[1] 郭镇之:《电视传播史》,北京师范大学出版社,2000,第59页。
[2] 威尔伯·施拉姆、威廉·波特:《传播学概论》,陈亮等译,新华出版社,1984。

播节目产生着巨大的作用和影响。

  信息传播中，信息量是决定其作用和意义的一个衡量量。我们可以从信息量这个指标入手，探察一下电视直播节目在传播中的意义。传播对接受者，或者说受传者能够产生什么样的作用和影响，主要取决于传播的过程和事实能够给予受传者多少信息量。如果信息量较大，对受传者产生较大的影响，才有可能起到传播者希望这次传播起到的效果。反之，如果信息量很小，那么，这次传播会被受传者的主观认识所"省略"掉，起不到多少传播的效果。在信息理论中，信息量与传播中的熵值密切相关。20世纪四五十年代，信息理论的奠基人——美国的香农和韦弗在《传播的数学理论》中为我们引入了"熵"这个在热力学中表示传导过程中的无序性和不确定性的量的概念。在信息理论中，人们用一个概率公式来表示它。[①] 换句通俗的话来说，也就是一次传播的信息量与其内容及形式的可能性成反比，对接受者来说，越是符合接受者预料的信息，信息量就越低。为什么人咬狗是新闻，而狗咬人不是？因为对于一般的接受者来说，狗咬人的概率比起人咬狗来说要大得多。传播中给予人们意想不到的内容和形式越多，信息量也就越大。除新闻性传播之外，其他的传播方式也都受到这个原理的影响，只不过方式不同。我们第一次看一部电影会觉得它很有趣，而第二次看却会觉得索然无味，这是因为第二次看的时候已经很少有我们不能预料的内容了。因此，第二次看时信息量要比第一次小得多，它的不确定性很小，确定性很大，熵值很低。而在信息传播中，我们也已经知道与我们已有系统中相同或可以视为相同的部分被称为冗余，在语言传播中我们也可以称为"废话"。因此，"不确定性即人对客观事物和认识对象不能断定的程度，信息量是具有能消除、减少这种不定性的功能。当我们消除或减少了不确定性时，

---

① 沃纳·赛佛林、小詹姆斯·坦卡德：《传播理论：起源、方法与应用》，华夏出版社，2000。

可以说我们获得了信息"[1]。我们可以完全预料得到的内容和形式，这类信息被传播之后就成为冗余。它与熵是一对对立的概念。

在电视直播节目中，我们同样可以通过熵值的概念来判定其信息量。我们可以通过信息系统与我们主观中现存的系统之间的关系来进行评判。在一次关于香港回归的电视直播中，我们可以预料的和我们不可预料的信息都有哪些呢？我们从以往的报道中，知道都有哪些重要的领导人要出席，我们知道仪式的地点，我们知道会升旗与降旗，而且我们知道这种重要的仪式性活动经过了很长时间的准备，程序性的东西很少会出错。那么，我们不可预料的都有哪些呢？我们不知道仪式的现场具体会是什么样子，我们不知道领导人具体会说些什么话，我们不知道仪式现场的解放军会有多少人，他们会怎样进入香港。那么，通过收看这次直播节目，我们会把这些带有不确定性的信息变成确定性的信息。但我们可以想象一下，如果我们没看这天的电视直播，而观看的是当天《新闻联播》中播出的动态新闻节目呢？一般来说，这次直播的主要信息都会在这次动态新闻节目中反映出来，二者所传达的信息内容差别不大，所提供的信息量也差不多。我们那些不确定性的猜测都会得到答案。但从绝对时间的意义上来说，直播节目可能要用几个小时的时间，而一条新闻可能只是用了几分钟的时间。因此，我们单从内容而论，动态新闻所传达的信息效率要比一次直播节目高得多。因为大部分的时间里，直播节目中传达的信息都属于受众心目中的冗余。比如我们在听完了中方领导讲话之后，有很长的一段时间要听翻译员把它翻译成英语；我们看到升旗的几个画面就知道了这一过程，但在直播节目中，我们得把它的全过程都看完；仪式上有些程序是我们不关心的，但我们却不可能越过它。这些对于接收者来说就是冗余了，而这些冗余在动态新闻中是不

---

[1] 戴元光等：《传播学原理与应用》，兰州大学出版社，1988，第160页。

会出现的。因此，单就信息内容，动态新闻节目中的信息效率比起直播节目来说要高，因为它的冗余相对要少得多。

　　那么为什么更多的观众关注直播节目呢？因为二者在形式上的信息量是不一样的。对于直播节目，我们一直在关注它的一个原因是它所采用的直播形式与现实事件的发生是同步的，它按照时间顺序进行播出。那么，从时间上来说，每一个环节都有不确定性，这种不确定性增加了其内容上的信息量。或者说，直播节目使接收者的心理过程中产生"悬念"，而这种"悬念"本身就意味着不确定性，它是与信息量这个变量相关的一个重要变量。这就如同我们在游戏中经历的那样，如果我一开始就知道了结果，知道了我将会输掉这一局，就会觉得这个过程一点意思都没有。但在这一局没有结束之前，我的头脑中始终有着不确定性的存在，而且，只要还没输，就有可能赢，而赢的可能性越小，最终还赢了的话，它就会给我提供更大的相对信息量。因此，这个过程所提供的心理张力是相当大的，甚至超过内容本身。所以我们在电视直播中看到，直播这种形式本身所带来的信息量起到了关键的作用，时间的不可逆性是其发生的重要基础。

　　因此，我们同样在电视直播的另一个主要阵地——体育比赛的直播中可以看到这种形式信息量所起的重要作用。我们对两组进行比较可以发现它的信息传播的本质。其一，与先前一样，我们可以观看体育比赛的直播，也可以在直播之后收看或者收听关于比赛结果的新闻报道。在观看直播的人当中，游戏机制起着关键的作用。在比赛新闻中，哪个队赢了，以什么分值赢了，谁踢进了什么样的球，在新闻中都做了明确的交代。这种综述性的交代对我们头脑中的不确定性一次性地进行了否定。它的概率的产生也是一次性的，也就是说，信息与我们的预料之间产生概率性的关系是一次性的，而不具有过程性。越符合我们的预料，带给我们的信息量就越小，反之就越大。因此,"爆冷门"常成为体育比赛中最让人关注的新闻。但在观看比赛的直播过程中,我们的头脑会随时接收信息,每一个可能的进球都会令我们感到刺激或紧张。每一次射门之前,我们都建立不确定性系统,然后再通过结果来获得信息量。因此,我们观看直播的快乐也来自于此,来自每一次的预料产生和传播结果的对应关系。在体育新闻中,我们只能经历一次这样的过程,而观看比赛直播,我们可以经历无数次这样的过程。因而,我们观看直播获得的总体信息量会高得多。其二,我们可以比较观看一次直播和重播中信息量的变化。作为一个体育爱好者,他如果没有赶上直播的话,只能通过观看比赛的重播来满足自己。一般来说,在他观看重播的时候,已经从新闻上知道了比赛的结果。虽然他已经知道了结果,但他仍然关注这个结果是如何出现的。这里,过程性的信息量起了主要作用。他在得知比赛结果之后再来观看比赛的时候,他的一部分信息量的产生来自这个结果与他原来所预想的结果之间的冲突。我们发现,这个结果越是比赛在最后通过反败为胜得出,对他的头脑冲击越大。

通过这些探讨,我们可以发现,电视直播节目虽然在传播的精确性上无以复加,达到了最大程度上的对时空界限的打破,但并不见得是信息量最大的传播手段。因此,它并不能完全取代其他传播形式。这其中主要的原因就是它的信息量并不总是最大,信息传播效率并不总是最高,因为它常常由于过多的过程性冗余减少了信息量。但它的过程本身所带来的信息量的变化过程却为之提供了另一种形式的信息量,这种形式的信息量是它的一个重要特征。

因此,电视直播节目的优势来自两个方面的信息量,一是新闻性的信息量;二是过程性的信息量。它的信息量主要来自正在发生的现实与我们预料中可能发生的事实间的冲突。

三、电视直播节目在信息传播中的优势及问题

我们通过对电视直播节目信息量的探讨知道了有些节目是适合电视直播的，有些节目并不适合。那么，究竟什么样的节目适合直播形式的传播呢？在信息量的探讨中可以看到，在内容和形式两个方面具有强烈的不可预见性的节目是适合进行直播的。简单来说，这种信息量有的表现在内容上，有的表现在形式上。

在内容上存在着不可预见性的节目包括体育比赛和电视竞赛。这两种节目形式都可以充分发挥直播节目中不可预见性强的特点，使人们头脑中的可能性与现实存在之间发生冲突。这样可以在最大程度上使观众获得阶段性的信息量。熵值是一种标志着事物发展从有序到无序的状态。信息的传播就是破坏人们头脑中的有序状态的过程。在这些不确定性较高的节目中，信息承担着两个作用：一个是通过传播打破人们头脑中原有的有序状态，另一个是人们也通过对信息的处理，重新建立起头脑的有序状态。那么，重新建立的有序状态中又将会出现更多的假定性和不确定性，等待着下一次传播来打破。在体育比赛开始的时候，人们头脑中原有的可能性的预测是信息量产生的基础，在比赛开始之后，人们对比赛产生的阶段性结果一方面与原有的可能性的预测之间不可能完全一致，从而产生了阶段性的信息量。另一方面，这个结果又与原有的预测结果之间共同产生了新的可能性预测，这又为下一次阶段性的信息量的产生打下了基础。在整个比赛过程中，这种信息量的不断变化使观众产生了观看比赛的兴趣。而且在形式上直播本身也作为一个前提性的假定条件成为信息量产生的一个基础性因素。它排除了提前知晓结果的可能，这样使比赛结果的可能性总量大大地增加了，使得一种结果出现的概率减小了，信息量的值也就大大地增加。在娱乐性的竞赛节目中，信息量产生与变

化的机制与此相似,也是通过不断产生的阶段性的信息量来吸引观众,使他们不愿更换频道。

在电视文艺领域内,我们看到一种有趣的现象:按照传统的电视文艺节目样式的划分,我们常常把电视文艺类节目分为两种:一种是娱乐性的节目,另一种是欣赏类的文艺节目。对观众来讲,欣赏类的节目直播与否关系是不大的。因为对欣赏类的节目,人们关注的是审美,而不是过程性的信息量。多年前的经典节目重新拿出来仍然会有不错的收视率。但对于娱乐性节目,直播却是一个提高收视率的重要方式。在中国,电视上播出的娱乐性节目如《幸运52》《快乐大本营》《银河之星大擂台》等都是依靠过程性的信息量来吸引观众的,都是很适合直播的电视节目样式。观众追求的总是不确定性产生的信息量。如果哪个明星在现场不小心掉链子了,观众就会发出善意的笑声。在擂台类节目中,观众并不是在欣赏歌手们的演唱,而是通过自己对歌手的评价、预测与评委打分之间的不确定性和不断的冲突来获知信息量的不断变化,从而获得心理上的张力与消解,并得到娱乐。比如对于一个歌手,我们会首先表现出对他的喜好程度,从而产生自己的预期值,但不断传来的信息对我们原有的预期值做出否定,这种否定带来的不确定性与我们头脑中原有的预期值的确定性之间产生冲突和信息量。这次否定又为下一次信息量的产生提供了预期值,它可能是"歌手下一句还会不会唱得同样好""下一个歌手会怎样""评委打分是否与自己所想的一致"等,否定的程度越高,信息量就越大。因此,出人意料往往是娱乐性节目成功的关键所在。但在欣赏性节目中,出现意外则是使节目失败的重要因素。因此,电视文艺类节目是否适合进行直播主要看节目样式能否为观众提供过程性的信息量。总体来讲,娱乐性节目是电视直播的重要战场,而欣赏性节目是不适合进行直播的——观众对这种节目是否直播并没有太多的关注。

那么，除了这种内容上的信息量（也可以称作过程性信息量）以外，直播作为一种特定的形式是另一种值得注意的信息量来源。电视直播本身就含有一定的信息量，因为它本身代表了极大的不确定性。如果我们告诉你现在电视上正在直播宇航员登陆月球，你会对这个节目表现出浓厚的兴趣，否则，你也许会以为这是哪个国家拍摄的一部科幻电影呢。因为对一个现代人来讲，能够观看到登陆月球这样的电视直播的机会不是很多，概率是很小的。这种信息量也可以看作一种新闻性的信息量。

在新闻性节目中，情况变得比较复杂。作为真实传播的新闻节目有一个无法解决的矛盾，即可预见性与新闻信息量之间的矛盾。如果一个新闻事件具有较高的可预见性，它的信息量就必然会降低，而出现大量的冗余。因此，新闻总是倾向于选择那些出人意料的事件作为材料。但问题是观众不可预见的事件，电视部门也同样不可预见。我们只能直播可能预见到的事件，不可能直播不可预见的事件。而对我们可以预见的事件进行直播，将产生大量的冗余。这样，新闻性节目的电视直播必须具有可预见的题材和不可预见的内容这两个条件。因此，我们现在进行直播的电视新闻类节目主要局限于仪式、庆典、名人采访、特殊现场等重大题材上，因为这些都具有很强的可预见性。这类节目在传播中冗余较多，因为可预见的程序和内容使得可以给予人们的信息量并不大。但这类节目题材本身却具有极大的信息量或者说信息价值。那么，题材本身的信息量掩盖了过程中的冗余，把观众吸引在了荧屏前面。如果没有题材上的意义，非虚拟性的节目就只能依靠内容上的不确定性来获得信息量了。这就为节目本身的策划和制作带来了更大的难度。我们可以通过两个办法解决这个问题。一是通过人为的干预来增加过程中的不确定性。一些节目中设置的热线电话使参与的观众和参与的问题带来问题的复杂性，而使得结果中的不确定性因素增加了，从而扩大了信息量。二是通过我们对程序的操纵扩大可能的信息量。比如说在"真人秀"的节目当中，我们对两队人员在孤岛上的生活对比进行直播，如果简单地播放他们的生活场面，只有少数人感兴趣，但我们通过人员的设定、奖项的设定、目标的设定来操纵这个生活空间，你将会发现感兴趣的人大大地增加了，因为它具有更多的阶段性的信息量。当然，这已经不是简单地采制和播出新闻，从某种程度上来说，是我们在制造新闻，已经运用了许多娱乐性节目的手法，但我们应该承认，它仍然没有脱离非虚拟性节目的特点，因为我们拟定的是程序而不是事件本身。因此，它仍然具有新闻性节目的基本特征。

电视直播节目是一种新闻信息量与过程信息量相结合的产物，同时具有这个性质的电视节目都很适合通过直播的形式进行传播。否则，直播就变得没有意义。

如在一些教育类节目中，直播与否是没有什么意义的，尽管它是"真实"节目。我们教家庭主妇做饭，教儿童们学钢琴，这些节目是否直播对观众并没有什么太大的影响。甚至于这些节目在几年后播出，仍然会产生同样的效果。这些节目具有过程性的信息量，它们同样是对我们头脑中原有的不确定性的否定过程，但它们不具有新闻性的信息量，因而那些过程性的信息量也就没有通过电视进行直播的必要。（当然，如果把这种节目变成竞赛节目的话就另当别论了。因为它已经具有了新闻性的信息性质，其信息量不再只来源于过程，同样来源于正在发生的不确定性了。）

在欣赏类节目中，我们看重的是审美，而不是信息量，因此，直播与否对观众来说并不重要，重要的是播出的节目本身是否精彩。在电视剧、电影这类虚拟性节目当中，信息量的来源同样是时间过程，但因为没有新闻性质，而用不着采用直播的形式。其实在电视剧发展的早期，由于技术条件的因素，更多地采用了现场直播的形式，到后来才改用录制播出的方式，但我们发现收视率并没有随着录播的出现而下降，反而常常获得更好的收视效果。

同样在许多具有新闻性的信息性质，但没有过程性的信息量的节目中，直播也并不见得会取得更好的效果。一些影视记录片无疑具有新闻性的信息性质，却通常不采用直播的形式。这固然有技术上的因素，更主要的是因为它们的信息量来自结果而不是过程，这种节目如果采用直播的方式将会产生大量的冗余，冗余比例的增加将会降低有效信息的传播效率。比如我们拍摄人物的生活，如果采取直播的方式，我们会发现其中很多的镜头都是观众们司空见惯的，没有人会关注它。我们通常的做法是把那些拍摄回来的厚重的素材加以大规模的剪辑，这种剪辑过程其实也就是减少冗余的过程。我们总是剪掉那些"不必要"的素材，把拍摄了几个小时甚至于几天、几个月的素材剪得只剩下几十分钟或者几分钟，然后再把它们展现给观众。那么，剩下来的这些内容无疑都是信息量相对较高的部分。尽管事件在内容上可能具有新闻性质，但我们不可能期待每分钟都精彩，这种节目是很难进行直播的。因此，我们发现，在电视直播的技术手段走向成熟之后，我们屏幕上的电视新闻节目仍然是以动态新闻、事件报道的纪录片和专题片为主，直播并不是最常用的一种手段。[1]

那么，在一次电视直播中，决策者和执行者首先应该关注的是如何增加这两方面信息量的问题。在竞赛或者游戏性质的节目中，过程性的信息量主要来源于程序的设置使游戏的参与者出现意外的情况，如惊慌失措、反败为胜、出现"黑马"等。当然对这种节目我们只能通过程序性的方式来控制它，而不是对参与者本身进行控制。增加新闻性的信息量则需要组织者和执行者通过增加主

---

[1] 近期国外一些电视新闻机构，如日本NHK、美国CNN等对动态新闻采取了更多的直播形式，还处于探索阶段。但从反馈效果来说，只是适用于少量的突发事件，而多数动态新闻仍采用录播的形式。

题和宏观程序上的设置产生。节目的主题和宏观程序的设置新颖，能够出乎观众的意料是关键。

在新闻性节目的直播中，我们必须把握好拍摄事件的可预见性与其发展进程中的不可预见性之间的关系。对事件进程中不可预见性的把握和增加不可预见性的处理是关键。在这里，节目主持人常常作为现场的调度人物出现，他的作用就是二者之间的结合点。同时，新闻性直播的另一个主要问题是冗余太多，我们只有想办法消灭冗余，提高信息效率，观众才能牢牢地坐在电视机前。主要的办法就是将直播中非即时性的内容巧妙合理地与直播时的即时性内容结合起来。这是能够体现节目组织者和执行者能力的标志。在埃及金字塔考古发掘的现场直播中，直播枯燥的考古过程的同时，安排了许多精美的小专题片作为背景材料进行插播，使得人们不只是眼巴巴地看着几个考古学家在几个小时里单调地用钻头打破一堵石墙。这些插播片虽然不是严格意义上的直播，而属于录播的范围，但由于增加了信息量，反而增强了节目的效果。

四、结论

电视直播节目的出现，是人类传播史上的一个里程碑。它实现了人类传播史上最大程度通过打破时空限制实现信息传播的梦想。同时，它也以最精确的传播方式出现在人们的生活之中。同时，电视直播节目在信息传播的过程中，由于信息量和信息传播效率的影响，它只能在有限的领域内发挥自己的优势，只适合在具有新闻信息性质和过程信息性质这双重性质的电视节目中承担主角。在适合电视直播的节目中，如何最大程度地增加它的这两种信息量是当今电视直播节目面临的首要问题。

参考文献：

［1］田本相.电视文化学［M］.北京：文化艺术出版社，1990.

［2］郭镇之.电视传播史［M］.北京：北京师范大学出版社，2000.

［3］威尔伯·施拉姆，威廉·波特.传播学概论［M］.陈亮等，译.北京：新华出版社，1984.

［4］沃纳·赛佛林，小詹姆斯·坦卡德.传播理论：起源、方法与应用［M］.北京：华夏出版社，2000.

［5］戴元光等.传播学原理与应用［M］.甘肃：兰州大学出版社，1988.

［6］陆晔.电视时代——中国电视新闻传播［M］.上海：复旦大学出版社，1997.

［7］吴高福.新闻学基本原理［M］.武汉：武汉大学出版社，1993.

（发表于《电视研究》2002年第8期）

DV·文化·媒介（四谈）

一、DV文化与后现代社会

如果有哪一批词语将被收录进新一版的《汉语大词典》，那这里面肯定少不了DV这一个词。这个词本来可以用一些传统的汉语词语来命名，如"数字影像制作系统""家用数字摄像与剪辑""新一代家用摄像机"等，但是没有，这次中国摒弃传统做法，直接用两个外来的字母表现一个词。这不能单单看成一次偶然性的语言组合，也应该理解为中国的改变。不只是DV，还有CD、MP3、CPU、CIS诸如此类的用语也是在这十年之内迅速涌入，与流传了几千年的汉语一样为我们日常所用。后现代社会的特征之一正是这样的零散化、平面化，对于意义不再过多地追问，它放弃了全知全能式的社会认知，而转向了个体对局部的体验。因而，影像就成了后现代社会中最具有代表性的认知模式之一。

这样说起来可能有些学究气，不够"后现代"了。现代性的思维告诉我们："现在太空都已经被瓜分完毕。"后现代者会说："我的地盘我作主，太空与我何干？"现代性的坚持者看到的天空是布满了恒星、行星与各种人造的飞行器的空间，而后现代者看到的是自己眼中的那一片时阴时晴、不知哪片云彩下面会有雨的影像。因而，DV自然也就成为后现代社会中最具有象征意义的符号之一。DV是时尚的，因而它是轻松的和美丽的，其对应物文学则已经是"石器时代产物"了；DV是影像的，是感性的，因而它具有生命力，文字则是理性暴力的结果，因而它是腐朽的和强权的产物；DV是属于个体的，因而它是将自我的生命实现在自我的时间之中，而电视则是集体的，它将人的自身生命纳入别人的规定之中；DV是属于玩的，因而它可以是轻松的、娱乐化的、实验性的、无所顾忌的，而传统纪录片是沉重的，是追求社会价值和社会意义的，它承载着更多的道德的、理性的话语含义。

如此看来，DV是希望能够忘却所指物的能指的游戏。它可以无所不包，可以无处不在，它可以无所顾忌，可以无可无不可。但我们需要注意的是，它到底将成为一种新的现代性的衍生物，从而逐渐消退其神圣的光环，还是会成为一种真正的消解现代性的工具。或者说，DV终究会不会为传统的生产方式所规约，而成为一种新的电视生产手段，抑或是成为一种全新的社会生产方式和人们生活方式的起始？不管后现代社会的坚持者是否会同意，结论似乎只能处在二者之间。

我们可以回想一下照相术的历史。照相机发明之后，人们预期的革命的确出现了，但结果并非和人们所预期的完全一样。肖像照取代了贵族们家里悬挂的油画肖像，但绘画术却未因此而消失，至今在纽约街头摄影师和肖像画家仍各有各的生计。照相机最终从照相馆走进了家庭，但并非每个人都成为艺术的创作者——更多的照片不是用来登载在杂志和报纸上,而是用来摆放在自家的相册里。但不可否认的是,人们的心情的确变了,人们的记忆也变了,人们看待社会的方式也变了。人们旅游的兴趣也从追求内心丰富性的立体式转化为一种"有照片为证,我去过了"的后现代式消费。"我"从一个"看"的主体成为一个"被看"的主体。DV更使得每个人都有可能成为"被看者"。每个人都可以为自己提供一个做导演、做制片人、做演员、做摄影师、做记者、做艺术家的机会,社会似乎成了一个每个人都有权将自己的零散的作品进行"拼贴"的图版。但不要忘记的是,这面图版仍然永远无法回避粘贴的规则和粘贴的成本,以及对受众注意力的争夺。这些必须依赖秩序而生存,要完全摆脱现代性对秩序的追求的梦想终究不会实现,那么,只能说,DV会引起一种改革,但这种变革不可能割断历时性的时间线索,但会在从过去到未来的时间进程中留下闪亮的一笔。

但无论如何,DV出现了,至少给了每一个人想象的空间和将想象转化成现实的前提条件。它是一个中介,是一支笔,无论去书写什么,总有种自由浮现在心底。DV,给了每个人一种文化上的权利。

二、DV民主与DV暴力

看朱传明的《群众演员》时,心里说不清楚是种什么样的滋味。它与杨天乙的《老头》至少是种不一样的东西。如果说《老头》在揭示真实的残酷的同时,还不自觉地有些保留(也许是出于女性作者的天性),那在《群众演员》里,包荷花、李文博、王刚这些角色则是毫无掩饰地表现了生活的残酷和心灵的破灭。

这样的片子也许只有在DV时代才有可能出现。是DV使这些人走到了舞台的中心,如浴火的凤凰一样,如荆棘鸟一样,终于发出了一生中最响亮的一声啼血悲鸣，引起了所有人的惊诧；但也正是只有在这样的DV时代里，他们所有的面具都会被撕去，因为在DV面前，每个人几乎不再存在任何的隐私和尊严。也许前者可以称得上是一种民主，但后者肯定是一种暴力。

传播媒介的更新不过是一种时空观念的更新。在石器时代，人们为了能够把自己的想法超越时间传给后世，在岩画上、在陶器上留下了痕迹，这些痕迹慢慢变成了文字，时间终于不再是不可跨越的屏障；后来，人们又用信件来传递文字，空间也被缩小；再后来，人们又用电波来传递语言，破除空间的阻隔，大大缩短了沟通的时间。后来又有了电视直播，再后来又有了QQ上的视频聊天。其实时间和空间之所以重要，是因为它们用两条轴线构成了一个体系，使得任何人都无法摆脱在其中的定位。但随着时间和空间被一次次渐变地超越，人在这个坐标上的轴线也就越来越模糊，人也就渐渐地从家庭中的定位、部落中的定位和村落中的定位解放出来，走向了社会，成为独立的人、平等的人和自由的人。因而，社会也成为一个民主的社会。民主需要以平等的人为前提，血缘的、社会地位上的元价值被消解之后，它才可能实现。电视的时代是一个科层的时代，二级传播、三级传播根据社会地位的差异塑造出各层次上的"意见领袖"，因而人们在传播中的位置始终无法平等，也就自然无法出现"传播中的民主"。而DV时代的来临，使得人们在传播中的位置更加平等，至少每个人都有权利书写自己的影像——我们姑且把这种文化称为"DV民主"。在这种"DV民主"的文化中，每个人都可以去自由地"看"别人，"看"熟悉的人，"看"陌生的人。

但不要忘记，在你去随意地"看"别人的同时，别人也在"看"着你，你也同样成为"被看"的对象。你无法只让人看到你自己为自己打造出来的形象，你不想让人看到的一切也都无法逃逸，而且重要的不是形象,而是每个人的内心世界。不管你是否试图将其封闭,无所不在的 DV 摄像机都可能随时将它暴露出来,暴露到大街之上,市井之中。在"DV 民主"的同时,我们也必须看到这种在 DV 时代里的暴力,对心灵的暴力。它撕碎了人神圣的光环,也撕碎了人的尊严。

因此,在 DV 时代里,我们如何保留住美好的东西,尤其是心灵中美好的东西——人的尊严与心灵的自由,这不只是扛 DV 摄像机的人,也是所有的文化参与者必须面对和思考的问题。

哈贝马斯曾经对大众传媒时代里"公共空间"的萎缩表示忧心忡忡,大众传媒的无所不在和大众传媒对私人空间的干涉对于公民社会而言,不能不说是具有深刻的影响,DV 在民主社会里到底意味着什么?这不能不让所有人思索。

三、DV 生产能工业化吗?

从《女巫布莱尔》的赢利神话到阿巴斯这样的大牌导演扛起了 DV 机的消息,都给 DV 爱好者们透露了一种信息——DV 的时代就要来了,也许它会成为解构以好莱坞为代表的现代性生产方式的最佳武器。似乎一个多元化的影像生产前景就在眼前了,而我们则都会成为这个"太阳"消失之后的时代光明前景中的一颗璀璨的新星。

前途真的那样乐观吗?人类曾经在新技术出现的时候,一次次地进行半准确式的预言。当电影出现之时,人们曾经以为它会是一切,爱森斯坦因此开始了他雄心勃勃的计划——要用电影的蒙太奇来改写《资本论》的文本。当广播出现的时候,它一夜之间成为最耀眼的明星,它如日中天,似乎是不可战胜的。电视出现之后,人们更加乐观,觉得它会替代广播、替代电影,甚至于将要替代报纸。但一百年过去了，我们发现电影院里的观众的确少了，但是好莱坞仍然巍然屹立；广播虽说已经风光不再，但却成为最赚钱的媒体，即使在美国，它的人均创造价值也远在电视和报纸之上。

而新世纪人们又开始预言了，一些人预言网络将取代所有的传统媒体，另一些人则预言DV将会使平民化的电影生产体制击垮好莱坞，形成真正的影像民主。网络且不细说了，单说DV和电影的关系吧。其实我们可以从世界主流电影发展的几个历程来说明问题。自有声片出现之后，20世纪50年代开始，好莱坞电影进入了一个戏剧电影时期，这一方面是战前电影的延续，另一方面则是对电视冲击的一种回应。因为当时的电视是直播的，这种直播的方式自然更适合用来表现戏剧，戏剧在被电影的蒙太奇手段挤压了多年之后，终于在电视上重新找到了自己的舞台。好莱坞受此重压，不得不也以戏剧性来进行对抗。但这种正面抗战的做法不但没迎来好莱坞的兴盛，反而迎来它最惨淡的时光，因而才有了20世纪80年代之后高投资、重特技式的对画面冲击力的追求，并以此赢得了电影市场的复兴。这里，我们发现差异化经营才是媒体之间竞争的法宝。

因而，DV的到来的确使得电影业重新审视自己。但这种审视带来的并不一定就是悲剧性的结局。在《女巫布莱尔》的赢利模式出现之后，好莱坞不但没有一窝蜂似的向其学习低成本小制作的经营之道，反而变本加厉地加大了自己的投资，从而加大了其扩张的步伐——它绝不与DV电影做小成本的竞争。好莱坞不会再去重蹈与电视进行戏剧性的竞争的覆辙。毕竟我们生活的时代里，金钱的力量是压倒性的，它可以买到技术，可以买到人才，好莱坞真正拥有的并非技术和想象，它真正拥有的是资金，雄厚的资金才是它真正的优势，而大成本制作恐怕永远是种市场需求。在《女巫布莱尔》创造了一个网络神话、一个DV神话之后，它真的能够引起传说中的风暴吗？或者这种风暴真的有能力撕碎好莱坞百年来营造出的视觉神话吗？答案可能并不那样令人乐观。而 DV 可以形成自己的市场，但这个市场的形成并不一定意味着取代传统，反而将会与传统共谋。它会一方面加速人才市场的形成，另一方面这个市场可能会为好莱坞模式输送更多的人才和想象力，可能正如教育和文字的普及并没有使得传统的书籍变得萎缩，反而使它们的市场繁荣起来。

DV 所提供的边缘并不见得能够真正取代传统的中心，但促动原有的中心发生位移，使之朝新的方向迈进，这倒可能成为一种趋势。而且重要的是，它可能使构成原有的内部结构的诸因子发生替代和转换。当人人都可拍电影的时候，电影肯定会迈向一个更高级的阶段。对那些充满了梦想的平凡人来说，DV 倒可能真的提供了一种从边缘到中心的机遇。

四、DV 与电视产业

当家用摄像机出现的时候，专业的电视工作者们不屑一顾。因为他们有无数的理由鄙视它——从像素指标到后期编辑设备的缺陷。DV 机刚刚出现的时候，电视工作者们不过把它当作一种家用摄像机的更新换代而已。而高清的家用 DV 机面世的时候，每个电视工作者都无法屏蔽掉它能够给这个行业带来的震荡，因为它的指标已经比现在电视播出所要求的五百线的标准高出许多了，人们凭借它再加上一台电脑就可以生产出符合播出要求的节目。现在它令电影界的那些玩胶片的同行都有些不知所措，更不用说一直被视为通俗的、无深度的电视节目。

想当年，我刚进电视台那会儿，一间机房里摆着满屋子的设备——从分体的摄像机到如双卡录音机一样的对编机操作盘，从导演台、调音台到特技机，以至于还有一些到今天我也弄不明白功用的机器。但现在，至少在理论上，一台 DV 摄像机再加上一台 PC 电脑，最多再加上一个采集卡，当年那些设备的功能就都具备了——而当年这一套设备至少得个百八十万啊。那时，我一个月的工资不过才三百多块钱。但现在我听说，我的好多学生都已经给自己配了这样的一个"机房"。你说，电视节目生产还能是少数人的专利吗？如果政策上再出台一些相关措施，或者真的实现了前几年所说的一套光缆传播几百套电视节目，交互点播的电视时代真的到来了，什么钓鱼的、园艺的、烹饪的、下棋的，甚至于卖书的、卖房子的、介绍家具的都有了点播式的专业频道，各类专业节目缺口一下子出现了，恐怕电视节目的生产就注定不是现在这个样子了。

那时，DV 成了一支笔，用它写好了稿子，找一个适合的频道投一下稿，等它给你发稿费可能是种不错的选择了。于是 DV 爱好者的称号可能就会变成"DV 自由撰稿人"了。当然，如果你是大腕儿，也会有频道总监上门来提前约稿，到时候，你就可以更加风光了。不要以为这是天方夜谭，我想现在二十出头的学生应该会赶得上这个时代。

再远一步说，单纯就技术上来讲，如果现在网络（包括有线电视的网络）的带宽增大到一定程度，将会出现什么事情呢？那时，我们手里的遥控器不再只拥有选择哪个台的自由，而将拥有选择具体节目的自由，就像现在在互联网上一样。我想我们的电视台将不再是一个强制播出的机构，它将作为一个媒体库而存在——它只能给你提供一个所有节目的目录，而无权对你（观众）的选择说三道四。这样，电视就将与网络没有什么区别——或者换一个角度来说，如果现在互联网的带宽增大到了一定程度，你想看哪一部电影或者哪一个电视节目不用再费时费力地下载，而是可以直接点击观赏的时候，交互式电视只不过是互联网的一个功能而已。那个时候，你的DV作品便可以通过它直接卖给全球的任何一个观众了，至少在理论上如此，而那些电视台只不过是一个宣传、介绍和供片的平台。

也许在不久的未来，DV会将电视赶下"神坛"，后现代社会总是这样悄悄地来，在不知不觉中改变一切。它将过去所有的神圣都无情地戏谑，迅速地将现在的价值体系抛进历史，又匆匆地去寻找新的历史起点。另一方面，不知现在的DV发烧友们做好了准备没有，电视节目制作的大门一旦向你敞开了，你真的能接过这面大旗吗？也许现在的DV发烧友们的热情是够了，但是还是那句老话，前途是光明的，道路是曲折的，现在那些粗糙的片子还需要太多的磨砺。如果没有一个宽容的社会，DV的时代是不会真正地到来的。

DV带来的革命不只是生产体制上的，更多的将是文化上的和社会心理上的变化。从照相术的产生到摄影术的出现，我们的生活发生的变化是前几辈人所不能想象的，希望DV机也会如此。

文化的结构

论英雄传奇中智者与勇者形象的形成
——兼谈中国古代英雄传奇小说的表层结构与底层结构

中国的英雄传奇大部分是世代积累型作品，其中具体的故事出现时间已经难以考证，确认的是到了明清时期，人们将它们从杂剧、话本等定型为今天我们看到的小说面貌。今天，还能时不时地从大街小巷的收音机里听到这些金戈铁马的故事。今天的说书人如袁阔成、单田芳等说讲的评书仍然难以说只是小说的原本复制，其中仍然不时插入说书者自己的话语。英雄传奇中的人物人们耳熟能详，尤其两类人物最让人印象深刻，一类如李逵、牛皋、张飞、焦赞，都勇敢而鲁莽不羁，他们的英勇事迹让人倍感痛快；还有一类人物，就是诸葛亮、吴用之流，足智多谋、妙计迭出，经常成为情节构建的中心人物。这两类人物实际上是中国古代英雄传奇故事的重要特色。他们多以类型化、脸谱化的面貌出现，探究这种面貌的形成过程是一件有趣的事情。

长期以来，学界公认的是这些英雄人物都来自中国的史传，是从史到"话"，然后由文人对话本进行加工的产物。但这其中却有一个矛盾难以解释,即如果它们的源头都是史传,那么,越是底层的文本应该越接近于史实,但实际上,我们却可以发现,越接近底层的文本,越与史实无关,比如说"薛家将"的相关故事中,薛礼征东明显是故事的核心,但此故事中,除人名之外,与历史的真实情况联系很少。"呼家将"的故事与"杨家将"的故事都与此相类似,与真实历史相去甚远,但它们之间的人物与故事反倒明显地体现出接近性。那么,如果将欧亚大陆古代英雄故事的母题作为一个共同的叙事源头的话,倒是一种很好的解释方式。

如果将中国英雄传奇与欧亚大陆民间故事的共同母题相对照研究的话,我们发现,欧亚大陆上长期流传的民间故事、民间传说对中国古代的英雄传奇小说系列所起的作用,实际上更可能像两级文化精英——民间文化精英与知识分子文化精英对民间传说和欧亚大陆上的口头英雄传奇的共同母体的不断驯服。中国古代的英雄传奇系列的演变不但不是一个从精英文化的"史"到民间的"话"的传播过程,反而是相反的逆行过程。

一、英雄传奇的分层比较

俄国汉学家李福清研究发现,大量的中国古代英雄传奇都与其他欧亚民族的英雄叙事诗有着共同的母题,如结拜、英雄的第一次建功、与女武士比武、获得神奇武器等,我们可以把它们视为这些英雄传奇的最底层结构。这类最底层的故事与其他民族的叙事诗的情节极其相近,英雄的经历也有雷同,只是根据各民族文化背景的需要加以变形而已。如突厥语系的民族的英雄史诗的基本叙事框架是:

祈子——英雄特异诞生——苦难童年——年少立功——娶妻成家——外出征战——进入地下(或死而复生)——家乡被劫——

敌人被杀——英雄凯旋（或牺牲）[1]

那么，我们很容易在一些中国古代英雄传奇中找到其对应的部分。薛仁贵的故事，就是：

前世为白虎（特异诞生）——家道中落（苦难童年）——与王家小姐私奔（娶妻成家）——投奔官军（外出征战）——夫人受苦难——杀死盖苏文——全军而归

岳飞的故事，就是：

初生即遇水灾——流落异乡（苦难童年）——李家招婿（娶妻成家）——枪挑小梁王（年少立功）——奉宗泽之邀从军（外出征战）——风波亭逢难——家庭被流放——岳霆、牛皋等代岳飞北征——气死金兀术（凯旋）

倒不是说中国这些故事都来源于北方少数民族的英雄叙事诗，两千年来民间口传文学的相互影响和渗透是无法回避的，因而故事结构具有近似性也不足为奇。盖洛普的母题研究，人类早期的民间故事之间的差异性要远远小于其共性。这里面有几个原因，一是人类早期社会生活相对简单，一个故事原型很容易为其他族群所接受。二是人类的口语传播中，几乎唯一的障碍就是语言，而这个障碍不难被跨越，通婚、个体迁移甚至于故事宣讲者们的流动都会使一个民族的故事很容易被改头换面而成为另一个族群的故事。叶限的故事可以在空间上跨越几万里，在时间上穿越千年而成为欧洲近世的《灰姑娘》的故事，而叙事核心没有发生根本性的变化。三是我们一直忽视的一个事实是在口语传播的时空里，欧亚大陆上的欧洲、西亚、南亚（印度）、东南亚、东亚与中亚（包括蒙古高原）就像五个指头和一个手掌一样分布（东南亚不直接与中亚接壤），这就使得中亚的游牧民族像搬运工一样，很容易地将各民族的文

---

[1] 郎樱：《藏族史诗〈格萨尔〉的圆形叙事结构——与印度史诗〈罗摩衍那〉之比较》，载张玉安、陈岗龙主编《东方民间文学比较研究》，北京大学出版社，2003，第158—159页。

化财产搬来运去。

人类最早的英雄观念中,英雄价值的核心无非是超越他人的勇敢。能够做其他人做不到之事,这个应该是最早的英雄抽象化的起源。一个部落里面最强壮、最勇敢的武者,而且最能够代表天命者便是英雄,如古希腊的赫拉克勒斯和阿喀琉斯,或者西亚神话故事中的吉尔伽美什和恩奇都,或者中国的薛仁贵等,都是通过打败一个又一个的敌人而成为英雄。我们可以称之为勇者英雄。但我们感兴趣的是,这样的故事中的勇者形象与其主要叙事情节以及母题之间的明显的递进关系,我们可以用以下表格来审视一下中国的英雄传奇的脉络:

英雄传奇故事的母题、主题与人物形态表

故事	获武器	获马	获美女（女武士）	忠君主题	孝主题	义者	勇者	智者	仁者	忠奸斗争
《水浒传》	无	无	有收服扈三娘故事，但不突出	强化	有宋江接宋太公、以及李逵接母等	鲁智深、武松、柴进等，突出	李逵等	吴用	宋江	宿元景与高俅等
《三国演义》	有关羽的青龙偃月刀，但不突出	有赤兔马、的卢马，未神化	让刘备迎娶孙尚香	强化	徐庶故事	关羽，突出	关羽、张飞与赵云	诸葛亮	刘备	董承等与曹操，王允与董卓等
说唐故事①	无	有秦琼卖马故事，未神化	有窦公主故事，不突出	强化	秦琼母子故事	单雄信、秦琼等，不突出	程咬金	徐茂公、李靖、魏征等，不突出	李世民，但不突出	不突出②

---

①这里用的"说唐"故事主要指瓦岗寨故事，从俗称"说唐"，但不包括"薛家将"系列故事，"薛家将"故事单列出其典型的薛仁贵等故事。

②这可能是因为《隋唐演义》文本中过于重史，因而无法靠忠奸的二元对立产生传奇性。这也是它缀合不好的一个表现。

续表

故事	获武器	获马	获美女（女武士）	忠君主题	孝主题	义者	勇者	智者	仁者	忠奸斗争
"杨家将"故事	降龙斧	无	降服穆桂英	强化	有四郎探母、盗骨等故事	与孟良、焦赞等结拜情节	孟良、焦赞	有寇准形象，但与英雄事迹无关	有八王，不突出	赵德芳与潘仁美、寇准与王钦若
岳飞故事	沥泉神枪	获宝马	淡化，有岳飞令女及牛皋临阵招亲	强化	有岳母刺字等故事	与牛皋等结拜情节	牛皋	无	无	宗泽、李纲与张邦昌、秦桧
"薛家将"故事	神授方天画戟	获宝马	收服樊氏	弱化	薛仁贵无父无母、薛丁山误射薛仁贵	有与周青等结拜情节，不突出	薛仁贵	无	无	程咬金与张士贵、李道成等，弱化

150

表格根据故事母题、主题和人物三个主要方面对一些英雄传奇做出了粗略的整理。我们可以根据这个表格对这些故事的分层有个大概的判断。[①]

第一，中国世代累积型的英雄传奇难以单纯从时间维度上来进行探究，因为它们是不断累积的结果，有的虽然成篇时间较晚，但由于符合一些文人的胃口，较早地进入了文人的法眼之中，有的虽然成篇时间较早，但却保留着更为原始的状态。

中国古代的英雄传奇故事，如"薛家将故事"系列、"杨家将故事"系列、"呼家将故事"系列、"岳家将故事"系列等，相互间人物与故事雷同之处甚多。它们可能都受到过欧亚大陆的英雄传奇故事模板的影响。俄国汉学家李福清曾指出："中国虽然没有叙事诗，但是有丰富的古代神话与民间故事及传说，在它们当中，也存在着类似的母题，这些母题由神话或民间故事透过传说进入说话，从说话进入平话，并进而进入戏曲，后来又进入小说。"[②] 也就是说，这类英雄传奇都是民间故事与"讲史"传统的结合，它们的产生与逐渐定型受到几个方面的影响：一是口语传播时代的各种英雄故事，包括汉族与其他民族的古代民间叙事诗中的故事母题，形成了最初的故事文本；二是中国古代的史书记载了许多英雄人物，于是这些故事被放到了诸多的中国传统的英雄人物的身上；三是历代说书人讲述的过程中加入了自己的创作；四是古代文人最后对定型的故事文本根据自己的意志所做的调整与增减。

---

① 古代英雄传奇由于是世代累积的作品，在形成文字版本过程中往往多次成书，书名不一，内容也多有不同，如"说唐"故事的版本就有13种之多，尚不包括近年来根据评书整理的作品，其今天仍然在不断地被说书艺人们言说着，因此，这里采用系列故事的称呼。大体版本依据如下：薛家将故事——《薛仁贵征东》（佚名）、《薛丁山征西》（佚名）、《薛刚反唐》（如莲居士）；岳家故事——《说岳全传》（钱彩）；杨家将故事——《杨家将演义》（熊大木）；说唐故事——《隋唐演义》（褚人获），均采用三秦出版社新版。其他需要标明的单独列出书名及版本。

② 李福清：《三国故事与民间叙事诗》，载《古典小说与传说》，中华书局，2003，第7页。

这实际上是一个对民间口语层面的叙事一步步地根据自己的文化立场进行改造和规约的过程。口语故事层面上，故事而不是人物，才是受众最关注的对象。这就使得故事越来越具备传奇色彩。在这个过程中，其他一些民族叙事诗中的故事很容易通过变形被包含到中国英雄的事业当中去，这也就使得诸多的英雄传奇故事虽然人物不同，但却包含着诸多的相同或者相近的母题。专业说书人讲述时，要根据篇章需要对其进行加工处理，而且往往需要将各个短篇故事连缀成为长篇，建立更高一层的叙事逻辑结构，使之更适应说书的现场要求并能够吸引听众连续听讲。说书是个不断演进的过程，将短篇故事连缀成为长篇故事需要一个过程，这个过程中，许多来自民间的小故事都被纳入大的结构中来，从而以史为轴线串起了来自民间底层的故事，最终形成了英雄传奇的面貌。这样，为了能够形成长篇结构，讲唱者必须增大每部传奇的容量，将其他的可能容纳的故事编入其中，这样就必然求助于其他相关的民间故事与其他的说书故事段落，这就使得故事的梁子、柁子和扣子的结构相近似。同时为了可根据说书的现场状态调整文本，这种说书的文体中本来就具有许多"叠加单元"，即施爱东所总结的"叠加单元的出发点视作'原点'的话，在该单元的演述结束的时候，故事必须'回到原点'。……基于情节中原有的人物和功能不能在叠加单元中被消解，基于情节中没有的人物和功能则必须在叠加单元内部自行消解完毕，不能遗留给后面的情节"[1]。这样的过程使得说书者手头必须拥有大量的英雄故事，如果需要只要通过改名换姓的方式添加到整体文本之中而对整个结构不构成影响，这也是章回体形成的重要因素之一。

　　母题在中国英雄传奇中是显而易见的，"一个母题是一个故

---

[1] 施爱东：《回到原点：史诗叠加单元的情节指向——以季羡林译〈罗摩衍那·战斗篇〉为中心的虚拟模型》，载张玉安、陈岗龙主编《东方民间文学比较研究》，北京大学出版社，2003，第174—175页。

事中最小的、能够持续在传统中的成分。要如此它就必须具有某种不寻常的和动人的力量"[1]。我们至少可以在英雄传奇的原型中看到以下几个母题。

宝马母题。无论是德国版的还是挪威版的《尼伯龙根之歌》的故事中都存在着一匹"灰毛"宝马，它是匹能够识得主人的宝马，具有灵性，行走如飞。中国的英雄传奇故事中关羽的赤兔马、岳飞的白马、杨家将故事中关键性马匹，都具有这样的特征。

宝剑母题。剑无论是在古代中国还是古代西方，都是一种武器。它能够成为宝物，都不是实战的结果，而是古代神圣化的想象的延留。中国在汉朝以后，西方罗马帝国解体之后，实用性的武器都是刀。但在民间传说，神圣的只有剑。陈平原等对这方面在中国武侠中的变化都详细地论述过，[2]但并未参照其他民族英雄的兵器意义。这里面忽视的可能有两个方面。古代英雄传奇之中，无论古今中外，都有一些叙事原则：一个是越古老，越神圣；另一个是功能越多能力越强。而剑一方面古老，另一方面可刺可砍。扩大来说，这个武器的母题，包括岳飞的枪和薛礼的戟、杨五郎的斧子。

女武士母题。中国的女武士母题较早地出现在《花木兰》之中。其实，中国殷墟的考古发现中就有妇好这样的女武士型的历史人物的存在，但妇好一直没有被史籍传诵。而北朝时出现的花木兰的形象也并非偶然。因为这也是一个中国与欧亚大陆其他民族直接交往较为频繁的时代。而在此之后，这样的形象不但没有减少，反而增多了——这与真实历史恰巧相反。穆桂英、樊梨花等女性形象可以参照欧洲英雄传奇的女武士母题。欧洲英雄传奇相关的基本情节是迎娶外族的公主。但在中国英雄传奇中，由于民族观

---

[1] 斯蒂·汤普森：《世界民间故事分类学》，郑海、郑凡等译，上海文艺出版社，1991，第499页。
[2] 陈平原已经对此多有论述，兹不多述。陈平原：《千古文人侠客梦——武侠小说类型研究》，人民文学出版社，1992年。

念已经与部落制度不同,因此,婚姻观念也出现了冲突,于是采用了变通的方式加以整合。杨宗保与穆桂英的成婚很明显地带有与异族通婚的结盟色彩,不过在故事中,变成了同族之间的婚姻。但我们还是很容易找到原型叙事的底层,我们把降龙木看作宝物,把穆桂英看成异国一个小部落掌握着宝物的公主,这样其实很容易看到其原型——即杨宗保因为与穆桂英比武被俘,而对穆桂英产生了爱意,英雄通过与公主结合而得到了宝物,从而获得了打破天门阵的钥匙。这就与尼伯龙根的故事结构相一致。但值得注意的是,英雄与公主结合的障碍却不一致,在中国变成了中国的礼法观念,杨宗保因而拒绝穆桂英的爱情,而障碍的解除也运用了其必须遵守父亲与岳父的安排,最终障碍在"孝"的主题下得以解决。而且故事把穆桂英之父的异族矛盾变成了王朝内部的出仕与归隐间的冲突,从而隐蔽了英雄传奇的超部族的英雄行为母题。

这种解决血统问题的方式就成为一种普遍性的方式。牛皋的临阵招亲、薛丁山的三请樊梨花、岳通的柜中缘其实都是这一母题的变形,只不过是把异族的公主换成了本族的、世外的、体制之外的,但仍然是不背叛"忠"的人物。

第二,中国文人参与到这类故事的整理与定型中来,他们又将自己的意识形态、主观意图、文学素养带进故事中,形成了新的文本。

第三,书商在刻印出版的过程中,根据他们对市场的认知,对内容进行了各自的整理。但书商的水平不同,整理的起点不同,因而使得作品表现出不同的层次。而且这几个过程都不是一次完成的,几乎每个过程都在不断调整。每部书都不止有一个讲唱者,也不止一个加工者,同样也不止一个出版者,这就使这些英雄传奇有不同版本。如《三国演义》成书一百年后,《花关索传》仍然流行,二者之间从叙事关系上来说,应该是后者在前,但从成书年代来说,则相反。①

我们可以认为，越是在底层，故事越接近口语传播时代中的原始状态，如薛仁贵故事，虽然与文字相关，但是英雄形象更接近原始状态。古代各民族叙事诗中通用的母题的使用越广泛，越注重英雄神勇无敌的渲染；而越往上，则受到文化规约越多，相继出现了孝、节、忠、仁、智的概念，而且出现了大量的新的情节元素。在薛仁贵故事中，有着获兵器、宝马认主、与女武士比武而与其结为夫妇、因特异（总吃不饱）而力大无穷等与其他民族英雄传说以及叙事诗相同的母题，大量的法术存在于英雄的业绩之中，但孝的情节没有出现，忠的情节也仅限于救助唐太宗。而且人物层次也相对简单，只有英雄、结拜兄弟、一个个敌方对手、皇帝、内部正面人物程咬金等大臣、外部反面人物盖苏文与内部反面人物张士贵一伙等，人物设计呈现简单化。②而且大量的矛盾冲突都是通过外部的神异性元素的加入得以解决，③叙事技巧也相对简单，保持了民间传说的更原始的风貌。这是一个相对原始的英雄文本，可以被视为我们讨论的原型。

而叙事向上发展，社会生活的复杂性就开始不断地体现出来了，而所受到的规约就通过解决矛盾的方式表达出来。在《岳飞传》《杨家将》《说唐》等文本中，一是忠的主题得到了强化，岳飞惨死风波亭，杨令公撞死李陵碑等情节都成为叙事的重点。而且英雄形象的身边出现了叙事中的内部对立体，即勇而鲁莽者的形象，如牛皋、孟良、焦赞、程咬金等。值得注意的是《岳飞传》故事里，敌方金军中出现了一个反面的智者形象，即哈密蚩；而《杨家将》

---

① 马兰安：《〈花关索说唱词话〉与〈三国志〉版本演变探索》，载周兆新主编《〈三国演义〉丛考》，北京大学出版社，1995。
② 这里说的人物指的是功能性人物，而不是指书中曾经出现过的人物，如与薛仁贵结拜的人虽然多，如周青等，但均无独立个性，在叙事功能上没有差别。
③ 尤其是在《薛丁山征西》中，打仗、破阵的叙述几乎逼近《西游记》这种神魔类小说。这也可以看作是《西游记》热潮的影响所致，但也说明了民间的原始兴趣所在。

故事中有一个反面的萧太后的形象。薛仁贵故事中的与张士杰的冒名争功的斗争变成了明确的忠奸斗争的主题，出现了寇准、宗泽、李纲等忠臣以及潘仁美、王钦、张邦昌、秦桧等奸臣形象。在说唐故事中，开始试图塑造徐茂公、李靖等的智者形象，但这些智者形象既占不到主要人物位置，也不成功，多数都以术士与道士的面貌出现。而且这类故事之中历史正史的材料开始被大量采用。

在最上面层次的《水浒传》和《三国演义》中，首先我们可看到主要英雄都已脱离了勇士英雄的形象，宋江并无武艺，刘备也仅仅在三英战吕布中能够找到一点武士的本色，而且还有凑数英雄之嫌。诸葛亮、吴用这样的智者形象成为小说新的亮点，而且在《三国演义》中出现了关羽这样的"义者"形象。同时，不但英雄的英勇被弱化，甚至于在《水浒传》中，宋江被反类型化，忠义的主题更加鲜明。在《三国演义》中，正史的内容已经占到相当大的比例，但还是留下了相当多的英雄叙事诗的痕迹，如前世转生、英雄结拜、获宝马（赤兔马）或兵器（青龙偃月刀）、迎娶女武士（孙尚香）等。

二、时间序列颠倒的背后

考虑到中国英雄传奇的传播特征，这样的横断面式的剖析可能更有益于我们弄清这些小说和故事的演进过程。其实按成书时间来看，可能正好与这个序列相反，《三国演义》和《水浒传》的成书时间最早，而《说岳全传》、说唐故事（包括《薛家将》）最晚，好像正好颠倒了我们的分析顺序。这正好说明了两个问题：一个是口语传播与文字传播之间的差异性；二是文人审美情趣与民间审美情趣的差异性。

口语传播注重传奇性与形象性，它往往对简单而直白的故事更有兴趣，复杂的结构与人物形象对早期口语传播来说，是难以承受的。因为它受制于人们的记忆能力，口语是无法复习的。而且由于它的线性传播特征，一旦中断，就难以补足，这也使得口语传播必然地以简单故事为主，难以产生复杂的叙事结构。通过说书这种手段来传播的口语文学在开始的时候，由于受受众特征所限，必然采用这样的结构。从敦煌变文来看，短故事居多，长故事是少数，在宋代说书的记述中，其实很多并非与我们现今的评书一样，而包括了诸多的单篇式的说唱故事。过去人们引述较多的南宋灌圃耐得翁的《都城纪胜·瓦舍众伎》一文中，称说书有四家，为小说：说公案、说铁骑儿、说经、说参请。尽管在具体断句解释上争议较大，但可以肯定的是，无论哪种理解，都是以短篇为主的。因为这是在说话的早期，各种曲艺类别尚未区分。参照今天的情况，就容易理解了。那时的说书更像今天的相声、快板、二人转，都是以单篇为主，不注重连续性，一次演出只能是短篇，只有讲史才能够形成长篇。于是到后来，这些短篇故事中的一些被纳入到了长篇讲史的大故事之中。在这经与纬的结合过程中，出现了两种变化，一是将原有的故事，附会历史人物的名下，历史只是作为一个帽子出现，另一种则越来越与真实的历史靠近了。但总体看来，英雄传奇是以故事为主，历史线索为辅的。从敦煌变文的情况来看，除佛教相关的故事之外，春秋故事和汉代故事是主流，伍子胥故事是典型。伍子胥故事是以复仇为主题的作品，受到儒家文化的规约不多，显示着明显的民间色彩，故事与真实历史关联不大。历史对民间文化的规约应该是宋朝之后的事情，尤其是南宋朱熹等人将理学教化下移。朱熹等人办书院，修订《吕氏乡约》，重视童蒙教育，修撰《家礼》。"通过思想的一系列具体化与巨人化的努力，使那些本来属于上层士人的道德与伦理原则，渐渐进了民众的生活世界。"① 从此，伍子胥故事的影响力迅速降低了。

而后在说书人口中又经过了第二次的驯化，即根据他自身的经验将无关宏旨的东西删除，对人物、结构和主题或增或减。而在书坊主那里，有些进行大的调整，有些则加入了大量的作者主观文字，②但也有些将听到的说书人的口传故事记录下来。③

因此，最靠近底层的作品反而是最晚进入到文人的法眼之中，文人们能够将自己所接受的和具有改编基础的文本最先改编为文字作品。水浒故事虽然产生应该晚于说唐故事与薛家将故事，但却先被改编，也就容易理解了，因为它们更能够表现文人们的审美取向，而更接近民间的文本反而最后被整理出来。④三国故事虽然流传较久，但从现有的资料上看，它的早期版本其实也更多地存在着民间文化因素。如在《三国志平话》中出现的结拜情节自然不是来自正史，而是来自民间英雄叙事诗中的古老的"英雄结拜"的通用母题；转世因果报应则本就来自佛教，但在《三国演义》却被规约为传统儒家的天命观与忠义观。

三、智者与勇者的出现及其叙事功能

"英雄"是古代社会中一个共同的叙事主题，这个主题它的形成相当早，两河流域的史诗《吉尔伽美什史诗》及古希腊的《荷马史诗》表达了古代人类的共同追求。中国现在已经找不到史诗

---

① 葛兆光：《中国思想史》第二卷，复旦大学出版社，2004，第232页。
② 如褚人获在《隋唐演义》中，便是将《隋史遗文》《隋炀帝演义》与《隋唐两朝志传》中的基本素材加以整合。但缀合的痕迹较重，能够明显地感到文人趣味与民间趣味的脱离。
③ 如清末的《三侠五义》经过的改动就比较少，基本保持着说书时的口语状态。
④ 而且值得注意的是，到了清末，由于印刷费用的下降和社会流通需求的增加，大量的民间说书文本被整理印刷出来，这时已经不辨良莠了，而在嘉靖之前，小说仍然是以手抄为主的，这样的情况下，文人们难以产生更大的整理小说的兴趣，除非是整理能够真正打动自己，而且让自己在其中能够言志的作品。

时代的作品了，仅从传说中可以找到一些痕迹，如古代的炎、黄、蚩尤三方大战，明显地已经被史家重新包装过了。

原来的英雄价值的核心是"勇"，这几乎是全世界英雄故事的普遍特征。但单纯的"勇"最先遇到的就是与"孝"的冲突。欧洲一些英雄传奇之中，有一种父子决斗与冲突的母题，相认或未相认的父子间发生冲突，最后儿子战胜了父亲，从而取得了英雄的地位与权力，如著名的《俄狄浦斯王》那样。但在儒家思想成为统治思想之后的中国是不可能出现这样的情节的。于是这种冲突在中国普遍通过回避的方式加以解决，即英雄普遍地被设计为自幼丧父的人物。如薛仁贵自幼父母双亡；岳飞父亲将岳飞母子送进缸内躲避洪水，而自己被洪水淹死；杨家将故事中，则是杨令公撞在李陵碑悲壮地死去；隋唐故事中秦琼与程咬金都是自幼丧父[1]；《三国演义》中刘、关、张都不表现其父母的存在；只有宋江的父亲健在，但宋江无武力。值得注意的是，在薛家将故事中，有薛丁山失手射死化为老虎的父亲薛仁贵的情节，这应该是底层英雄父子比武母题的遗留。

然后面临的则是"忠"与"勇"的冲突。这甚至也可以看作是"勇"与"孝"的冲突的延伸。所向无敌的英雄与其君主之间的关系是很微妙的。在传统的部落制度中，勇者为王，部族中的英雄人物与君主的角色经常是重合在一起的，部落的勇者是部落领导的当然人选，并无君主与勇士的角色冲突。但在君主与勇士的角色分离之后，这种冲突就构成其中一个棘手的矛盾——对听众来说，勇者既然英勇又正义，那么君主的地位与意义就值得怀疑。君主意志与英雄意志之间的冲突如何处理？这就需要设计奸臣的形象来加以解决。这就是"君不甚暗"的处理方式，这样，君主不再直接与英雄发生冲突，而是将其冲突转化成为忠奸斗争主题。

---

[1] 其实《新唐书》《旧唐书》都记录了秦琼母亲的死，反而对其父语焉不详。

在这二者之间，民间的听众自然是站在英雄的一边，但以勇犯忠的观念却不被允许出现，这样第二个办法就是将英雄自身分化为主、辅两个角色，由主要角色来表现忠的主题，再由次要角色承担勇的任务。

其实中国早期的英雄传奇对于忠与否并不在意，如早期流传较广的伍子胥故事中，复仇是其主要动机，并未表现出忠的主题。在薛仁贵故事中将这一冲突虚化了，即将唐太宗的形象塑造成为一个无主见、易受蒙骗，连见了大海都晕得不敢坐船的弱小形象，他几乎完全仰仗薛仁贵的英勇来拯救自己。这样，一方面使二者成为互补性的关系，另一方面也尽量回避二者之间可能产生的矛盾。

真正将这一矛盾加以正面处理的是《岳飞传》故事与杨家将故事。它们一方面将这个矛盾转化成为忠奸斗争，在《岳飞传》里先是宗泽与张邦昌的对立，后面则是李纲等人与秦桧的对立。这样使得君主从事件的道义责任中摆脱出来，使"勇"与"忠"的冲突变成了间接的矛盾。另一方面，这两组故事中出现了牛皋、孟良、焦赞等形象，在《三国演义》《水浒传》中也都出现了张飞、李逵这样的纯勇甚至有勇无谋的形象。他们分担了英雄的"勇"，而将英雄自身变成了"忠"的牺牲品，这样就使忠的主题合理化。牛皋等形象的出现，一方面将英雄的勇敢与鲁莽的特征分担出去，另一方面也将忠与勇的矛盾转化出去。他们作为勇者经常被塑造成为未经儒家文化驯化的体制外人物——《岳飞传》故事里强调的就是牛皋与其他人出身不同，他是"剪径"出身。因此他的以勇犯忠的行为既满足了听众的释放心理，又避免了主要英雄做出不忠的行为。牛皋在岳飞被十二道金牌召回之后在一气之下重做了山大王；孟良与焦赞也是如此；李逵动辄要"杀去东京，夺了鸟位"。《三国演义》中，由于刘备是帝王，所以张飞未这样做，但在鞭打督邮的情节中，张飞明显地扮演着同样的体制外人物角色。

然后是"勇"与"仁"的对立。底层的传奇英雄如薛仁贵，其形象中"仁"是没有位置的，薛仁贵的行为完全是一个草莽英雄的行为，而且始终出现在以比武形式出现的作战的第一线。但在《岳飞传》故事与《杨家将》故事中，主人公身上开始出现了一些文官化的特征。他们尽管也是武艺在身，但到了后期，他们便很少直接与敌人比武了，比武则由其辅助者来完成。他们的职责一是统率全军，二是招贤纳士，开始逐渐扮演文官角色。于是，出身越好的英雄越具有"仁"的因素，但"仁"的因素却经常削弱"勇"的感染力。所以让人感兴趣的是，只有在《三国演义》和《水浒传》中才有明确的仁者英雄的形象。在《三国演义》中几乎已经不再能够看到刘备亲身参加阵前比武的场面了，大概唯一一次就是以辅助者的身份参加了"三英战吕布"，而且在历史书上记载的"鞭打督邮"情节也从刘备身上转移到了张飞的身上。《水浒传》已经开始出现了反类型化的倾向，比如宋江不但在形象上不再是神武力大的英雄，而变成了"黑三郎"式的反类型，而且在他的身上开始出现了明显的仁德品质。

人物类型中的智者形象在英雄传奇中出现得最晚，到了《水浒传》和《三国演义》才真正出现，而且成为叙事重点。在底层的文本中，都未出现过纯粹智者类型的形象。但说唐故事中的徐茂公、李靖、魏征等人以及杨家将系列故事中的寇准等人身上却具备这类形象的一些特质。智者形象是典型的文人参与加工后的人物类型，因为它本来与英雄传奇的立场相左。在古代社会中，权谋因为不够光明正大，是荣誉与勇力的天敌，所以精于谋略难以成为英雄个人特质的一部分，智者经常站在英雄的对立面。

在最基本的民间故事文本中，正面智者形象没有出现，反而经常出现反面智者形象。如《刘三姐》故事中的秀才以及《岳飞传》故事中的哈密蚩；在英国的《亚瑟王》故事中，巫师梅林也总是站在兰斯洛特等英雄的对立面；北欧神话传说中的洛基（Loki）可以看作是早期传说中的一个类似智者的形象，他经常欺骗天神，计谋甚多，曾经设计杀死了波德尔，又用母马破坏了巨人工匠的造房计划，他也不被认为是个正面英雄形象。在希腊神话中，奥德修斯虽然是个英雄，但讲述者对他却是不乏微词，他试图逃避出征特洛伊，又用阴谋杀死了帕拉墨得斯，都被创作者认为是无耻的事情；他献上的木马计，也多有人反对。晚近的"粗俗故事"中才开始出现了其正面智者形象。机智人物故事在我国民间传说中较为多见，但却多数与日常生活相关，在英雄传奇中则较少出现。[1]

中国文化中，一味地强调勇猛既不能为官方意识形态所接受，也不能为社会大众所认同，因而需要以"智"来制约"勇"。但在民间层面上，长期的反智主义倾向的文化氛围使得这种"智者"又不能脱离"实用性"而获得认可。这样，实用型的江湖智者最先出现。

第二个层次的故事中，出现了正面智者形象的雏形。但它更是民间的智者，类似于巫师与术士，如李靖、徐茂公、公孙胜等。他们身上既有民间的法师特色，又有些儒生特点，因此，多以道士形象出现。这又与说书人的特点直接相关，说书人往往拥有着游民中的"精英"意识。[2]

究其原因，是在传统世界中，通常人们对英雄的原始定义都是勇武的象征，而智者所代表的权谋往往意味着懦弱与无能，所以难以为原始的英雄观所接受。而发展到了第二个层次之后，英雄的勇武中分离出来了智谋，而能够为人所接受之后，却发现，智者必须在实践中证明自己的"有用"。在民间，尤其是在反智主义流行的风气之下，手不能提的人是无用的人，是难以获得人

---

[1] 刘守华、陈建宪主编《民间文学教程》，华中师范大学出版社，2002，第148页。
[2] 王学泰：《游民文化与中国社会》，同心出版社，2007。

们的认可的。但说书人和他们代表的社会底层又对"知识分子"有所期望,于是江湖术士、算命郎中型的智者就成为他们能够接受的具有实用功能的形象。

在第三个层次上,才出现了诸葛亮、张良、刘伯温这样的帝师型的智者,吴用则是介于中间类型的人物。这里底层文人的意识形态得到了最大程度的加强,文人更深地介入到了改编创作之中,并根据自己心目中的理想对其中的人物大幅度地加以改造。"明清时期的诸多历史小说作家,一般都矻矻于借历史人事向读者灌输封建伦理道德,表现出高度的道德自觉性和社会责任感。但这种自觉性和责任感的产生,显然又与作家所处的文学传统和时代文化环境密不可分,为时代意识形态所左右。"[①]

在改编的过程中,文人们一方面需要受众们能够接受,因此让这些智者都保留下来江湖术士的本领,但又为其披上了权谋的外衣。他们需要体现智者的不可替代性但又不能够是纯然的权谋型的人物——因为儒家文化中对于权谋是蔑视而摒弃的,这样就必须要为这种权谋找到合理性的立足点。于是,再为其套上一件"忠"的黄马褂和给予他们战略家的地位,使他们既能够为民间接受,又能够承载儒家道德,智者的形象工程经世代累积最终完成——诸葛亮的形象应该说是这一主题人物的巅峰之作。尽管鲁迅对他评价不高,但联系到当时的受众,如果把他"近妖"的一面全部剔除,就不符合当时人们的接受习惯了。因此,他们一方面是战略家,是帝师,是幕后最为关键的决策者,在这方面甚至于胜于帝王英雄,另一方面,他们又体现着忠与道,同时,他们还需要源于历史的实用性而能料事如神。到了后来,这种能掐会算的术士本领与战略家的眼光相结合,便产生了诸葛亮式的智者形象。

[①] 李真瑜、房春草:《历史意蕴·时代取向·情感寄托:历史小说创作的灵魂》,载童庆炳主编《文化与诗学·第七辑》,北京大学出版社,2009,第167页。

从智者形象的塑造来看，大体上经历了"无智者（反智者）——术士型智者——儒者型智者"这三个阶段，其标准人物形象终于定型，而且直到今天的电视剧中，这样的智者形象仍然大量存在。如电视剧《雍正王朝》中虚构出来的邬思道，便作为雍正背后的主要谋臣与帝师的形象出现，在剧中承担着智者的叙事功能。

四、结语

根据上面的分析，我们大体可以看到几个方面的问题。我国古代的英雄传奇是上行的而非下行的，它先是出现了独立的人物故事，多数都是来自民间传说，可能是受到了欧亚大陆民间传奇与故事的普遍影响，它们有着诸多的相同的母题。这些故事先被说书人用历史人物的经线串连到一起，最后被文人们加工定型，而不是在正史文本中不断地增加民间素材而形成的。我们需要注意的是，中国古代小说主要是来自讲史的演义这种思路是值得反思的，我们更应该探讨中国小说的起点与民间文学的关系，而非中国小说与正史的关系。即使是杨家将、岳飞这样的历史人物，说书人最初的信息来源最可能是民间传说，而不是正史。

尽管民间故事——说书人——书坊主——底层文人这样的序列带给文本不同的加工和打磨，但影响加工的因素有很多。小说毕竟是要面向大众的，古代文人的加工必须在受众能够接受并喜欢的前提下加入自己的审美趣味、价值取向。否则，还不如原始面貌受欢迎。金丰在《说岳全传》序中深有感慨："从来创说者，不宜尽出于虚，而亦不必尽出于实。苟事事皆虚，则过于诞妄，而无以服考古之心；事事皆实，则失于平庸，而无以动一时之听。"[①]

[①] 金丰：《说岳全传序》，参见丁锡根编《中国历代小说序跋集》（中），人民文学出版社，1996，第987页。

至少原始的底层文本还能够激发人们本能的英雄崇拜，将英雄文人化或历史化需要把握好尺度，如此才能为阅读者所接受。因而一些文人的仿作反而没有原始状态的作品流行度广。上述的文人的"文"与英雄的"武"之间是有根本性的矛盾的，如果处理不好就会出现《野叟曝言》中文素臣那样不伦不类的形象。

从民间文本到文人文本的形成过程是一个规约与驯化的过程，阅读者往往在无意识中被再规约了，而规约和驯化是中国文化传统中的重要组成部分。如《林海雪原》中的栾超家形象，"作家除了描写杨子荣在外形上和行为上故意作土匪状以外，不可能写他的性习本身的草莽气，于是在杨子荣的身边，就出现了栾超家，艺术结构上这个人物与杨子荣形成一种补充和合一的关系"[①]。"智""勇""仁"的分化与冲突也构成了"文革"时期样板戏的一些框架。直到今天，我们在类型化的电视剧中仍然能够看到类似的叙事方式，许多剧都不自觉地从传统故事中寻找资源，然后给剧里的英雄换上了今人的打扮。如在《亮剑》剧中，仁者、勇者都能够找到相应的位置，其试图打造新的英雄传奇。

---

① 陈思和：《中国当代文学关键词十讲》，复旦大学出版社，2002，第157页。

"英雄无父"母题在中国叙事中的运用

在诸多的世界古代文学文本中,"英雄无父"是一个常见的母题。俄国汉学家李福清曾经对世界上这一母题做过简单的梳理:"最原始的神话或叙事诗中英雄完全无父母,如台湾许多原住民的神话始祖皆从石头中蹦出来。较晚期的神话中就有母亲而无父亲……最晚期的叙事诗或民间故事中,英雄是由无子女的老人所捡拾,抚养长大,或者是老女人突然怀孕而生子……在中世纪的西欧叙事诗中,如法国的叙事诗及与叙事诗接近的中世纪侠义小说,这个母题则被淡化了,英雄并不是完全无父亲,而是在父亲在战场牺牲之后出生的。"[①]

在中国古代的英雄传奇小说中,我们也可以经常看到这样的情节处理手法。如《隋唐演义》中秦琼与程咬金都是自幼丧父;《薛仁贵征东》里薛仁贵是父母双亡的孤儿;《杨家将》中杨延昭的父亲杨继业头撞李陵碑而死;《说岳全传》中岳飞的父亲是个员外,

---

① 李福清:《古典小说与传说(李福清汉学论集)》,中华书局,2003,第9——10页。

洪水来临之前把岳飞母子送入缸里，自己却在洪灾中遇难了；《三国演义》中，刘、关、张的父亲都未出现；《水浒传》中的李逵也是只有母亲而父亲早逝；甚至于民间故事与戏曲中的包拯也是父母双亡，由嫂娘养大。

一、"无父"母题的发生与发展

实际上，我们现在的民间故事都是被现实的讲述者规约之后的文本。许多远古时期的父子关系都已经模糊了。自从父亲形象出现之后，父与子的关系就陷入一种窘境。在从母居到从父居的转变过程中，父子关系发生了巨大的变化。在从母居的时代里，父亲是不重要的，对男孩子来说，舅父的意义经常比亲生父亲更为重要，中国上古时期也有过"知母而不知父"的阶段。在向从父居转变的过程中，一些男孩子成人之后才到亲生父亲的氏族（或胞族）中生活，父子之间的冲突就开始产生。当男孩子回到父系的部族中的时候，发现其与父亲不只是继承者的关系，而且还伴随着权力竞争的关系，弑父情结在这一阶段开始出现。在非洲的一些民间叙事中，我们可以看到一些原始状态。虽然非洲史诗中真正完成了"弑父"行为的并不多，但仍然在不少的故事里都出现了潜在的弑父（或掌握父权的人）的心理。[①]这一方面是古代社会向父权制社会转变过程的痕迹，另一方面则是勇者（英雄）无敌崇拜的一种解释方法。在古代社会中，英雄与勇者经常是同一性的形象，具有神圣性，因为英雄经常是作为神与人的中介出现，它必须完美无缺。而具有神圣性的人是不能被人超越的，包括自己的父亲。但父亲又经常是权力的掌握者，也具有神圣性，这就必须给予解释，因此在

[①] 王涛：《论非洲史诗中的"弑父"情结》，载张玉安等主编《东方民间文学比较研究》，北京大学出版社，2003，第215——216页。

一些部落中,经常按惯例把年老或生病的酋长或祭司处死或废黜。如希卢克人对首领百般尊崇,但首领一旦有体衰之兆,即遭诛戮。[1]这样,儿子要是能够成为本族认可的英雄,他就必须战胜父亲。

其实如同图腾思维代表了人类童年期的思维方式一样,英雄传奇是人类社会青少年时期的作品,我们应该将其理解为一种人类青少年期的思维方法。人们在青少年时期认为世界是等级化和简单化的。如在青少年读者中,《三国演义》里面"一吕二赵三典韦,四关五马六张飞,七黄八夏九姜维"的排名是不能改变的,姜维是永远不可能打败在他上面的人的。年轻人总是在讨论里面谁更厉害,并将这个等级秩序倒行逆作为叙事的前提,这种简化是青少年思维的定式。在类型化的叙事中,人物的英雄行为如武功级别一样,是不可逆的。比如,我打败了他,那我就永远不可能被他打败。

这样就有了解决父子之间的争斗的方式——如宙斯与父亲克洛诺斯的决斗。这种解决方式在许多民族的史诗或者传说中都留有痕迹,从而形成了民间故事中的"父子决斗"母题。但在进入文明社会之后,由于孝悌观念的出现,父子之间赤裸裸的争斗在任何时候都被视为悖乱的行为,于是出现了对弑父主题的规约,即将父子决斗置于一种误会或者不相识的前提之下,而在决斗中,儿子击败了父亲。如希腊神话中的《俄狄浦斯王》,以及日耳曼人的史诗《希尔德布兰特之歌》中,父子都是在不知双方关系的情况下进行争斗或对战。当然,这里面也有从母居到从父居的转变过程中的痕迹,即父子过去并不熟识。

这类故事在严格强调父子关系的绝对神圣性的中国是不可能被流传下来的。但值得注意的是,在薛家将的故事中,却有薛仁贵被儿子薛丁山误视为白额猛虎而被射身亡的故事。[2]这一故事应

---

[1] 宁骚主编《非洲黑人文化》,浙江人民出版社,1993,第145—146页,弗雷泽的《金枝》中对这样的例子多有记述。该书第二十四章《杀死神王》有专门的描述。
[2] 刘林仙:《薛丁山征西》,三秦出版社,2003,第四十一回《白虎关杨藩兴妖薛仁贵中箭归天》。

该是古代亚欧大陆上"弑父"母题的残迹，它在薛家将的故事中被加上了佛教的轮回逻辑加以包装。[1]在中国儒家文化的统治之下，这样的故事被保存下来实属罕见。但也说明，弑父情结是人类社会发展过程中的阶段性的产物，它具有普遍性。

而中国在儒家思想占了独尊地位之后，在任何形式的父子之间的冲突中，儿子都不具有正义性。而且像《史记》中刘太公一样的父亲形象的存在，只会消解掉儿子作为英雄的神圣性，英雄就只能被设定为无父。但父亲的死可以给英雄以另一个方式的解脱，即父亲死于敌方之手，这样父亲的死亡不但不会给作为英雄的儿子带来负担，反而会成为推进情节的一种驱动力。

我们可以这样解读它的流变过程，上古社会带有母系氏族生活的痕迹，通常作为英雄的儿子并不清楚父亲的情况。但在此之后，随着从父居形式占了主导，父子之间的争斗关系具有了普遍性，父系社会中父权与儿子的英雄业绩相冲突。儿子的英雄业绩超过了父亲，将引起观念和道德上的重大冲突，除非能够对此有直接的交代。因此，多数民族英雄传奇中都具有一个"弱父"的母题。而后，这个父子冲突的主题被逐渐弱化，渐而出现了英雄无父的主题，到了后来，又演变为有父但父死，儿子复仇的主题。

大体上，这个母题经历了一个"天生无父——父子冲突——父亲早逝或不做交代——为父复仇"这样的变化过程。这个过程在中国的英雄传奇的积累过程中都留下了痕迹，只不过有轻有重，有深有浅，在各种不同的文本中，它们都在叙事中发挥着作用。

---

[1] 书中将这个故事处理为当年薛仁贵误射死儿子薛丁山的轮回，但仍嫌不够，并强调是薛仁贵命数已到的结果。

二、"无父"母题在中国叙事中的应用

中国古代,一方面受"无父"文化传统影响,另一方面这样的传统又不断地被规约和限制,从而形成了一些"无父"母题的变异形式,在创作中通过集体无意识的形式延留了下来。

第一种是天生无父的处理方式。应该说,第一个阶段,即"天生无父"的母题在晚期的中国叙事作品中已经看不到了,只有上古时期的历史记录中和一些传说中可以看到一些迹象。如"天命玄鸟,降而生商"的故事,这在其他少数民族的传说中也能看到遗留,但在汉族的小说文本中早已消失了。汉族小说的兴起较晚,英雄是人而不是神的观念已经比较固定。无父之人会被视为私生子而为人所不齿,便不具备成为英雄的前提。这与后来西方封建时代的英雄传奇的观念相近,即英雄需要出身高贵,即使不高贵,也不能低贱,而无父之人在儒家伦理中肯定是低贱之人。只不过"与西方的幻想故事通过主角屠龙来宣泄仇父心理不同,中国仇父心理的宣泄首先是借助主角从小失父这一主题来实现的。这是主角的无奈选择,因为父亲的力量在传统社会太大,现实中根本无力反抗"[①]。

第二种处理方式,即父子决斗式。如前所述,除在薛丁山故事中出现过类似的情节之外,其他的英雄叙事中基本上看不到,但有一种变体,就是子谏父而父不从,父亲赴死,儿子为父复仇的形式,这在一些传奇故事中得到了采用。

第三种方式即如《三国演义》与《薛仁贵征东》那样,对英雄的父亲不做交代,或者交代父亲早亡,还有诸多的水浒英雄的故事,多数人的父亲都未提及,但经常写出他们的母亲。或者像《说岳全传》交代父亲为救岳飞母子二人而遭难一样,交代父亲为何早亡,

---

① 万建中:《中国民间散文叙事文学的主题学研究》,北京大学出版社,2009,第242页。

但此后英雄的行为与父亲无关。

第四种则是英雄后来的功业与父亲的死难相关,即为复仇型的无父。如杨继业撞死于李陵碑,这成为杨家将后来与辽国不共戴天的一个重要叙事动力。秦琼的父亲作为北齐的将领死于北周人之手,而后来的隋又是北周的继承人。[①]另外,《薛刚反唐》故事中,薛刚反唐是为了给包括父亲在内的亲人复仇;《呼家将》故事中的处理与之相近,是因为在铁丘坟事件中父亲双王呼延丕显被杀,呼延守用与呼延守信才走上了成为英雄之路。而《岳家将》故事的后半部中,也是由于岳飞与岳云的被杀,才有后来岳雷、岳霆等人的征金。

这应该是更晚一些的处理方式,在这种处理手法中,"无父"母题的核心意义已经被淡化,即父子冲突的主题被转化为替父复仇的主题。但在中国,对这种复仇主题的处理都极其谨慎,因为稍有不慎,英雄复仇的主题就很容易与忠君的观念相冲突。因而通常的做法是将其与忠奸斗争紧密相连,使英雄一方面肃清了朝中奸臣,完成了复仇事业,另一方面继续了父亲的对外征服的事业,然后通过英雄业绩将二者联系到一起。

虽然英雄传奇小说随着封建王朝的结束而衰落了,但一些叙事手法却成为中国文化的一个重要组成部分,而且这种叙事手法在后来的各种文本中得到了继承,"英雄无父"的母题也一直被使用着。

在电影《洪湖赤卫队》,以及样板戏《红灯记》《智取威虎山》《杜鹃山》《红色娘子军》等红色经典作品中,主人公们父亲的形象或者未做交代,或者交代早亡,但塑造了一系列革命母亲的形象,如韩英的母亲、李奶奶、杜妈妈等,都成了家喻户晓的人物形象。

[①] 其实历史上《新唐书》《旧唐书》中的秦琼传记都未有此记载,反而记载了秦琼的母丧而主官来护儿遣使吊唁的情况。但各种说唐故事中倒是秦琼的母亲活得很久,这一点值得注意。

而小说《红旗谱》等则是延续了"父死复仇"的母题，与此相类似的还有《烈火金钢》。《烈火金钢》中，赵连荣虽然不是史更新的亲生父亲，但作为同样是营长的赵保中的父亲，在叙事功能上承担的是史更新的父亲的角色。赵连荣也是为救助史更新而牺牲，为史更新增添了复仇的动力。这类处理方式还有《杜鹃山》中柯湘的父兄因怒斥工头而遭了枪杀，《红灯记》里李玉和的师父（李奶奶的丈夫）在工潮中牺牲。

甚至在当代《历史的天空》这样的革命历史题材的文本中，姜大牙也被描写为一个米店老板的"义子"，而《激情燃烧的岁月》以及《亮剑》中，都没有鲜明的英雄主人公父亲的形象。在《成吉思汗》中，也速该的死使得成吉思汗成为孤儿，虽然史有实据，但在剧中一再被强调。

同时，还需注意的是，通过母亲形象的强化来辅助完成"无父"母题的叙事。费孝通说："在中国旧社会里母子联系的坚强也多少是这种感情变态的结果。在孝的观念下，社会鼓励着母子的系联。""我曾注意过典型的孝子，大多是对母的系联，很可能是弗洛伊德之辈所说的恋母情结的表示，而且是在习俗容忍之下保持着的感情冻结。"[①]

三、弱势的君父形象

英雄们可以无父，却不可以无君，而君权又是父权的延伸，这样就必然发生权力的冲突。英雄们又不可能通过"弑君"的方式获取权力，于是这些英雄传奇中都通过设置弱势的君父形象与增加忠奸斗争线索来进行解释与变通。这样的弱势君父形象有《三国演义》

---

① 费孝通：《乡土中国生育制度》，北京大学出版社，1998，第190—191页。

中的汉献帝,《水浒传》里的宋徽宗赵佶,《岳飞传》中的赵构,《杨家将》里的仁宗、英宗等,《薛礼征东》故事里的弱势君父形象甚至是唐太宗。这形成了中国传统小说中的一种重要的人物类型,唯一的反类型则是《薛刚反唐》中的武则天,武则天作为中国历史上唯一的女皇,在历史上却是一个传统的反面人物,可以排除在"忠"的对象之外,但《薛刚反唐》里面还有一个不甚精明的李显的形象作为叙事的重要推进角色。

他们或者昏庸好色,如《水浒传》里的宋徽宗;或者耳根软、容易受人蒙蔽,如岳飞故事里的赵构;或者无力改变现状,只能将重任托付给英雄来完成,如《三国演义》中的汉献帝;正史中几乎被描绘成完美君主的李世民在《薛仁贵征东》中却成了一个连坐船都怕得要命的"面瓜"。但这类形象同时还有一个特征,就是皇帝们懦弱但不残暴,胆小但不愚蠢,易受欺骗但不偏执——最终总是能给冤屈者平反,好色但又解风情。即便是《隋唐演义》中的隋炀帝,虽然荒淫,但故事却并未着力表现他在政治上的昏庸无道、残忍暴虐,而是把他塑造成一个风流倜傥的弱势型人物——这里都隐含着一个"君非甚暗"的情结,使之不站在英雄的主要对立面。

这里的君父形象实际上是一种父亲形象的延伸。国外的英雄传奇中可以以勇武来获得权力,但在中国却绝对不行——父权可以隐匿不提,但君权却不容侵犯。这样,英雄的冒险与搏斗行为就缺少了权力欲望作为动力,但这显然与英雄传奇的民间受众期待不相一致。

本来英雄传奇中就充满了民间的反智主义倾向。以勇武立身是英雄的共同特征,他们敢于与天斗,与地斗,与人斗,就是为了获得与之相对应的权力、财富与荣誉。在民间文化的幻想中,勇武的结果就应该是获得权力与财富,但这些都会侵犯君主的意志与权力——因此英雄要想存在,就需要进行变通。

英雄事业本身就是对勇的向往,它往往本身就具有反仁、反智的倾向。于是书中便把君主描绘成为弱势的"仁"的代表，然后再对其进行反讽与嘲弄。在不损害君主权威的情况下，让君主成为英雄的陪衬，而且正是以其懦弱与无知来显示"仁"的无能，这样的安排既能让民间的反智的潜意识得到释放，又能不违犯官方的意识形态。这也反映出民间对帝王的心理——既敬畏其血统，又不满其作为。

这种权力冲突在早期的文本中都有所反映，无论是希腊神话中的宙斯，还是中国古代神话传说中的天帝，都具有暴戾气质，绝对不是描绘中的软弱无能的君主形象。尤其是在民间传说当中，早期的君主多数都形象不佳，帝王、天帝总是以暴戾、喜怒无常的形象出现，如《牛郎织女》传说中的天帝。这一方面让人看到古代社会中人们对大自然不可抗拒力的敬畏，另一方面也留存着古代民间在阶级制度产生之后社会民众的反智主义情绪。在中国少数民族的民间故事中，皇帝大多是残暴的，是田园牧歌生活的破坏者，而英雄的业绩正是去推翻皇帝，仫佬族流传最广的民间故事《稼》的主题就是反皇权。①再发展下去，这样的主题就弱化了，皇帝就变得温和而有些窝囊了，如瑶族著名的盘古族源起传说《盘王的传说》中，皇帝（国王）就变成了犹豫不决，轻易受人挑拨，无力对抗外族侵略的形象。②《西游记》中的玉皇大帝的形象也从拥有无上权威的神变成了无能者。

中国的叙事中很早就产生了弱化君王的倾向。在《史记·五帝本纪》中讲述的古华夏族的争斗中就可以看到雏形："黄帝者，少典之子，姓公孙，名曰轩辕……轩辕之时，神农氏世衰，诸侯相侵伐，暴虐百姓，而神农氏弗能征。于是轩辕乃习用干戈，以征不享，诸侯咸来宾从。而蚩尤最为暴，莫能伐。炎帝欲侵陵诸

---

① 《稼》，载钟敬文主编《中国新文学大系1976——1982·民间文学集》，中国文联出版公司，1987，第43—53页。
② 《盘王的传说》，载钟敬文主编《中国新文学大系1976——1982·民间文学集》，中国文联出版公司，1987，第15—19页。

侯，诸侯咸归轩辕。轩辕乃修德振兵，治五气，蓺五种，抚万民，度四方，教熊罴貔貅貙虎，以与炎帝战于阪泉之野。三战，然后得志。蚩尤作乱，不用帝命。于是黄帝乃征师诸侯，与蚩尤战于涿鹿之野，遂禽杀蚩尤。而诸侯咸尊轩辕为天子，代神农氏，是为黄帝。"其中就出现了黯弱君主——炎帝，反面勇者——蚩尤，正面英雄——黄帝的形象。

后人对君主血统是敬畏的，对君主权力是鄙夷的，于是就塑造这种弱势的君父形象。

在当代帝王小说与电视剧中，仍然可以看到大量的弱势君父的形象。在《雍正王朝》中，本来精明一世的康熙皇帝，被描述为一个慈祥有余，但魄力不足的老年皇帝，他面对国家财政不足，灾祸连年的局面显得难以应付，进而衬托出雍正的改革魄力。而在《康熙帝国》中，为了突出康熙的英雄行为，又将顺治塑造成为一种懦弱的、流连于儿女私情的形象——历史上的顺治实际上是个性格暴躁、专断独行的君主。《历史的天空》中，杨庭辉就是一个弱势领导，也可以视为弱势人物的现代典型。

四、结语

我们看到的中国文学叙事中"英雄无父"的母题的现实镜像，其实是一个不断演变的过程，而且这个过程是与中国思想文化的发展过程紧密联系的。尽管其面目在这个发展过程中不断地被规约，但这个母题已经成为叙事中的一种集体无意识的存在。它到今天仍然存在于各类文学作品之中，而且还在不断地被使用着。而且反过来，它又通过文艺作品的传播成为民间大众思维中的一种原型，塑造着大众的审美心理和心理期待。厘清"英雄无父"母题的来龙去脉,也有助于我们审视中国传统文化的一些固有观念。

(发表于《海南师范大学学报(社会科学版)》2011年第2期)

弃剑悲歌

——从《英雄》看第五代导演弑父情结的变迁

《英雄》为二〇〇二年的电影界留下了几许喧嚣。不只是《英雄》，还有《天下英雄》，在一个不需要英雄的年代里凭空地打造着英雄。但让人哭笑不得的是这样对于英雄的吁求却成了历史闹剧舞台上的一个看点，一个杀头的故事又成为阿Q与王胡等人捉虱子时的谈资。人们不禁要问：时代是否真的变了？是英雄改变了世界，还是世界改变了你和我？人们也不禁要问：张氏电影（以及整个第五代的电影）走到这里之后，是将要真正通过老谋深算来完成英雄使命的超越，还是在一片凄美动人的弃剑悲歌之后在末路里走向夕阳？

一

第五代导演是中国的特产，大概也是人类的特产。在世界几千年的文明史中，难以找到这样一代人，他们生命的青春冲动被集体煽动起来，然后又在这个古老的国度被集体流放——使得生命活力所酿造的悲哀永远成为无法忘怀的旋律。背叛与毁弃、再生与逆反、存在与虚无的故事一次次地在他们失去青春之后被重新体味。在体味之后，他们在电影中寻求着自己生命的意义。于是，英雄情结成为他们集体无意识中永远无法抹去的怀恋。当年他们曾经沉溺于对英雄的崇拜之中，但当时光将他们远远地流放之后，他们始终无法弄懂到底是谁背叛了谁。是他们背叛了英雄的故事，还是英雄嘲弄了他们自己？总之，欺骗幻影的破灭留下了与父一代精神的对抗。弑父的本能重现在意识之中，他们将其看作是实现自我的唯一出路。因而在《红高粱》里，我们看到了烧锅掌柜莫名的死亡；在《边走边唱》中我们看到了石头和神神之间的依恋与争夺；在《双旗镇刀客》中我们看到"对固有英雄、生存秩序的一次死里逃生的质疑与破坏"[1]。这本身都是对代表着秩序与体制话语的为父者的质疑和图谋。但经历了喧闹而困惑的20世纪90年代之后，青春期的冲动最终为属于超我和意识的理性话语所取代，当年弑父的图谋者却在弑父与为父之间犹豫起来。"随着奥狄帕斯情结的破坏，男孩对他母亲的对象精力贯注必被抛弃。这个位置可能被以下两者之一所代替：或者是产生与他母亲的自居作用，或者是与他父亲的自居作用增加了。我们已习惯于认为后面的结果更为正常，它允许对母亲充满常情的关系在一个限度内保留下来。"[2] 这种嬗变并非无迹可寻，我们可以在第五代导演与第四代导演的对比中看出来，而且在二者之间的知识分子的认同观念上找到蛛丝马迹。

如从吴贻弓的《城南旧事》《阙里人家》，吴天明的《人生》和《老井》中，可以看出，第四代导演中的多数人的创作致力于一种统一，

---

[1] 潘若简：《进入90年代的中国电影——五代和后五代的电影现象》，载钟大丰等主编《电影理论：新的诠释与话语》，中国电影出版社，2002，第34页。
[2] 弗洛伊德：《自我与本我》，载《弗洛伊德后期著作选》，上海译文出版社，1986，第180页。

即传统文化与现代性的统一。这是一种基于变乱之后的思考。他们既力图向中国几千年的传统回归，也力图向"五四"的传统回归，而且希望通过一种时代的方向性将二者整合起来。在主流的第四代导演的作品中，我们可以看到的是将传统精英文化与来自西方近代的精英文化相整合的企图。对于中国传统文化中主流的精英文化，他们与其说是发现还不如说是恢复。因而我们看到的是他们与当时（20世纪80年代早中期）的体制文化的合谋特性。但他们同时也在体制文化与民间文化中游走，只不过他们对民间的认识是一种表面化的认识，或者说是一种透过一副精英文化的滤色镜所看到的民间文化。进步与落后、现代与传统的对照成为他们思想深处的一个预设的命题。一方面，他们试图在引导知识分子重新回到"五四"的独立和启蒙的立场上看待历史和现实；另一方面，他们又试图通过与"为父者"这种中国传统文化的历时性演进历程的合谋来实现他们的意图。他们发现，民间愚昧但不乏可爱，落后却又不乏善良。在他们的眼里，这种落后性自然会由于现代性的出现而被改正过来，基于两种文化力量中的统一性实现中国的现代性指向。因而他们总是有意无意地承载着"中学为体，西学为用"的教化思维。因此，他们在这里无意之中承担起了为父者的角色。

第五代导演则总是希望能够将电影从这种教化功能中脱离出来，他们的方式是发挥艺术的独立性。因而，在他们眼里，艺术有着至高无上的地位。第五代导演的弑父情结表现在向民间生命力的探求上。第四代导演的意识中，民间只是一个辅助性或者说从属性的系统。正是源于对理性认识的不满，认为它并不能真正地对社会和人生完成启蒙的作用，第五代导演从康德式的理性分析走向了叔本华式的对生命的静观式体验（陈凯歌）和尼采式的酒神狂欢（张艺谋），而且试图打破语言理性的、规定性的束缚，从而走向主体的最终解放。他们试图打造出新的仪式来取代旧有的仪式，他们试图走出前人的话语分析而重新建立一种感性化的传统批判方式。因而，他们批判的传统的对象是一致的，即弑父。

上过山，下过乡的第五代导演心里永远割舍不下的弑父情结是不言自明的。中国社会的沧桑巨变都写在他们的人生历程之中。他们对体制文化和传统道德有着一种与生俱来的叛逆。但少年时代的知识贫困与经历中，对传统民间文化的熟稔又使他们无法超越此传统而获得传统以外的话语资源。于是，这就造成了他们转向在与中国传统的精英文化相对立面上寻求资源。他们寻找和张扬着传统文化中具有生命力的一面，而且试图通过将其剥离出来使其成为自己弑父的精神资源和精神武器。《红高粱》里对生命力顽强的歌颂、《活着》里生活对毁灭生活的因素的顽强抗争，都是不同于第四代导演的民间观念之处。而且，这种生命力与反抗力的描述的对象都是弑父。《大红灯笼高高挂》《菊豆》中对封建伦理的控诉，都强烈地体现着对弑父的向往和追求。而且弑父情结并不只是张艺谋的个体行为。在陈凯歌的《黄土地》《边走边唱》《霸王别姬》等影片中也同样表现出这两种诉求：一种是对传统和体制文化的反抗，另一种是对民间生命力与反叛力量的赞美与弘扬。而且，与第四代导演不同的是，他们绝不是简单地通过诉诸现代性这种外力来与传统中的恶的一面相对抗，而是试图在传统中找到自身的反叛性因子，来颠覆传统自身。

在他们的意识之中，父系代表着一切对人的感性起到束缚作用的传统和规则，政治的、道德的、文化的等一切人们强制性规定出来的能指都在被颠覆之列。这种能指既包括中国旧有的道德传统，也包括"五四"后现代性的传统，还包括前人对电影和艺术的观念。因而可以说，他们颠覆的目标是权威和规则，他们高扬的旗帜是艺术，他们手中的武器是从民间寻找而来的生命力和激情。而且，那个动乱年代的记忆也给了他们以雄心和热情，让他们自认为拥有进行颠覆的能力与资质。

秦始皇是一个第五代导演心目中无法跨越的情结，它在第五代导演的寓言里几乎是一切传统权威的象征。《古今大战秦俑情》《荆轲刺秦王》《秦颂》等作品中都出现了这个权威的形象，游侠对他的挑战本身就是弑父行为的最好象征。

然而，这种资源是否有能力真正地弑父呢？转向传统求助的方式的结果却并不乐观。"弑父之后又能怎样？"这一问题一直困扰着他们自身。在《菊豆》里，杨金山死在染坊，杨天青也死在染坊，杨天白呢？永远无法逃脱弑父者终究同样要做起父亲的轮回。转向历史寻根，结果总是寻出一个自己跳不出来的死循环。历史在这里似乎又陷入了一种绝望。"他们的艺术事实却无可回避地表明了他们（而不是第四代）是'文化大革命'的精神之子。他们是'文革'所造成的历史与文化断裂的精神继承人，他们是无语的历史潜意识的负荷者，他们是在一个历史性的弑父行为之后，在古老的东方文明的沉重与西方文明冲击的并置的历史阉割面前，绝望地挣扎在想象秩序的边缘，而无法进入象征秩序的一代。"[1]

二

于是有了《英雄》，这一次弑父者与为父者试图做出一种沟通。民间与体制试图在天下苍生的共同基础上做出沟通。但很不幸，我们在《英雄》的文本中看到的并不是共谋与共生式的双赢，而是以一方放下武器的自我毁灭宣告了对话的结束。残剑是一个思想者，他从思想上放弃了弑父弑君的意图，也就永远失去了自己的思想。在这里，他归纳出来两种对立，一种是弑君者与为君者的对立，另

---

[1] 戴锦华：《子一代的艺术——断桥》，《新青年·电影夜航船》，2003年6月16日。

一种是个人小我与天下大我的对立。而且他将弑君者与"个人小我"相等同，将为君者与"天下大我"相等同。那么，只能是通过牺牲个人小我来成就天下大我，弑君也就自然变成了历史的反面。但君临天下，君就是天下吗？无名是被他的思想感染的一个民间符号象征，飞雪则被爱情损害了独立的意志，只有被愚弄了的长空作为弑君中的牺牲者幸福地活在幻想之中。我们看到的只有民间生命力的自戕，而看不到新的英雄的出现。当无名被万箭射杀时，历史又终结了。真正的英雄是什么？真正的英雄是谁？似乎张艺谋希望通过放弃弑父这一行为得到自身的超越，将个人的牺牲作为凡人在进行自我超越之后而成就英雄的新解释。能超越自己的才是英雄，这种自杀式的放弃当然也可以算作一种超越，但问题是这样的超越能够说明什么？能够带来什么？这样的超越无异于一种投降，除在屏幕上留下一种艺术的悲壮之外，无法得到任何历史的真实。因而，真正的超越仍然没有发生。他们只是用投降的方式来放弃对权威的挑战。将个人的小我与代表天下的为君者对立起来，将天下大我与弑君者对立起来，自然只能让历史有一个预定的终结方式。其实这种方式在一九九九年陈凯歌的《荆轲刺秦王》中已经出现，从那时起已经开始做起了关于秦王的翻案文章。

"第五代导演热衷于讲述过去时代的家庭故事，只不过是有意规避现实的一种反文化、反道德的策略，是向体制文化迂回'臣服'的手段。它推卸掉的是文化精英对于现实和历史的批判，对于精神灵魂的拷问的社会道义和文化使命感。"[①]这种思维方式本身就是将自己视作是天下大我之外的存在，却忘记了每个人都是历史的参与者和书写者。历史毕竟不只是书写着弑君与投降的历史。每个人在历史的面前都是平等的，他们都是用自己的生老病死写完

[①] 李奕明：《世纪之末：社会的道德危机与第五代电影的寿终正寝》，载钟大丰等主编《电影理论：新的诠释与话语》，中国电影出版社，2002，第514页。

一个特定的过程。所有的过程组合在一起共同打造出人类的历史。在《英雄》里，对于弑君的放弃只是一个表象，真正的悲剧在于自我的丧失。这也正是第五代导演的共同悲剧——他们将弑君视作弑君者生命里的一切，放弃弑君，一切都将不复存在。因而可以说，弑君者从来没有找到过真正的自我。他们从民间寻找生命力的意图正是源于他们对自我能力的否定，他们并未将自己视作是民间的一员。他们从来没有在生活的真实中找到过自我，而只有在弑君的过程中才能体验到自我的存在。这种情结使他们无法真正地超越。因为他们一旦放弃了弑君的目标，他们的自我也就不再有意义。因而，无名只能在自我丧失之后以乱箭穿身的方式求得自我的解脱，也只能通过这种艺术之美的实现来寻找一种虚幻的生命意义，以理想王国的破灭作为悲剧的最终结束方式。

这也正是第五代导演的悲剧，因为他们一开始就走上了以艺术之美为终极追求的自我发现的道路。而且他们对这种艺术之美的寻求又是以生活之真作为对立面，这就使得生活被人为地割裂着，他们把艺术作为一种主观人为打磨出来的滤片加在了摄影机的镜头之前，全然不顾生活之真的两面性，只割取符合色温要求的色调来证明自我的价值。这样必然会造成艺术与真实生活的脱节，使他们无法在生活真实的基础上获得艺术的永恒生命力。因此，一旦弑父者弑父的目标受到了挑战，他们的自我也就无所凭依，第五代导演人为打造的所谓的艺术王国也就颓然倒地。在张艺谋等第五代导演的电影之中，生活总是作为创作者理想的对立面而存在，总是忽视了自身就是生活的一部分，生活也是自身价值的一部分。《秋菊打官司》里，我们能够看到传统文化意识和现代性这两种观念的冲突，却看不到除此之外，经济利益的涌动、乡村生产方式带来的生活方式的演变，而这些更加残酷也更加真实。作用于秋菊这个人物之上的更深层次的矛盾却被作者视而不见。一曲田园牧歌式的悠扬乐曲始终回响在《我的父亲母亲》和《一个都不能少》之中，但在这里，我们又能看到那种宣传和教化的离开和真实基础的理想主义的复归，而且第五代导演试图把这种复归进行新的仪式化处理。他们试图通过爱情、亲情和乡村式的执着和顽强来解决现实的矛盾，来弑掉旧有的能指系统带来的"不合理"的传统和现实，重建一个理想的新王国。但这又自然带来另一种乌托邦的诞生（事实上，这种乌托邦作为一种第五代导演的集体无意识从来没有消失过）。所以，我们在他们的电影中始终看不到《小武》《站台》里那种冷峻的笔调和赤裸裸的真实——尽管张艺谋也常常在形式上用些长镜头和纪实式的拍摄方式。这也正说明作者对弑父的过度激情自然会带来目标丧失之后的自我消亡。就如在《英雄》中，我们可以设想：假使无名不死，又会怎样？或者成为秦王新的卫士，成为过去自我的对立面；或如《我的父亲母亲》中的父亲一样，亡命于作者视为世外桃源般的乡村，但仍逃不脱一顶"右派"的帽子和"纷纷说帝秦"的"义士"们的围剿。总之对于一个自我已经消亡，生命空剩一具臭皮囊的人来说，反正手里已经没有了剑，到哪里都无所谓。这才是真正的悲剧，是残剑的悲剧，是第五代导演的悲剧，也是中国几千年文化的悲剧。

三

第五代导演对第四代导演的"以文乱法"的方式表现出来的不满使之自然走向了"以武犯禁"的侠客道路。这种侠客精神来源于他们弑父的企图和从民间找到的生命力的统一。游侠梦想一直寄托在这一代人的身上，他们多次试图通过中国的来自老庄的传统文化资源来对抗僵化而苍白的儒家正统和权威。但不要忘记，游侠的梦想并不是一种简单的秦与赵之间的对抗，也不是简单的民间与庙堂之间的对抗,而是一种精神自由境界与正义理念的结合,并以这种结合来修正现实的歧途。他们关心的是天下而又不纯然是天下,他们关心的是个人而又非绝对的个人,而是意图将个人生命物化到历史过程之中,通过个人之于历史的独立实现人生的价值。游侠的思想资源更多地来自老庄哲学中的"自由"境界,而非来自儒家的"天理"观念。"白首相知犹按剑"才是侠士的内涵。无论什么样的对话与沟通都不意味着自我独立精神和独立人格的丧失和滑落,这才是游侠的逻辑。

第五代导演只能看到艺术之美,而无法看到艺术之真,从而将艺术变成了一个虚幻的象征,总是想通过它来改变人,来改变历史。艺术之美代替意识形态而成为价值的核心同样会把艺术推向绝境。"这种美学的暴力是一种假戏真做,它的形式看上去是现实的,它具有对历史和人性提供权威解释的信念;但它底层的观念却是虚假的,是陈旧的或者反人道的。"[1]或者对权威舞刀弄棒意图取而代之而成为新的权威,或者以自己的顶礼膜拜承认旧的权威的无上地位——似乎第五代导演只能看到这两种选择。因为在他们那里,只有反叛与投降,只有臣服与取代,而没有独立与自由。他们缺乏的是一种基于客观的他者对历史的独立性认知。因为有一点是明确的,英雄的幻影已经深深地在他们的心目中扎下了根,他们从来没有认识到英雄作为一个象征性的符号,根本未曾有过。他们从来没有在潜意识里抹掉对英雄的崇拜。即使没有英雄,也得造出一个来,否则他们就失去了人生的意义。因而从《一个和八个》开始,他们并没有像第四代导演——他们的老师一样刻意地将神民间化,而是在旧的神像崩塌之后,企图再造新神。而在再造的企图挫败之后,他们又回到了旧神的身边。

第五代导演从弑父到恋父,只能说明一点:二元对立式的思维

---

[1] 郝建:《陈凯歌的美学暴力》,《南方周末》1999年9月。

方式。因而不可能有独立,不可能有真正的艺术和思想。天下与苍生是否处于截然对立的状态,在第五代导演那里是不言自明的,有天下才能有苍生,如果需要苍生,就得先有天下。那么,苍生就只意味着一种艺术性的悲壮而已。因而,最终的结局只有放下自己的剑。

　　那么,是否有一种不放剑的独立呢?作者没有想过,或者认为不可能,至少在现实中不可能。张艺谋在理想与现实之中最终选择了现实,但现实意味着什么?现实是否就一定意味着投降?有天下就一定有苍生吗?作者不知道。以为牺牲自己的道德力量就能够使执天下者变得宽容而善良吗?须知,对于执政者而言,他的道德底线取决于苍生手里的剑,而不是他的温情。剑一定是暴力吗?它的独立才是最好的剑。因而,长空才是最终的力量所在。秦始皇知道长空的存在是对他最大的一个威胁,这是让秦始皇寻求自变的最好外因,否则,无名的事迹,只会让他三天就忘。

　　这个问题似乎只有在下一代导演中才会有更加深刻的反思。张艺谋认为下一代导演里可能会出现国际级的大师,他的悟性的确是高。

关于小人物寓言
——《鬼子来了》及《卡拉是条狗》的背后

　　自二十世纪九十年代开始,电影从英雄的世界走回了民间,主人公们也走入了民间。中国电影业并没有在一片曙光与欢呼声中走入新的世纪,而是在苦闷和彷徨中伴着后现代文化酿造的苦苦的啤酒和咖啡等待着黎明。

　　二十世纪九十年代电影的失落,与国际环境对接的过程中遭遇的冲击和得到的回味,对"经济中国"之后的未来的思考,都必然使电影人的目光落到小人物的头上。经过二十年的对中国民族文化的多视角的探讨,人们如鲁迅在二十世纪初发现的一样,原来民族的命运、人类的命运不只担在那些英雄的肩上,而是更多地担负在小人物们的肩上。于是,有了《鬼子来了》和《卡拉是条狗》这样的小人物的寓言故事。

一、《鬼子来了》：让小人物来承担民族的历史？

翻开中国几千年的历史书，写的都是帝王将相、才子佳人的故事，在字里行间偶尔能见几个小人物，但也都是些无关痛痒的角色。但曾在这片土地上生活过的亿万生灵中又有多少是大人物？这想来也好笑。按理说，小人物是这片土地的主人，但他们却天生愿意将自己的命运交付给别人安排，因此，他们没有成为这块土地的真正主人。

挂甲台有个马大三，他是个冀东的农民。他没有妻室儿女，只有一个相好的，但早已是别人的媳妇，只不过因为她死了丈夫，他才得以做些公开的鸡鸣狗盗之事。本来，这个小人物由于太普通，其事迹早就不会有人记住了，但忽然有一日，游击队将一个捕获的日本鬼子和翻译官交到了他的手上，一个喜剧开始上演了。

但这个喜剧最终演绎成为一个地道的悲剧。也许观众们看到最后才会发觉，本来只有喜剧天赋的小人物身上居然有如此之多的悲剧色调。这就是姜文执导的《鬼子来了》里的故事。

马大三是个从来没有想过能成大人物的小人物。他一直在按照一个地道的小人物的思维行事，一个小人物思维的核心就是他从不思考，他只是把自己的命运交付给大人物。当他得到了这两个装着鬼子与翻译官的麻袋这样的"礼物"的时候，他本能地把这份"礼物"交给了村里唯一的大人物——舅姥爷。于是我们看到了一幕在中国古典戏剧里才能看到的审案情节。舅姥爷虽说是村里的大人物，但仍然是社会上的一个小人物，他审案的结果就是一切仍由马大三这个小人物做主。于是，马大三只好经营起了这两个"礼物"的勾当。作为一个小人物，他始终承受不起麻袋里的两个"大人物"的重压，只好凭着自己作为小人物的小聪明战战兢兢地周旋着。遇到河里的炮船拼命大喊以盖过花屋的怒骂；

不惜以一头驴子的牺牲来试图保住自己脖子上的脑袋。但这一切都使他难以承受,他总是想要将这两个"礼物"交给那些能够"妥善处理"的大人物,他连最终解决掉他们的那一刀也得交给那些"大人物"来完成。只是没有想到那些他眼里的大人物也不过是市井中的比舅姥爷地位稍高一点的小人物而已,他们同样没有"妥善处理"掉两个麻袋里的"大人物"的能力与胆量。

值得注意的是,军曹花屋小三郎与翻译官董汉臣。他们尽管在影片中是以对立面的形态出现,但他们与马大三一样,是一个地道的"小人物"。一个是日本几代养蚕的农民的儿子,被日本战争滚滚的车轮卷进了中国战场;另一个是东北普通的读书人,为了生存成了日本人的翻译官。这两个小人物与马大三之间有着许多共同之处,他们的命运都不掌握在自己的手中。花屋一开始无条件地将自己的命运交给了天皇陛下,交给了大日本皇军,交给了那种支配自己这样的小人物的体制性思维;董汉臣则一开始就将自己的脑袋交给了自己的肚子。这种盲从,不只发生在花屋和董汉臣的身上,也同样发生在马大三的身上。但终于有一天,花屋在饥饿与困顿中发现了自己与马大三这样的小人物之间的共同点,于是,他开始不自觉地动摇了自己过去所坚信的体制文化,而与马大三这样的中国小人物之间有了更多的沟通。只不过,他自己也没有意识到,这种动摇是那些"大人物"所不能允许的背叛,于是,有了酒冢队长对他的冷酷无情。

剧中的大人物只有两个,一个是酒冢队长,他是花屋的同乡,但更重要的是他是花屋的"队长大人"。尽管他并不认为自己是一个大人物,但他确实可以操纵别人的命运,这也就促使他必须以一个大人物的思维来要求自己。他是皇军中的管理者,尽管位置不高,但却是万人之下,百人之上的人物,他必须用体制文化的思维来处理那些小人物之间的纷乱的事务。他不仅要处理一个炮楼之内的车马草料，还得处理花屋这个同乡给他制造出的与皇军及大日本帝国间的思维矛盾。而他又必须遵从后者以维护他这个大人物的地位，否则，他就不可能成为更大的人物。在成为阶下囚之后，他不再是皇军的奴隶，但却成了新体制的奴隶。在他曾不屑的中国军人高少校的面前，他没有丢失他奴颜婢膝的本色，也许皇军的战败对他而言并没有体制上实质的变化，这很好地说明了那些所谓的"大人物"本质上的奴性。

另一个大人物则是国民党将领高少校。尽管他在战场上与日本皇军不共戴天，他的亲人和一条腿都丢失在了日本人的枪炮之下，但在现实中，在日本战败之后，他却发现自己与日本皇军军官之间原来有着更多的可沟通之处，因为他们都是"大人物"。那么，他们有着共同的敌人，就是马大三之流。在酒冢队长的眼里，马大三是一个为敌人所不齿的本民族的败类；而在高少校眼里，马大三是一个破坏法纪、扰乱体制的不法分子，甚至是一个流氓。

而马大三的悲哀在于，他不知道自己的敌人是谁，他总是将自己的命运无条件地交给那些"大人物"，这也注定了他的悲剧命运。

但马大三在乡亲惨死之后，终于完成了在精神上从"小人物"到"大人物"的转换，尽管最后仍旧惨死在那些"大人物"的手下，但却摆脱了一个"小人物"在精神上的奴性与桎梏，而在自己的自由意志之下将渺小转化成崇高，将顺从转化为反叛，而这也反证出高少校等"大人物"在精神上的渺小与卑微。马大三的死使他完成了自身从小人物向大人物的转变，而花屋的活却注定了花屋永远是个小人物，与此相对，花屋的战刀成为他至死不悟的"小人物"的象征。日本的战败并没有使花屋改变"小人物"的思维方式，他不但没有摆脱小人物精神上的猥琐状态，反而在人性的昙花一现之后，又恢复了自身的奴性与卑劣，用自己的刀斩下了恩人的头颅。

董汉臣的死看似罪有应得，但细细想来，死却是一个小人物最好的结局。他没有如酒冢一样进入体制文化的可能，因此，这也注定了他将作为一个彻头彻尾的小人物出现。他没有发展，只有生存，但最终连这一点都无法保证，他具有一个小人物为了生存所具有的一切智慧与狡黠。这使他渡过了"我"的劫难，使他和花屋经受住村里人的盘问，使他和花屋摆脱了酒冢和日本军士的刁难，但最终没有逃脱死的结局。因为他是一个小人物，尽管可以在大人物设置的体制之下凭借自己的聪明混过一时，但最终还是成了大人物的替死鬼。没有人可以说他无辜，但却必须承认，他所做的不过是小人物为了生存所可能做的一切。而且，他也因此没有成为大人物的可能，甚至于连马大三那样的个人反叛对他来说都是不可能的。因此，他的结局最后只有一种，就是为那些大人物，为那些他甚至都不知是谁的人物牺牲掉自己最珍惜的生命。没有反抗，没有自尊，只有生存，最后却连生存也无法实现。

对一个民族、一个社会来说，小人物们到底是什么？小人物的生命中总有着一些不能承受之重。马大三总是将命运交给别人去摆布，总是力图摆脱掉强加给他的那些属于"大人物"的事业。而不能否认，一个民族总是更多地由这样的小人物构成。于是，在《鬼子来了》中，我们可以看到如同鲁迅做出的对那些以"小人物"为代表的国民性的强烈批判和辛辣讽刺。那些喜剧情节的背后无不透着作者和观赏者闪亮的泪花。他们活着是为了吃饭，为了吃饭他们学会了服从，因为服从而丢失了自己，于是，他们似乎成了一具具行尸走肉。于是，我们看到了一个民族的劣根性，看到了一面民族的镜子，看到了冀东平原上，乃至于皇天后土之间生活着的芸芸众生。

然而正是这些马大三一样的小人物，在面对真正的国恨家仇之际，敢于逞起匹夫之勇，抡起一把板斧，"伏尸二人，流血五步"，让那些万马军中的大人物脸上露出惊恐。也许马大三高傲的头颅最终被砍下的时候,那些大人物们又可以收回之前的惊诧,恢复平素的道貌岸然了。他们可以庆幸马大三这样的小人物无法改变这个由大人物主宰的世界,但总是忘记了,正是马大三这样的小人物的存在,规约着那些大人物的行为。不管八百里秦川造就了多少霓裳雅乐,却总有信天游高傲地流传。

不管大人物还是小人物,最终的命运都不免一死。小人物可以通过死成为精神上的"大人物",而体制里的"大人物"也可以通过猥琐的"活"而成为精神上的弱者。

二、《卡拉是条狗》:与刚性文化相争的黑色幽默

《卡拉是条狗》是悲剧还是喜剧?没人能说得清楚。蓝、黑的象征性基调,平淡而舒缓的叙述节奏都给人们营造了一种压抑而无奈的氛围。这是一个没有英雄,没有明确对立面的故事。观众所感受到的压力来自天空,来自大地,来自屏幕以外的一切。

老二是个地地道道的小人物。他以一条狗和一只看不见摸不着的无形的手做着抗争。这只手是作为体制文化出现的一种文化压抑。文化是由成功者和胜利者创造的竞赛规则和思维方式,老二没办法改变它。尽管老二在这只手的面前战战兢兢,但为了挽救他的卡拉,他必须以这种文化为工具进行抗争。但可惜,这种文化是由胜利者创造出来的,这种文化只能对他抱以冷冷的嘲笑。

老二是一个窝囊的男人,但绝不是一个坏人。这也就意味着他本身是在这个体制文化内存在着的一个人物。只不过这个人物是一个体制文化最底层的小人物,就像是一部宏大的机器上最小的、最卑微的一颗螺丝钉。这个社会对他的最大期待就是他能一辈子无声无息地在岗位上被碾压,直到"生了锈"才会把他替换掉。老二周围的一切都是这部机器上的零件,都是这部机器的象

征。一个修造火车头的工厂本来应该是男性气概的象征,但老二在这里不是什么叱咤风云的人物,只是一个最为普通的底层工人。他不是火车头,也不是火车头上的发动机,只是火车头上的一块再普通不过的,甚至是可有可无的螺丝钉。这本身就是一种与雄性相对立的象征。

在家里,女人执掌着家庭的大权——"这家里我当家",说明了老二的地位。在发生冲突的时候,老二不敢与妻子发生当面的冲突,最多只是在公厕里向着冷冷的墙壁怒吼几声,发几句牢骚而已。儿子虽说可以被他撕坏裤子,打烂屁股,但却在心底里瞧不起他,敢于在民警的面前露出对他的鄙夷。

在社会上,警察自然是权力与威严的象征,在他们的眼里,老二更是一个可有可无的人物。老二的百元大钞的"行贿"尝试以及通过假狗证行骗的伎俩更成为他的社会角色的标志。在警察眼里,他与狗贩子属于同一阶层,没有本质差异。

在其他相关者的眼里,老二也是这样一个身份。每个人都认为他是这样一个体制文化中的下层人物,如果他遵从着这种体制所制定的规则,人们可以对他表示适当的敬意,但如果他试图通过体制规则之外的方式来解决问题的话,那他连这样的资格也不具备了。

对于老二这样一个小人物,体制文化已经规定了他"应该"做的一切和他"不应该"做的一切。他的确有权养狗,但如果养狗的话,"应该"是为了养条良种狗来赚钱;如果他养狗的话,"应该"给狗办个户口;如果他给狗办了个户口的话,就会皆大欢喜。但他的经济状况不允许他给狗办个高价的户口,因此,他还是"不应该"养狗。也就是说,他的每一个行为都具有相应的条件,当他无法满足这些相应的条件的时候,他所做的一切就成为对这种体制文化的反叛,就当然地不为这种以社会权力面貌出现的体制文化所容纳。老二恰恰就不能满足那些先决的条件，因此，老二还是不能养狗。

而老二偏偏养了条狗，而且这条狗不是为了赚钱而养的良种狗，只是老二自己喜爱的一条狗。由于这破坏了他的身份象征，不管他以后的补救措施多么符合体制文化的要求，他在这种体制文化面前根据要求做了多少委曲求全的工作，他仍必然地被这个体制文化无情地摧毁。因此，这个社会上的文化习俗如同存在了几千年的无形的手一样牢牢抓住老二不放，它如同第二十二条军规一样成为无法摆脱的咒语。不管老二怎样哀号恳求，都无法改变自己的命运。

这些"应该"是什么？它以人们的理智的形式出现在生活中和剧情中。养狗本来没有什么，但有人可以养狗，有人则不能，老二不幸属于后一种。他没有养值钱的狗，没有钱给狗办证。因此，他的养狗行为本身就是一种"不理智"的行为。妻子是理智的象征，警察当然更是理智的象征，周围的一切人、一切说法都是理智的象征。除养狗和曾经打麻将以外，老二自己也一直认为自己是个理智的人，也就是一个体制文化以内的人，因此，他总是试图通过理智解决问题，通过理智的方式让他的卡拉回家。但他让卡拉回家的做法本身是出于不理智的原因，所以，他注定要失败。他的确有几次机会可以通过非理智的方式来解救卡拉，但最后都由于没有勇气与这个体制文化决裂而使非法方案胎死腹中。他试图以假狗证来救回卡拉，但在关键时候，他却掩饰不了自己的非理智行为而功亏一篑；他试图用私下的关系来以微小的代价解救卡拉，但却由于他没有反叛的勇气而归于失败。

那么，与此相应，卡拉是什么？它是条狗，但在老二的眼里，它是与理智相对的另一个世界，它是老二情感的寄托。我们必须注意，小人物在智慧上也许与大人物有所差异，但在情感上却没有分别。越是老二这样的小人物——一个被生活磨平了棱角的人,在感情上越需要一种寄托。如中国的亿万家庭一样,老二的家庭是以理智为基础存在的,因此,老二没法在家庭里找到这种寄托;老二的工作与志趣是相对立的,工厂的加班于他而言是一种理智上的慰藉和情感上的折磨。因此,用老二自己的话说,他"只能在卡拉这里找到尊重"。卡拉成为老二心目中唯一可以解释生存价值的一个精神世界。因此,卡拉在这里是一个符号,是一个象征,它的所指是一条普通的狗,但在老二那里,它的所指却是一个精神世界。

于是我们看到,在《卡拉是条狗》里,揭示出了后现代社会深处的一种矛盾,机器所代表的物质文明与制度文化对人自身精神世界的能动性的摧残。我们看到了社会文化对人类自身情感的一种压抑和背叛,看到了人类所谓的文明对人类个体的扭曲。人类个体的抗争总会被这个以工业文明为代表的文化的压迫碾碎。

老二试图用理智和对体制文化的遵从来化解自己心中的愁苦,但这种替代性的幻想却与自己的精神世界发生了严重的冲突,他买条狗妄图代替卡拉的尝试不但不能使自己摆脱困境,也不可能得到这个世界的默许。体制文化不允许人们像在自由市场里一样讨价还价,遵守还是背叛,只能选择其一。老二买狗的幻想也被代表权威的体制文化打碎。由于他身份的卑微,受害者与害人者一样被带进了派出所,因为在本质上,他们都是这个体制文化中的异己分子。老二这个痛苦的选择也被商业文明和物质文明击得粉碎。

个体的人与体制社会间的冲突,精神的人与物质的人的冲突构成了《卡拉是条狗》这部影片的主要矛盾。而且,这个矛盾无法解决,只能以悲剧的结果告终,揭示了后现代社会的悲哀。悲剧的特性就在于人无法摆脱上天所安排的命运,这种命运其实是理智的符号,人的意义则是通过个体的行为和这种命运做抗争。《卡拉是条狗》正是这样的一种悲剧。老二终究逃不出第二十二条军规的限制，只能哭笑不得地结束了这种命运与精神的争斗。如果说堂吉诃德与体制文化之间还可以采用个人英雄主义的方式进行斗争，《永别了，武器》的主人公还可以通过个人停战的方式拒绝与体制文化合作，老二连这些反抗的方式都无法拥有。因此，他不会有堂吉诃德那样多的笑料，不会有堂吉诃德那样的反叛，他不会有英雄主义的光环，他只有在体制之内的抗争，因此，他的平淡之中孕育着更大的悲剧。因为，他的悲剧效果在于：他是一个小人物，是一个历史上不会被记住，但在现实中永远占据大多数的小人物。

亮亮是导演为电影平添的一个老二的比较性符号，也是一个亮色。也许因为年龄小一些，他从一开始就没有同老二一样采取体制内的方式来解决问题。他始终是以一个反叛者的角色出现。深更半夜的出走、对父亲的窝囊和剪裤腿的抗议、对母亲所代表的体制文化的不满都暗示着他的性格。他最终以体制外文化的行动做出了对体制文化的叛逆行为，当然这种叛逆也使他自己付出了沉重的代价。在他与老二的关系上，则呈现一种微妙的对立，老二养狗这唯一的对体制文化的反叛并不让他看得起，他更看不起的是老二以"窝囊"的面貌出现的对于体制文化的压迫所表现出来的顺从与屈服。而老二的这种对体制文化表现出来的战战兢兢和渺小一方面表现为窝囊与猥琐，另一方面表现为站在体制文化的立场上摧残着亮亮的反叛。因此，老二既是受害者，又是害人者。老二既作为一颗螺丝钉被这部体制机器所压迫着，同时又作为体制机器上的一个部分压迫着别人。这种关系的揭示，加深了影片表现出的无奈。但亮亮的反叛如老二的顺从一样达不到目的，人们不知他的明天会怎样。

《卡拉是条狗》这个现代版的寓言以一种黑色幽默的方式对

以现代文明面貌出现的后现代社会做出了诠释和批判。老二这样的小人物只是现代社会机器上的一颗永远无法自我摆脱、自我改变的螺丝钉。小人物如此，大人物同样也是一个个零件，没有人能够脱离这部机器。

三、小人物寓言的启示

就传统而言，小人物没有资格构成悲剧的崇高，他们只能构成喜剧里的角色。但当人们开始通过关注他们来解读自己的时候，小人物走向了前台。如果说大人物的显著性是构成传统戏剧情节与冲突的重要元素，那么，小人物所代表的原生态的生存方式和背后所蕴含着的真实性则是小人物故事的核心。《鬼子来了》中黑白胶片的使用，冀东方言的运用，非职业演员的出现，都有意地增强着这种效果。《卡拉是条狗》纪实性的拍摄手法，长镜头的使用，深色的画面，调子的处理，都不过是导演为了模拟真实而制造的假象。它们都是为了把小人物故事讲得更好。

《鬼子来了》和《卡拉是条狗》的叙事线索都不复杂，复杂了就不构成原生态的故事。它们都是以简单的时间线索结构着故事。一种类似于纪录片的拍摄制作手法在两部电影中得到了广泛的使用。

"从哲学上讲，场面调度强调了存在的自由，而剪辑则倾向于强制感和必然性。"[①] 如果说蒙太奇的手法更适合讲述那些情节与冲突，更适合表现大人物相关的事件的话，那么，用长镜头讲述小人物的故事就再合适不过了，因为小人物故事中最能打动人的不是想象，而是真实。《卡拉是条狗》正是用了这样的方式来

---

① 游飞、蔡卫：《世界电影理论思潮》，中国广播电视出版社，2002，第209页。

讲述这个平淡的琐事。没有表演的夸张，没有无所不在的导演的痕迹，只有那种"这事随时都可能发生在我们身边"的印象和感觉。这就更让那些小人物成为地地道道的小人物，而不是人们刻意塑造出来的小人物。

那种类似于纪录片的纪实化手法不只被运用在《卡拉是条狗》中，在《鬼子来了》里面我们同样可以找到。黑白胶片的运用本身就是对当时的一种主观化模拟。这在《辛德勒的名单》中我们已经领教过。影片一开头，就用那个鬼子进庄的镜头段落给予这种风格充分的展示。而且，它也为全片定下了一个前提条件。导演似乎无意存在于片中，他让马大三等小人物在环境中可以充分地发挥，但真正打动人的却是"他们只能那样做，他们还有其他的选择吗？"于是小人物的形象被刻画得更加真实。

与《卡拉是条狗》所不同的是，《鬼子来了》中刻意制造出的喜剧气氛。这似乎让我们感觉到了导演的存在。但不要忘记，喜剧这种题材似乎天生就是为小人物准备的一个展现自我的天地。用这种方式来表现小人物的做法从古希腊时代到今天一直长久不衰。小人物作为茫茫人海中的渺小的一分子，他们有着最大的可能性，因此，他们也就拥有了结构喜剧的偶然性的最大可能性。喜剧式的手法对于小人物来说，是再合适不过的，这一点对我们来说倒是个启示。如果你想要讲大人物，你最好运用仰视的目光，于是，英雄人物便出现了；而如果你采取了俯视的角度，你镜头下面的所有人就都变成了小人物，他们会令你结构出最优秀的喜剧情节。

如果单从文学创作的角度上来看，我们可以为小人物的寓言总结出一些规律性的东西。真正成功地刻画了小人物的并不是喜剧，而是喜剧背后的悲剧，或者说以喜剧形式出现的悲剧。一种如《卡拉是条狗》中，小人物最终以丧失自己的个性即人的存在价值为代价换来了大团圆式的结局，但小人物的光芒也在此间一去不返；

另一种则如《鬼子来了》中，小人物最后找到了自己存在的价值，但这种价值往往同时导致了他们与体制文化的决裂，而这种决裂的结果是，他们的抗争因得不到社会意义的承认而使自身毁灭。这两种结构成为戏剧中、电影中应用了上千年的定式，但如果我们把它放到不同的社会背景中，放到不同的环境之中，永远会得到新的作品。

失语的狂欢

——新世纪央视春节联欢晚会解读

今年（2005年）中央电视台的春节联欢晚会似乎在不知不觉中落幕了，只有一个《千手观音》似乎留下了些反响。人们又有了一种被忽悠之后无奈的感觉。也许是受赵安、张俊以等的案件的影响吧，本来今年春节联欢晚会的宣传就格外低调，报纸上不如往年一样有大量的关于春晚的消息（当然也许是观众对春节联欢晚会的态度也开始淡漠了吧）。今年的春晚似乎比以往的哪一年都沉默，不禁让人想起一个词——失语。怎么就失语了呢？央视的春节联欢晚会走过二十三个年头了。还是那个演播室，还是那几张老面孔，还是念电报，还是假唱，还是倪大姐，还是让人笑不出来的相声和小品，还是十来个人的大联唱，还是几十人的伴舞，还是让我记不住节目和面孔（当写下这些文字的时候，我不得不把从报纸上剪下的节前炒作用的节目预告单放在桌前），这对于我这样一个搞过五年一线电视文艺工作的人来说，心里有种说不出的辛酸。

春天在哪里？我不知道，大概还停留在小朋友的心坎里吧，大人似乎已经离春天很远了——看着这样不知所云的春节晚会，我也不知该说些什么，我也黯然失语好久，不知该对春天说些什么。

二〇〇一年春节联欢晚会在全国的平均收视率降至了百分之五十以下（百分之四十三点二），而且在大中城市中的收视率降得更多。在央视高塔脚下的北京地区，它的收视率也不过百分之三十四点七；而在上海，则已经降到了不足百分之二十的百分之十八点九；在广州更惨，根本被挤出了节目收视榜的前十名。它只在北方地区，保持在百分之五十以上（沈阳百分之六十点七，西安百分之六十六点八）。[1] 这几年，情况也没有好转，仍然呈缓慢下降的态势。回过头来看，当年热闹的景象已经成了过眼云烟了，对于曾经从事多年电视文艺工作的我来说，心里也说不出是一种什么滋味。

一

春节联欢晚会本来是一个狂欢盛典，这个狂欢盛典的意义来自春节而不是晚会。过春节的含义是过年，是一个仪式，这个仪式包含着新与旧的更替，包含着希望的开始。它让过去的痛苦通过狂欢宣泄出来，尘封进入记忆，再让新的生命力与未来相融合，给狂欢的主体以梦想和冲动。20世纪80年代之所以通过春节联欢晚会人为地举行这样的仪式，就在于它可以满足这两个方面的观赏需求。它通过语言类节目的讽刺与幽默给予观赏者一个宣泄的机会，让人们的不满在笑声中得到虚幻的胜利。它的内核是真正地建立在观赏者的立场上或者说受众的立场上，让身心疲倦的人们得到一次平

---

[1] 王兰柱、肖海峰：《2001年央视春节联欢晚会收视状况分析》，载王兰柱主编《聚集收视率》，北京广播学院出版社，2002，第298页。

等的机会去宣泄。"人们之间这种不分彼此、不拘形迹的自由接触，给人以格外强烈的感觉，成为整个狂欢节的世界感觉的本质部分。异化暂时消失。人回归到了自身，人在人群之中感受到自己是人。"[①]它在本质上是对规定性的体制符号的暂时性消解。20世纪80年代春晚的受欢迎，正是基于这样一种立场的存在。观赏者在欣赏相声和小品的时候，通过替代性的满足获取了一种暂时的平等，压抑的情感获得了发泄的机会。实际上，这种仪式中平等化的诉求是利益的重整过程，是利益共同体自身创造的一种不同话语之间的对话方式。它通过戏谑化的外表消除了严肃对话过程中对话双方可能产生的直接冲突和失败。这样，它就使对话的各方都成为仪式的参与者。仪式是通过对暂时性的平等化的强调而强化同一利益体中的意识形态的同一性，即通过建立一种新的规定性的意旨过程消除基于个体的不同而产生的破坏系统和谐的无组织力（熵）。因此，仪式的本质是一种重新建立共同的意识形态的过程。因而，仪式的成功与否取决于能否通过它来找到共同的具有共同利益的精神基础，即它能否通过自身的力量起到协调的作用。所以仪式都追求等级的消除，20世纪80年代的春晚正是起到了这样的作用，从而建立起了新的仪式。

20世纪80年代以及九十年代初的春节联欢晚会的成功背后基于这样几个因素：以歌舞节目为形式的仪式外在形态，以语言类节目为代表的狂欢化内核，以历史的尘封与开启为线索的仪式结构性处理。

语言类节目是春节联欢晚会这个狂欢仪式的真正内容。弗洛伊德曾经指出："古罗马的农神节和我们现代的狂欢节与原始人的节日都具有这一基本特征。这些节日通常是以各种各样的恣情

[①] 巴赫金：《〈弗朗索瓦·拉伯雷的创作与中世纪和文艺复兴时期的民间文化〉导言》，载《巴赫金集》，上海远东出版社，1998，第140页。

放纵和超越在其他时候看来是最神圣的戒律告终的。然而自我典范包容了自我必定会默许的一切限制，因此取消这种典范自然便成了自我的盛大节日，这时自我再次感到自己得到了满足。"① 对于前现代社会的成员而言，节日是一次暂时性摆脱社会真实身份和社会秩序的仪式。因而在节日和庆典中，一切传统秩序形成的禁忌都可以被打破。中国婚礼仪式上的闹洞房、少数民族的赛歌会、美国的万圣节都通过特定的节日仪式取消了人们的社会身份界限，从而使社会成员参与到狂欢的过程。在中国的春节联欢晚会上，语言类节目中的小品与相声，同样是通过这样的方式来使全社会的观众参与到戏谑的过程中来。这种戏谑有两方面的含义：一方面是对政治禁忌的打破，另一方面是对社会日常生活中的伦理秩序的颠覆。

春节联欢晚会举办之初的一九八三年、一九八四年，中国还处于乍暖还寒的政治空气之中，政治领域和经济领域的许多话题还是日常生活中的禁忌（当时经济领域的问题也总是被视为与政治紧密相关的问题）。姜昆、李文华的《错走了这一步》（一九八三年），马季的《宇宙牌香烟》（一九八四年），姜昆、李金宝的《看电视》（一九八五年）等都涉及了社会上各个领域内的敏感性问题，节目中对"左倾"路线、官僚主义和社会生活中的阴暗面都有不同程度的涉及。尽管这只涉及皮毛，但至少这种禁忌的打破可以使观众得到一种替代性的满足。尤其在当时的环境下，只有在春节这样的特定气氛中，戏谑化的喜剧才可以作为主流话语被认可。② 因而春节联欢晚会上的语言类节目成了狂欢仪式中的出气筒，广大观众可以在这一特殊仪式上找到一种替代性的满足。而且这种

---

① 弗洛伊德：《集体心理学和自我的分析》，载《弗洛伊德后期著作选》，上海译文出版社，1986，第141页。
② 当时在电视新闻领域内的批评报道仍然是非常慎重的，1981年的全国电视新闻工作座谈会上，张香山局长明确指示："（电视批评报道）在数量上要比报刊少，这一点要明确下来，要规定下来……" 因而整个20世纪80年代初、中期，电视批评报道在内容、数量上都相对稳定，尤其是中央电视台。参见陆晔著《电视时代——中国电视新闻传播》一书。

讽刺在二十世纪八十年代末达到了高峰，相声这一艺术形式也达到了鼎盛阶段。姜昆与唐杰忠合说的《虎口遐想》（一九八七年）、《电梯奇遇》（一九八八年）对官僚主义的讽刺已经异常尖锐。姜昆应该说是市民阶层，即小人物的代表，他通过一种市民的平视视角来看待严肃的政治生活和经济生活，这本身就在幽默中消解了神圣，人们在姜昆等相声演员身上找到了自己对僵化的社会体制的发泄渠道，他们在仪式中暂时地找到了平等和解放。

小品在二十世纪八十年代虽然占了语言类节目的半壁江山，但其势头最多只能与相声平分秋色。它的讽刺更多地表现在微观生活方面。但二十世纪八十年代的小品同样可以使观众们参与到狂欢式的过程中。在一九八三年第一届春节联欢晚会上，王景愚的《吃鸡》使观众们通过这种喜剧性的处理忘记了同期文学作品中的伤痕回忆和同期的第四代电影中的小桥流水；在赵连甲、王刚的《拔牙》中，人们在笑之余也将自身作为小人物的无奈和酸楚暂时抛却一边。这期间尤其值得注意的是陈佩斯和朱时茂的小品，陈佩斯作为"小人物"的代表总是喜剧性地对代表"大人物"的朱时茂发出挑战和进攻，而且这种攻击总是凭借"小人物"的狡猾和灵活得以实现"精神胜利"。作为观众，不难从"小人物"的胜利中找到自己的胜利。《吃面条》（一九八四年）、《羊肉串》（一九八六年）、《胡椒面》（一九八九年）等"吃文化"的背后体现了中国人在二十世纪八十年代回归世俗的文化特征。

值得注意的是，相声与小品这两种艺术形式在二十世纪八十年代和九十年代的彼此消长。如果说在八十年代相声成为语言类节目中的领头羊的话，小品无疑在九十年代后来居上，成了春节联欢晚会中的重头戏。小品受到戏剧样式的时空限制，无法如相声一样随意地通过语言进行时空的转换。它所覆盖的社会面貌是个体的，是微观的，难以如相声一样全面地介入社会生活。因而相声在二十世纪八十年代中期开始达到高潮的时候，小品则成了相声的陪衬。以姜昆、马季为代表的以社会讽喻为基调的相声的批判功能在八十年代中后期被凸显出来，这与当时经济改革所引发的社会矛盾和兴起的社会启蒙思潮之间有着直接和间接的关系。它试图从宏观上引导社会舆论介入现实生活。这也使它的狂欢化色彩和替代性满足的功能充分地发挥了出来，当时的小品却无法承担起那么多的历史重任。但随着八十年代的历史在疲惫中结束，人们的视角从宏观走向了微观，从政治话语走向了经济话语和生活常态，小品成了央视春节联欢晚会中的当家菜。九十年代的相声中，姜昆、唐杰忠的《楼道曲》（一九九三年）已经被批评为"内容时代感不强，对现实的批判已不见了往日的锋芒"[1]；而此后的相声则由于讽刺的阵地全盘皆输，剩下的只有作者的自谑式写作和小品化的写作了。而小品在进入九十年代之后迅速走红，它以不同于相声的微观视角为无所适从的九十年代找到了生活的真实。它以一种微观的、个体的不介入宏观思想的话语体系为自己构筑起了一道护身符，也为观众提供了一种躲避崇高的精神窝棚。赵本山在一九九〇年以《相亲》一炮打响名声，宋丹丹也通过《懒汉相亲》在春节晚会上首次亮相，这两次"相亲"把小品从单纯的学院派表演中抽离出来，标志着语言小品时代的到来。它以个人化的琐碎化的小人物叙事取代了相声的宏大叙事，从而成为九十年代春节联欢晚会上的饕餮大餐。

但值得注意的是，这种转换的背后有着一种不可忽视的社会文化色彩，"一九九二年至一九九七年无疑是九十年代的主体性构成。这几年，思想进入多元开放范式，经济进入全民经商模式，文化出现世俗骚动和个体化倾向，整个中国成为一个充满欲望活

---

[1] 曹禺等：《金鸡唱晓话晚会》，《中国文化报》1993年1月29日。

力、充满机会和刺激的'场域'"①。小品的流行更多的是基于这种中国社会的转型,它取代了相声的讽喻性功能,但又与二十世纪八十年代的相声一样为观众提供着狂欢节上遮蔽现实的脸谱,为大众提供了一个打破身份界限的幻影式空间。因而,当相声的这种功能被削弱之后,小品随着九十年代初期社会皆大欢喜局面的消失而走向了矛盾的旋涡,试图填补政治和文化舞台的空缺。因此,我们看到小品在九十年代中期开始介入的社会文化色彩越发浓厚。如果说一九九四年赵丽蓉的《吃饺子》还带着前几年对于走入现代化甚至是后现代的全民幻觉的话,同年黄宏和侯耀文的《打扑克》则明显地表现出与八十年代相声相近的宏观视角。此后赵本山的《牛大叔"提干"》(一九九五年)、《三鞭子》(一九九六年)更是直面社会问题。

春节联欢晚会上的语言类节目为作为大众的观赏者提供了打破禁忌进行笑谑的游戏规则,晚会的煽情式的结构线索却试图为这种打破提供一个官方仪式的框架,而且希望将这种狂欢与意识形态话语整合起来,它的存在同样成为央视春节联欢晚会在二十世纪八九十年代成功的一个不可或缺的因素。赵忠祥以及之后的倪萍之所以成为央视春节联欢晚会上一道让人无法忘怀的风景,并非是由于他们个人的存在,而是缘于他们作为体制文化的化身与狂欢节的整合功能。在二十多年的春节联欢晚会中,我们看到的它不是那种欧洲中世纪时真正的狂欢节,而是带着浓厚的官方色彩的一道混合仪式。

将自认为旧的、已经不再具有生命力的东西尘封起来,再重新开启一片新的天地,因此,我们把它当作一个节日。这个节日的仪式化过程就是自我思想的调整过程。所有的仪式都是试图将不断地演变着的所指进行神圣化的处理,通过这种仪式赋予其固定

---

① 王岳川:《中国镜像:90年代文化研究》,中央编译出版社,2001,第4—5页。

的能指。因此，春节不只是一个时间上的概念，其同样也是一个与时俱进的能指的处理过程。春节联欢晚会的意义恐怕也在于此。

春节联欢晚会上总是有作为喉舌代表的新闻播音员赵忠祥以及姜昆、冯巩等娱乐界人士同台主持，这本身就带有体制文化与民间文化同乐的意义。赵忠祥等人总是微笑着默许着自身的身份被善意地笑谑，充分表现着一种对暂时性的身份丧失、秩序失效的许可。二者之所以能够被整合在一起而得到观众的认同，必然是因为二者之间有着共同的平台作为整合的空间。那么，这个空间是什么呢？它是文化的共同体。煽情的背后是对于时间的梳理，对于共同的时间历程的断代认可，对共同的文化走向的认同。

二十世纪八十年代的煽情首先表现在改革开放的时代质感上。"以新的文化气息，驱走了过去的文化禁锢和沉闷；以新的文化文明，替代了旧的文化陋习；从初始的吸引力，逐步转化成凝聚力，越来越焕发出社会主义的文艺事业的春色和光华，成为十二亿中国人文化生活的一种不可缺少的喜幸事，与相传千年的'放鞭炮''吃饺子'的民俗文化相结合，构成了中国百姓的一个一年一度的兴奋点。"[①]以改革开放为标志的现代化追求在二十世纪八十年代是全民性的共同追求，这种共同的取向将体制文化与民间文化有效地整合在一起，整合到一台春节联欢晚会上。每一年的梳理都是按照这样的主线在进行着。全民性的重要事件，如人口政策、体育金牌、春节坚守岗位的人们、海外思乡者的怀想、驻外使馆和民间团体的电报等都成为这种尘封岁月和继往开来的煽情点。

二十世纪九十年代以来，民族传统伦理的由头儿明显地增加了进来。在每年例行出现煽情高潮节目的"四分之三"处，一九八三年是刘晓庆的思乡情，一九八四年是张明敏的爱国情，一九八七

---

① 李谷一：《难忘今宵》，载杨晓民、陈亦文主编《难忘今宵——中央电视台历届春节联欢晚会大写真》，长江文艺出版社，1998，第125页。

年是《血染的风采》的战火情，一九八八年是台湾万沙浪的民族情，这些都是以民族文化的普遍性对全民性的情感进行整合。而到了一九八九年，则出现了韦唯《爱的奉献》中的伦理情。自此，时代感明显地让位于传统伦理，使其成了煽情的主线。一九九二年的主要煽情点落在了对水灾群众的关爱上，一九九三年则落在了施拉普那和体育精神上，此后，有马俊仁，有母亲河，有香港回归等。但不管以什么具体社会事件作为煽情点，其都具有几个特点——时代性、民族性、伦理性。在二十世纪九十年代，伦理性明显增强，时代性减弱了。这也说明了九十年代文化背景中，新权威主义和新儒家文化的提倡已经进入了社会的表象中。二十世纪八十年代的以时代前进为基础的爱国主义已经让位于以伦理认同和文化认同为基础的民族主义。

仪式通过对共同的历史认知和未来认知的强调来使仪式的参与者获得共同的身份指认，从而获得一种基于平等观念的归属感，并通过这种归属感加强参与者之间的凝聚力。春节联欢晚会对过去一年的社会问题的梳理，正是通过这样的方式使全国人民获得了一种历史认同，并从而获得新的共同的未来幻想。倪萍的煽情并不是单纯的煽情，而是属于透过人性和社会的思维角度对事件进行审视。因而春节联欢晚会上的以情动人在本质上是以人性化的思维对社会事件和当代历史的梳理。它是观赏者们共同认知的基础结构。港台演艺人士的加盟助阵也同样是通过这样的认知获得了双重功能，一是证明了中国在华人世界的中心地位，二是代表了通俗文化和大众文化在意识形态中的平等和解放。

歌舞节目本身只是狂欢节仪式上的道具和铺陈，它本身不具有实际的所指。在二十世纪八十年代初期茶座式的小舞台上，它居于一个次要的辅助性地位。在九十年代之后，我们可以发现，它的地位明显地被人为提升了。它似乎以宏大为形式，借以衬托九十年代以来中国形象的提升,以喧闹为能指,借以指向一个全民性的世俗尘缘。同时,在操作上,用这种没有具体意义的象征来掩盖社会现实中的多样性,歌舞节目成为餐桌上食之无味但谁都无法拒绝的美丽的萝卜花。这也预示着九十年代后期春节联欢晚会被消解成为没有神灵存在的神殿。

二

狂欢节终有落幕的一天,神灵并不总与我们同在。世纪末悄然来临的时候,暮霭中的中国大地被镀上的金黄色也将被黑夜褪去。黑夜与黎明交替的时候,不只是夜莺在歌唱,曾经被阳光晒晕了的一切都露出了自己的微笑。高楼饮美酒的人与流落在街头的人同样在守望着天上的月亮。黑夜为人们撕下了面具,人们在赤裸裸的真实中将狂欢节的笑谑扔到了脑后。春节联欢晚会也不再是那个可以暂时性打破等级的仪式了,它成了空洞的能指,而后面的所指消失了。

这几年的春节联欢晚会正是缺乏了背后的所指,难免呈现出这样的一种表象:它如同一个粉墨登场的大花脸,当走到台上时,却发现自己只是一个飘浮着的空壳,没有了自己的台词。

二十世纪九十年代的中国,社会阶层和利益群体迅速分化,大众已经不再是一个意识形态上的统一体,因而也就失去了共同的目标和情感诉求。随着意识形态功能的强调,这个仪式失去了其世俗狂欢的精神实质,而被一种表面宏大,实际空洞无物的叙事形式所替代。

讽刺与幽默不再被理解为一种可以达到世俗发泄的替代性满足的狂欢仪式,而被看作是一种影响稳定与和谐的话语权力之争,因而讽刺不再进入社会生活,必然只能演绎演员艺人们的身体自谑。赵本山的小品中不再出现《三鞭子》《送礼》那样让人流着眼泪大笑，能够让人在对腐败分子和官僚化角色的笑谑中找到替代性满足，而只剩下了《送水工》这样的为了搞笑而搞笑的无聊之作。黄宏的作品不再有《超生游击队》①里小人物的不幸与不争的情感真实，而只剩下两个生日相同但地位迥异的男人之间的乏味游戏。悲剧、喜剧已经演变成为闹剧。"这个小品完全脱离现实生活，闭门造车，经不住仔细推敲。小品本来是要反映一种真诚，但是由于创作者们矫情滥情，把人物毫无节制的拔高美化，使这个作品看起来虚头巴脑，禁不住品味。"②晚会开头的群口相声简直如同幼儿园大班学生所做的动物游戏，单纯通过语言的巧合来构筑文字游戏，没有一句话能够言之有物。对社会问题的回避使晚会无法产生出成功的作品，也无法让观众通过情感的宣泄来找到暂时性的身份超越，因而自然不会将自己视为晚会的参与者，而认为自己只是被充分冷落的陪客。对社会问题的回避也使这种仪式由广场式的大众狂欢重新异化成为官方仪式。"节日成为既有的、获胜的、占统治地位的真理的庆祝仪式，这种真理是以永恒的、不变的和不可违背的真理姿态出现的。同时，官方节日的气氛也只能是死板严肃的，笑谑的因素同它的本性格格不入。"③

　　基于共同的历史与过去一年的大事的梳理也因不能找到历史书写的共同原则而难以找到共鸣。本来二〇〇三年是一个对于国家和民族来说不乏大事的一年。抗击"非典"期间表现出来的集体意志的升华、"神舟"五号飞船的载人成功都是极为有利的契机。但由于总是试图回避它们与现实之间的必然联系，这些共同的历

---

① 虽然黄宏、宋丹丹的《超生游击队》实际上是1990年元旦晚会上的作品，但由于它的影响力，其被视为二人的经典之作，常常被误认为是春节联欢晚会上的作品。但其功能、风格与主题与春节晚会的节目并无太大差别。

② 杨建：《猴年春节晚会的伪情感》，《杂文选刊（下半月版）》2004年第3期。

③ 巴赫金：《〈弗朗索瓦·拉伯雷的创作与中世纪和文艺复兴时期的民间文化〉导言》，载《巴赫金集》，上海远东出版社，1998，第139页。

史文本无法得到相同的解读方式,只能是蜻蜓点水般的点到为止。缺乏对人性的基本认同,而且有意无意地回避着真实的人性化的理解基础,于是,那些历史事件便只成为形式主义的空洞说教。由于缺乏普适性的人性化视角,作为观赏者的大众成了历史的旁观者而不是参与者。

春晚导演袁德旺的一句话已被当成名言来传播,他说:"其实春节联欢晚会只不过是比平时的电视节目明星多一些,时间长一些,工作人员多一些,仅此而已。"因为春节联欢晚会的所指已经丧失,因而它只能让人不知所云——它的失语也在意料之中。

三

二十世纪八十年代国家权力话语、知识分子话语和大众话语这三者之间有更多的利益和导向可以成为共同的话语基础,这种共同的目标导致了共同的利益和追求。八十年代相声的走热正是这种话语结盟的突破口。进入九十年代,这种话语基础不复存在,仪式无法真正地将几种话语协调起来。春节联欢晚会在由民间的狂欢仪式向官方仪式转化的过程中,刻意回避着话语的沟通。一方面,它回避着与知识分子话语进行直接的沟通,试图掩饰其他话语的存在。但另一方面,春节作为一个中国传统的狂欢仪式又要避免话语之间的直接对抗,观众无法通过观赏过程参与到仪式中来,因而丧失了仪式中对话的真正功能。广大观众无法通过笑谑性的讽刺得到替代性的满足,无法通过对历史的梳理获得文化的认同感,浮华的气象反而成为对观赏者的话语示威。

狂欢节的参与者通过仪式来获得暂时性的身份平等,但这种平等基于社会生活中的一种沟通与对话的文化共同体。仪式作为一种符号,它的基础是共享性。在丧失了共享的基础之后,沟通必然成为痴人说梦。断裂之后的经济基础不再拥有二十世纪八十年代的全民启蒙的努力,也不再拥有九十年代上半期的全民经济幻觉。那种为全民提供暂时性身份消解的仪式自然会丧失它的功能。一些人不再相信自下而上的嘲弄的善意态度,另一些人则不再相信那些仪式会给自己提供这样的替代性满足。于是,在进行了共同的《昨天今天明天》的怀旧之后,人们找到的是属于各自的、彼此断裂的未来舞台。

夹在这些话语之间的春节晚会在顾此失彼之中失去了自己所能提供的对话的功能,所提供的虚幻都在真实面前显示出苍白的面容。仪式还在,但仪式上的糕饼都成了纸糊的赝品而无法让参与者分享,于是,仪式本身也将成为供后人凭吊的木乃伊。

时代的所指永远存在,永远不会有全知者将能够表达的思想完全说完。尤其是在这个浮云涌动的时代里,一个飞速变化着的中国永远有唱不完的歌,永远有说不尽的故事。但当谁来讲述故事、讲故事给谁听、故事本身含义的解释权归谁都成了悬案的时候,故事只好被尘封进厚厚的教科书里。电视的魅力永远来自屏幕背后的人间,其只不过是对于客观真实的生活做出符号化的处理。刻意地远离这个所指系统,自然会失语。不敢直面生活,不敢面对时代,只是想用一道道绚丽的彩带屏蔽生活的真实才是问题所在。

当新儒家、新权威主义的幻觉被东南亚金融危机打破,当二十世纪九十年代末期的社会问题浮出水面,体制话语面临着来自各方面的诘问。但沉重的负担使其无力在意识形态上做出有力的回应,于是试图如松鸡一样一头扎进雪地里,采用一种屏蔽能指的方式来试图掩盖下面的所指,这种思维通过各种渠道成为央视的思维方式。

因为当所指消失之后,那些漂浮的能指自然会变成无源之水,变成言之无物的伪仪式。言之无物,自然也就失语。真的希望春节联欢晚会能够找到自己的表达。

刀郎的歌儿唱给谁听？

窗外白雪飘飘，新的一年终于又开始了。回首二〇〇四年，各种文化现象中大概都少了一个叫刀郎的人和他的歌。想到这个，忽然间耳边不由得又回响起刚刚在出租车里和发廊里听到的旋律。

刀郎的走红让圈里人和圈外人都深感意外。人们不明白一个身处遥远边陲的不知名的歌手何以在一夜之间红遍了中国，而且他唱的歌中只有为数不多的几首是原唱，其他的都是些翻唱的老歌。刀郎的经纪人李松强这样解读刀郎的走红："刚开始是三十岁到四十岁之间的人在听，他们有强烈的怀旧情结。刀郎的音乐很适合在车里放，适合在去新疆的路上听，后来在网络上也很流行。这不是我们做的，我们根本不知道网络上的推动，这样年龄稍小的人也来听。"[①] 这里面说得明白，刀郎的歌最先是在其同龄人中开始流行，而后又得到了社会的认可。他的同龄人是些什么人？他们为什么爱听刀郎的歌儿？个中原委，本文只能做些仁者见仁

---

① 吴虹飞：《刀郎走红：2004年最稀里糊涂的一场雪》，《南方人物周刊》。

的解答。

刀郎的同龄人是谁？用李松强的话来说是"三十岁到四十岁之间的人"。这些人是谁？正是一九六六年到一九七五年出生的一代人，换言之，他们是出生在"文革"中，成长在改革开放话语里的一代人。他们是在二十世纪九十年代陆续走出校门，已经从青年走向中年的一代人。

一、历史与真实

怀旧的主题也许对刀郎的同龄人来说太早了一点，但在刀郎的歌里的确是出现了，其实细细想来，也许人到了这样的年纪自然会出现怀旧的想法。俗话说，人过三十天过午，怀旧也算正常，但对于每一代人来说，所怀之旧却大不相同。

所怀之旧便为历史，历史的文本在每一代人中都有自己独特的解读。因而当上一代人已经正式分裂为自由主义者和新左翼的时候，分裂为下岗工人和私营老板的时候，分裂为掌权者与被领导者的时候，这一代人却在苦苦维系着作为一代人的共同价值。因而在刀郎那些怀旧的歌曲中，我们看到了一种奇怪的现象。"刀郎们"在歌唱着《萨拉姆毛主席》的同时，又在以另一种豪情吟唱着"十月里，响春雷，人亿神州举金杯"，而且在这些充满神圣的革命歌曲中还同时"大不敬"地夹杂着"如果那天你不知道我喝了多少杯，你就不会明白你究竟有多美""我梦中的情人，忘不了甜蜜的香吻，每一个动情的眼神，都让我融化在你无边的温存"之类的灵与肉的放纵。这正是其他代际所无法理解的一面，在传统学者或者是观察者的眼中，三者的情调和思想意义以及艺术风格是那样不同，难以熔到一个炉子里，但刀郎竟真的将它们用一种苦涩的声音连接到了一起。

那么是什么使"刀郎们"形成有机的整体呢？是记忆与历史，是不带有社会能指的预设的个人化的历史真实。

也许别人无法弄懂刀郎这一代人对于红太阳的歌颂。毛主席给予他们的只是童年时期一种淡淡的印象，他们对毛主席最深的记忆不过是毛主席他老人家去世时隆重的悼念仪式和随后而来的新时期对于毛主席晚年错误的批判，以及二十世纪九十年代重新谱曲配器的《红太阳》歌谣了。他们出生在红旗下，出生在一个中国最"红"的年代里，"文革"的记忆虽说不算太深，但对于他们来说并没有恍如隔世般陌生。"文革"在他们的潜意识里留下了不可磨灭的印象——起码他们曾经知道"革命"是怎么一回事儿，只不过还没来得及进行思考，又一个新的时代来临了。因而童年时期的记忆经常成为他们潜意识中无法忘怀和无法摆脱的一种情结。抛去人们对这个时代的能指式的理性思考，仍然会留下许许多多难以抹去的理想主义和英雄主义的感性认知。

但他们成长在改革开放的年代，所以《祝酒歌》同样成为他们心目当中无法割舍的一个时代怀恋。在粉碎"四人帮"之后，满街传唱的李光羲版本的《祝酒歌》是一个时代的标志。那是一个以奋勇的激情迈向现代化的时代。"为了实现'四个现代化'，甘洒热血和汗水！"在这首歌里，刀郎怀念的并不只是一个旋律，他正是看到了这个时代与上一个时代相通的一种激情与豪迈。那是一个举国"拨乱反正"的年代，是一个欣欣向荣的年代，是一个吹奏着向科学进军号角的年代，是一个播讲着春天的故事的年代。这个年代里，"刀郎们"的思想正在形成和滋长，自己的意识正在形成，形成在这样一个理性复归的年代里。这样就注定了他们的一生都无法摆脱时代所赋予的一种前提预设。向现代化迈进的节拍将与他们的一生相伴。虽然在二十世纪九十年代，《祝酒歌》开启的宏大叙事轰然倾倒，这个时代的精神也随之宣告结束，但其已作为一种记忆永远地留在了一代人的青春之中。他们将这首歌用岁月尘封起来，倒进酒坛子里，再贴上封条，盖上印章，任其发酵滋长。直到有一天，一个叫刀郎的人将封条启开，又饮起这坛酒。

但正是在这个时代，个体化的记忆开始了，在《祝酒歌》唱响了之后，一幅绚丽的图画也被打开，个体的记忆开始出现在民族的集体的记忆之中。因为爱情、友情都会伴着春天萌生，伴着春天成长。与以往的知青兄长们不同，只有他们的这种个体记忆是真实的，是可以远离意识形态标志的。兄长们即使有过一些属于自己的个体人性的回忆，但那些绽开的花朵生长在严酷的冬天里，总是被冬天永久地冻结，不会再被现实唤醒。而"刀郎们"的个体的记忆却总是在他们的内心之中不断地被寻唤。从校园歌曲到影视插曲，从港台歌曲又到摇滚乐，再到校园民谣，这一代人正是在流行歌曲中长大。那些流行歌曲一方面帮他们消解了神圣，远离了经典，逃避了现实生活的体制话语；另一方面也不断地为他们唤起对爱情、友情、乡情的纯真向往。因此，刀郎的歌中才有那些传统的歌颂友情、爱情的民歌与流行歌曲。

刀郎是如何将这些歌曲夹杂于同一个人的演唱之中？是利用了个体回忆的真实。在二十世纪九十年代里，人们不再通过能指自身之间的关系来试图构筑和解释这个社会，而是更加希望直接指向所指，对宏观理念的学理式关注转化成个体生命体验的实现。因而，真实成了一种人们去伪存真的普遍式要求。尤其是对这一代人而言，他们的童年、少年和青年时期被人无意中推进了几个相互矛盾的时代之后，发现唯一真实的只有真实自身。因而他们必然地向它追问，但在真实自己做出了模棱两可的回答之后，他们只能寄托于个体体验的实在与真诚。

王岳川教授在论述二十世纪末走出校门的这一代知识分子时，

曾写道："这一代生活在'政治风波'之后。世界格局冷战和后冷战状态，以及商品经济、市场经济大潮的冲击，使他们尚缺乏完全统一的自我形象塑造意识，在光怪陆离、杂色纷呈的转型社会现实面前，逐渐抛弃了热情的理想，而又片面总结了前面'六代知识分子'的痛苦的历程，而变得更具有自由性，更加中立化。"[①]这种中立来自一种对传统符号系统的反叛，它的标志便是真实的起点。这里，他们试图摒弃传统对于歌曲诠释中能指和所指系统中的强制性规定，而用自己个性化的观点来阐释自己真实的经历和感受。他们对任何时代和任何历史都采取平视的视角。"真正让刀郎走红的还是今年一月出版的专辑《2002年的第一场雪》，在这张专辑里，他说：'2002年的第一场雪，比以往时候来得更晚一些……忘不了把你搂在怀里的感觉，比藏在心中那份火热更暖一些……'那样一种洋溢在字里行间的平民情绪与悠扬的民歌，感染了很多生存在现实生活的人，因为在刀郎的音乐里，他们发现音乐原来可以如此接近生活。"[②]

刀郎对《红太阳》的回味与十年前重新唱起的《红太阳》已然不同，这里已经没有了对红太阳那种真诚的向往和美好的回忆，用苦涩的腔调来吟唱伟大领袖在当年起码会被认为是不可思议的。刀郎有两首歌歌唱毛主席。在《萨拉姆毛主席》中，人们已经难以感受到对领袖的崇拜与敬仰，人们感受到的是自身对那个时代的回味。它并非是"毛主席的书我最爱读"或者"东方红，太阳升，中国出了个毛泽东"一样的绝对崇拜，我们能够看到的，一方面是对以领袖为代表的英雄主义的空洞怀念，另一方面是对领袖平民化的歌颂。与其说是理想主义时代的大同式的幻觉，不如说是一种平民化的情感自慰："今天晚上我就要，骑上毛驴去看你呗，

---

① 王岳川：《中国镜像：90年代文化研究》，中央编译出版社，2001，第62页。
② 李立：《和刀郎一起扛刀平民歌手遭遇巨大争议》，《华商报》，转引自人民网娱乐评说版块。

到了北京见到你，我就说毛主席哎来来来，普天下的人民都爱你耶。"另一首歌是《新疆好》，在这首歌里，实际上毛主席的形象只是作为一个主题的背景存在，《新疆好》的主题是豪迈的乡情。

当年之所以封存《祝酒歌》是因为人们刚置好了酒席就又急着要去赶路了——"征途上，战鼓擂，条条战线捷报飞。待到理想化宏图，咱重摆美酒再相会"。于是这首歌就成了从理想到宏图的过程中的一种回忆，或者说是一个起点。如果在轨道中仍然奔忙的话，人们不会想起它，人们之所以想起了起点，正是因为人们对终点感到彷徨和困惑。一代人把现代化作为自己理所当然的理想和追求，并且伴着这些号角成长起来，当他们真正走进了这个时代的时候，却忽而发现尽管"征途上，战鼓擂，条条战线捷报飞"，但这些并非是少年时代的理想宏图，那些美酒亦非香醇可口，而是掺了水和甲醇的假冒产品。经济的现代化发展突飞猛进，但整个社会并未如当年的想象一样走在同一个旋律上。20世纪90年代以来，在经济以百分之七的速度增长时，社会问题最为错综复杂，社会人群分化，思想的混乱搅乱了当年的梦想。在粉碎"四人帮"过后，20世纪80年代那种全景式的、全社会式的高歌猛进永远地走进了历史教科书。刀郎想起了它，也使人们重新认识它。刀郎忧郁的气质、沙哑的歌喉与当年李光羲的高亢激昂的情绪截然不同，里面带着太多酸楚。但那种回忆毕竟是一种真实，而这种真实同样是对现实的一次叩问。

"停靠在八楼的二路汽车，带走了最后一片飘落的黄叶。2002年的第一场雪，是留在乌鲁木齐难舍的情结。你像一只飞来飞去的蝴蝶，在白雪飘飞的季节里摇曳。"这种真实并不包括社会的真实，而是一种个体体验的真实和个体情感上的真实，是一种力图摆脱能指的随意性，而对所指进行复原的真实，是记忆的真实，是感性的真实。因此，它追求真实的爱情（《情人》），追求真实的友情（《驼铃》《怀念战友》),甚至于只是追求一种莫名的感觉的真实(《北方的天空下》《雨中飘荡的回忆》),或者一种心灵感悟的真实(《送别》)。

每一个时代在他们的心目中都是真实的,都是感性的,尽管这种真实在其他代际的人看来并非如此,但却都深深印在他们生活的足迹之中。这是在传统的能指符号被解构之后的一种残酷选择,是一种前不见古人,后不见来者的孤独中的自恋。试图用任何一种现成的理论和观念来进行必然性考证的努力在他们身上都将徒劳无功。因为他们早已厌倦了对空洞的能指对应关系的假定和指定。因而他们是自由的。"关于生命存在的焦虑和关于生命终极意义的探寻,在六十年代的人身上就变得相当严峻了。因为中国社会、历史与家庭的特殊情形所致,这一代人自有意识以来,便无可避免地走上了一条寻找自我、确定自我、建构自我、表达自我的不归之路。……第六代人必须终其一生以'我'的面目来完成其属人的使命。"[①]刀郎的歌正是力图做出这样的一种解构,将人们传统的符号从对应关系中脱离开来,将音乐还原为音乐,将感觉还原为感觉,将心情还原为心情。从能指系统来看,那些内容是冲突的,但在情感轨迹上,它们却是真实存在的。但它们也许只属于这一代人,属于历史上特定的这一代人。

"特殊的时间体验使他们成为一群既精通时尚,又能与历史对话,既沉醉于网上冲浪,也能被流传于父辈的一首老歌触动情怀的,穿梭于今昔之间的'中间人'。"[②]虽然这句话说的并非刀郎,形容的对象是新生代的导演们,但他们与刀郎是同一代人。从广义来看,这一代人对真实似乎有一种独特的关注,他们关注真实电影,

---

[①] 刘广宇:《自由地书写与沉重的影像——中国电影第六代的精神素描》,载陈犀禾、石川主编《多元语境中的新生代电影》,学林出版社,2003,第259页。
[②] 石川:《代群命名与代群语码》,载陈犀禾、石川主编《多元语境中的新生代电影》,学林出版社,2003,第239页。

关注纪录片，关注新闻更甚于关注艺术；他们关注着形而下的物价、时尚、住房、科技发展；他们关注着物质领域与精神领域内的一切与真实相关的东西，因为在他们眼里，"圣人之道无异于百姓日用"。因而他们对"心"的重视远远大于"理"，因而平民化的色彩在他们眼里是再正常不过的。

二、放逐与出走

这一代人生活在一个前所未有的真实的时代里，他们是中国真正参与了从前现代走向现代的一代人，但在不知不觉中，在他们还渴望着现代性的完善与发展时，却有人已经开始对中国进行后现代的描述。这种后现代的描述倒是很符合没有经历过前现代的一代"新人类"的胃口，也更容易为比他们更早的一代以虚妄代替真实的幻想狂人们所接受，但这一代人，比以往的任何一代人都崇尚真实的一代人，却不得不陷入悲哀之中。正是童年时期的英雄主义和理想主义教育所形成的潜意识与改革开放年代里形成的意识之间的对抗，使得精神上的分裂成为存留于这一代人内心深处的一道无法愈合的伤痕。正是这道伤痕形成了寂寞、出走、怀旧、感伤等多重主题。

于是一种莫名的悲哀浮上了心头，因为看不到前路，又拒绝放弃自我，他们只好将头转向了异域，转向了并不遥远的过去。但需要注意的是，这些人对这种现实的表述并非是抗拒的，他们并不会直接诉诸对抗，而宁肯选择转过脸去的做法。"和早年的朦胧诗一样，崔健现象实质上是一种精神现象。崔健作品中有强烈的社会责任感和社会批判意识，和崔健类似的真正意义上的人文歌手还有很多，比如薛岳、罗大佑、张洪量、黄舒骏、陈升等。他们都在音乐中强调人的尊严和价值，他们作品中社会学的意义往往大大超过其美学的意义。和他们相比,刀郎显然两者都不具备。"①

刀郎的拥趸是思想与行为相背离的一代人,更为重要的是他们是能够认识到自己的思想与行为相背离的第一代人。如果说中国人可以真正抛弃乌托邦的话,那么,恐怕要从他们开始。恐怕除20世纪20年代成长起来的中国知识分子之外,没有人敢于在正规的科学性思维训练上与他们相比。这是中国经过了正规的小学、中学和大学教育的第一代人,而且是经历了中国特色的最为激烈的高考独木桥竞争的最后一代人(他们恐怕还是中国最后一个也是最为辉煌的一个生育高峰的产物。如果说中国的前现代与后现代社会,或者说古代社会与现代社会之间有什么无法割断的联系的话,科举/高考制度无疑可以算是一例)。当跳出政治一元化的思维之后,在泛政治化的时代结束之后,英雄主义也随之成为人们的笑料。

新生代的足迹是清晰的,但他们的思想却是中国目前几代人中最为复杂的。这一代人走过了接受英雄主义和集体主义教育的童年,经历了个体价值得到弘扬的、狂飙突进式的青年,但当他们满怀憧憬地走进社会的时候,却发现,20世纪90年代的对英雄主义与理想秩序的消解已经蔚然成风。这也注定了他们将成为理想和实践相背离的一代,他们缺乏将理想化作现实的勇气,但仍然无法忘却理想这盏明灯在童年时期留下的光亮。他们都已到了而立之年,但无法真正地自立于中国当世。尽管在某种程度上,他们被看作是最幸运的一代。

在经济领域内,这一代人是幸运的,尽管在社会生活中处于话语霸权地位的是知青一代人,但那些话语只来自那一代人中的佼佼者,而更多的声音被社会所遗忘——不要忘记,当今中国城市中的下岗者、失业者、离婚者、弱势者大多是当年的知青哥哥

---

① 翟佳:《刀郎问题研究·拉郎配——刀郎动了谁的奶酪》,《北京娱乐信报》2004年08月07日,转引自搜狐网。

姐姐们。新生代的弟弟妹妹们普遍成为成功者，他们当中，虽然大富大贵者不多，但却多数达到了小康，大老板不多，但小老板却不少，外资公司的中上级白领多属这一代大学毕业生。

然而与刀郎同时代的他们却成为在历史夹缝里生存的人。他们的意识是现代的，他们的潜意识却是前现代的；他们的服饰是西方的，他们的血统却是中国的；他们的目光是西方式的，他们的理性来自西方，但他们的感性却来自古老的中国传统，甚至于他们的这种传统比起他们的前辈们更加清醒。重要的是，他们自己知道这一点。他们不会像胡适一样嘴里喊着自由解放，却一辈子与一个小脚老太太为伴。他们在择偶中也许会屈从于社会，但自己绝不讳言。

不能忽略的一点是，他们与他们的父母隔离着知青一代的中国人。根据许纪霖先生的观点，他们是"后'文革'"的一代，但他们的父母却是"十七年"的一代。他们从父母一代那里继承的是中国的或者是东方的传统价值（二十世纪"十七年"一代人本身就是知行不合一的一代人，但在传统伦理方面却是保守的一代人）与对西方科学的思考方式的追求。那一代人试图在共产主义与社会主义的口号下将东方伦理与西方理性相统一，希望将西方科学与中国特色相统一。这也造成了他们的儿女们的反叛必然从二者的分裂入手。于是造就了百年前他们的曾祖父辈所幻想的体用分离。只不过这不是出于自觉，而是出于无奈。他们在理性的选择上都会遵照着现代理性原则，但在感性的层面上，在伦理的角度上却会更多地遵从于中国的传统。在《长大成人》这部新生代的自述式的电影中，我们可以看到，作品的主人公在求学、出国、赚钱等方面都在遵照当代社会的思维方式，或者说利益导向的选择方式，但在对亲情、友情、爱情等各种情感，甚至于对待毒品的态度上，却一直无法摆脱中国传统的伦理价值的影响。而且重要的是，作品主人公在寻找"朱赫来"的过程中,一直是将东方式的集体主义和理想主义作为集体潜意识来时刻提醒自己。

因而这一代人对中国传统文化并不反感,对西方文化也普遍关注。但"中学为体,西学为用"的方式毕竟在有些时候行不通,这就有了刀郎歌声里的矛盾:一方面,他会在二〇〇二年的第一场雪飘落时追求爱情;另一方面他也会用同样的歌声赞颂《艾里甫与赛乃姆》中那中世纪情调的超越地域的故事。

他们是第一代知行无法合一的盛世宠儿。他们的哥哥姐姐在知青岁月里经受意志的考验和灵魂的拷问时,他们还太小,老知青们在改革开放中突飞猛进、创业腾飞的时候,他们待在学校里读书,这一切都让他们感到英雄无用武之地的无奈和孤独。但当那些兄长们指责他们是小资的时候,却委屈地发现,弟弟妹妹们已经不屑于他们的保守和中庸。因此他们必然是孤独的,是寂寞的。

"对于他们来说,真正的目的只有一个,那就是'出去',从一切有形和无形的体制中脱离出去,成为一个体制之外的漫游者——边缘性的个人。"[1]出走一直是这一代人的一种冲动。其实出走不过是解决他们意识与无意识之间对立的一种方式。他们一直成长在一个高度体制化的社会之中,一个高度的理性话语世界霸权之中,随着动荡年代的结束,新的体制话语开始建立,无论是中国传统的伦理(以家庭伦理观念重新得到尊重和高考制度的恢复为代表),还是来自西方的商业理性都开始复兴,都在他们的少年时代成为主流话语。但另一方面,西方人本主义观念的引进,个人自由和个人奋斗精神的提倡,又使他们成为新中国能够在感性认识上接受自由思想的第一代人。在他们纷纷步入社会的20世纪90年代,他们面对的是一个完全被商业话语所操纵着的雄心勃

---

[1] 葛红兵:《非激情时代的暧昧意象——晚生代小说的主题》,载《世纪论语——〈文艺争鸣〉学术论文精品(珍藏版)》,吉林文史出版社,2000,第211页。

勃的新的科层体制,这就造成了他们理想与现实之间的激烈冲突。"我自说自话简单的想法,在你看来这根本就是一个笑话,所以我伤悲。"于是他们总是在潜意识里试图出走,走到理想的国度。

刀郎自身的神秘性本身就来自这样一种出走,因为他来自新疆,因为他是一个为了爱情从体制文化中出走的人。他不是来自体制文化的中心,也不来自政治话语和传统话语的中心北京,更不是来自商业话语盛行的上海,距离开放话语的中心广州和香港更为遥远。这样,他本身就形成了一个文化符号,是一个从体制文化中心出走的叛逆的符号象征。这给大多数在两种身份之间苦苦挣扎的都市白领提供了广阔的想象空间,他们虽然无数次在内心中出走,但却在现实的都市中无法迈开脚步;他们希望能够实现童年时的梦想,但却只能借助于文艺提供的麻醉剂来使自己在幻觉中实现梦想。正如老猫在《生于196×年·自序》中讲的:"很多小时候向往的东西现在就摆在面前,像一伸手就能拿到。可真一伸手,却发现仍离得很远",于是"我们正不可遏止地滑向我们曾拼命抵制的世俗生活的圈套。男人们在一起谈生意,谈人事关系……女人们在一起谈化妆品,谈孩子",但在心底上却又"不愿随波逐流,(不愿)在匆忙中迷失,在疲惫中迷失,甚至是在内省中迷失"。因此他们在百忙之中能够为刀郎的歌声所感动。刀郎的出走可以使那些未能出走者得到一种替代性的满足。这种出走是从旧的政治科层式的制度文化中出走,是从新的商业科层式的制度文化中出走,是从自己无能为力的话语中心中出走。刀郎曾经自述:"16岁时我就出去了,到西安、西藏、海南、广州演出,我在成都待得并不多。那是一段经历,我现在越来越发现,做音乐与做音乐的人(个体)关系越来越大(深)。"[1]

然而出走之后去寻找些什么?一方面是去寻找童年时期并不

---

[1] 何树清:《一夜成名的神话——刀郎为什么这样红》,深圳新闻网,2004年08月24日。

遥远的记忆,另一方面是去寻找不受任何体制文化影响的真实。当他们厌倦了虚伪的"你爱我有多深,月亮代表我的心"这种爱情诺言之后,向往的是"我寻遍天山南北我要找到你赛乃姆,不管是跋山涉水历尽千辛万苦""夜莺歌声在每个夜晚都会陪伴她,我的琴声却飘荡在遥远的巴格达"这样古老而简单的爱情。这种向往本身也就意味着一种脱离于体制文化的精神流放,当然也可以被看作是一种如屈原一样的话语逃避。他们的故事前所未有,因此只有自恋和封存。因而他们喜欢今天的夜晚和昨天的阳光。"你是我的情人,像玫瑰花一样的女人,用你那火火的嘴唇,让我在午夜里无尽地销魂。"[1]"那夜我喝醉了拉着你的手胡乱地说话,只顾着自己心中压抑的想法,狂乱地表达。我迷醉的眼睛已看不清你表情,忘记了你当时会有怎样的反应……"[2]他们在夜里是世俗的,在白天却是高雅而刻板的。在白天里,他们的记忆是关于童年的,是关于阳光的。因而他们也希望通过自我的真实来获得人生的体验:"忘不了把你搂在怀里的感觉,比藏在心中那份火热更暖一些。"

三、现代与后现代

然而再听刀郎翻唱的歌曲,却是另一种感觉了,不只是因为他的嗓音,不只是因为不一样的伴奏,更是因为不一样的心境和话语诠释。

无疑,在《祝酒歌》第一次响起的时候,中国无疑是一个前现代的社会,无论如何去限定现代的定义,至少在人们的日常生活上是前现代的,中国人的食物与千百年前的变化不大,都是玉米面、高粱米、大白菜之类和凭票供应的几两豆油和只在过年才吃上的饺

---

[1] 刀郎《情人》。
[2] 刀郎《冲动的惩罚》。

子；穿的虽然有的确良、花大呢之类，但这只是一种接近现代性的奢侈品，价格要比棉布贵得多；虽然有楼房住，但多数人还都是居住在烧火炕的房子里面；出行虽然有时可以有公共汽车代步，但公共汽车的速度与马车并没有多大的差别（当然，也许比牛车要快一点吧），而且那时马车在城市里也依然如百年前一样穿街走巷。那时现代化的家用电器除收音机和电灯之外，大概就只剩下赵本山说的手电筒了（因为前两样多数只限于城市里），于是人们充满了对"四个现代化"和生活现代化的向往，尤其是在打开国门，人们听说那些已经实现了现代化的外国家家有冰箱彩电的时候。

二十年在不知不觉中过去，一不留神，那首《祝酒歌》又被刀郎唱起。但与李光羲的洪亮嗓音不同，沙哑的嗓音肯定不能带给人们那种过去听到时的感觉了，歌声里面似乎带上了更多的苦涩和无奈。

因此在歌里必然流露出来两种酸楚：一种是在现代化的过程中对失去的人性的怀恋；另一种则是对一种变了味的现代化的无奈与拒绝。这种感觉并非来自现代性本身，而是缘于现代性自身的被异化。

现代性是整个世界都在关注的话题，无论人们如何在概念上做出推导，但至少在感知层面上，它有代表的物件。当年说的楼上楼下、电灯、电话、冰箱、彩电、私家车、圆广场、宽马路、麦当劳、好莱坞、面包、牛奶等都可以归入其列。而这些，或者在中国已经成为现实，或者已经离现实不远，就算是在一般的农村地区，至少也有了电视、拖拉机、化肥和农药。于是中国人似乎开始怀念起前现代社会来，这样便有了刀郎的《祝酒歌》，有了他的《驼铃》和他翻唱的老歌。除了刀郎，从世纪之交的《同一首歌》栏目中，我们也可以看到那辆怀旧的老爷车的铃铛一直在作响。于是人们又怀念起当年那种"今天啊畅饮胜利酒，明日啊上阵劲百倍"的豪情来。《祝酒歌》却因此成为他们少年时代的中介,在历史层面上,它与当年对红太阳的歌颂是背道而驰的,这喻示着一个新时代的来临。

但只是如此解释刀郎作品中的那份苦涩似乎过于简单了。他的沙哑的歌声不只是在诠释着对前现代社会的回味。现代性带给人性的压抑是来自工具理性对人的主体性的冲击。如果说刀郎的作品是通过人性的张扬来表现对工具理性的反叛的话,那么,我们就无从解释他歌曲中的那些苦闷的痕迹。从后期浪漫主义开始,人们反现代性的思潮中的确包含着对过去的田园牧歌生活的怀念,对反异化的向往,但却无法解释为什么会把在现代性的追求过程中表露出来的豪情作为怀念的对象。二十世纪八十年代并非是一个田园牧歌式的时代,而是一个全身心地投入到现代化追求的时代。那个时代,人们的"豪情啊胜过长江水",他们的豪情是来自"手捧美酒啊望北京",是来自"锦绣的前程党指引,万里山河尽朝晖"。那个时代的人们,是为了"实现'四个现代化'",是为了"待到理想化宏图,咱重摆美酒再相会"。后期浪漫主义的诗人们不会充满激情地歌颂法国大革命,中国现代性的反对者也不会把以改革开放为主旋律的现代化进程中表现出来的热忱作为怀念的对象。真正留恋红太阳的是他们当过知青的哥哥姐姐,是退休的工人师傅,绝不是伴着改革开放的现代化旋律成长起来的晚生代们。这些正是所失去的人性中的一面,但这种失去并非完全由于现代性,而是由于一种不完全的现代性。

二〇〇二年的第一场雪,来得比以往更晚些,二〇〇四年果真又迎来了一个暖冬。

后记

自 2001 年回到高校开始教书生涯,不知不觉中就过去了二十年。这二十年里,有时候自己好似碌碌无为,只是教学之余,根据要求写些文章,算是科研成果。不过写文章时,还是对自己有点要求的:无病呻吟的不写,没点儿自己见解的不写,为了发表而发表的不写。为了出版这本书,清点了一下自己的文章,一共几十篇。从中选出来现在的这些小文,可以分成几大部分:一部分是纯理论文章,结合教学,对一些理论问题的思考;一部分是对一些文艺作品有感而发的随笔和评论;一部分就是随心所欲的了,没有太多的学术营养,却是一种心灵碰撞出来的杂音。我敢保证,每一篇文章都是有感而发的,至少一不骗自己,二不骗他人,观点可以不一样,水平可能有高低,但肯定是真诚的。

原来真的没有出自己的文集之类的想法,觉得不过是人老了之后无聊的卖弄,但后来发现,自己真的已经老了。头发越来越少，唠叨越来越多，原来以为还是孩子的学生们早已娶妻生子了，而自己并没有多少进步。把这些篇文章整理出来，算是退休前对自己和学生们有个交代。虽然人慵懒而诲人不倦，想来却庆幸赶上了这个时代。在这个时代里沉浮本身就有不断的惊喜，我可能不过是把一些思考和想象用笔描绘了出来，也算是对这个时代和自己的一种记录。

感谢为这套书花费心血的人，感谢看书的人，感谢和我一样沉浮着的芸芸众生，我们一起构筑起了这个时代。

鞠斐

2020 年 5 月